Rester jeune

Le défi ultime de
Lucy Tremblay

Catalogage avant publication de Bibliothèque et
Archives nationales du Québec et Bibliothèque et Archives Canada

Labonté-Chartrand, Martine, 1985-
Rester jeune : le défi ultime de Lucy Tremblay
ISBN 978-2-89585-715-0
I. Titre.
PS8623.A263R47 2016   C843'.6   C2015-942426-7
PS9623.A263R47 2016

Les Éditeurs réunis bénéficient du soutien financier de la SODEC
et du Programme de crédit d'impôt du gouvernement du Québec.

Nous remercions le Conseil des Arts du Canada
de l'aide accordée à notre programme de publication.

Financé par le gouvernement du Canada
Funded by the Government of Canada

Édition :
LES ÉDITEURS RÉUNIS
www.lesediteursreunis.com

Distribution au Canada :
PROLOGUE
www.prologue.ca

Distribution en Europe :
DNM
www.librairieduquebec.fr

 Suivez Les Éditeurs réunis sur Facebook.

Imprimé au Québec (Canada)

Dépôt légal : 2016
Bibliothèque et Archives nationales du Québec
Bibliothèque nationale du Canada
Bibliothèque nationale de France

Martine Labonté-Chartrand

Rester jeune

Le défi ultime de Lucy Tremblay

LES ÉDITEURS RÉUNIS

Première partie

Montréal, le 11 septembre 2014

Chère Madame Tremblay,

Merci d'avoir soumis votre candidature pour la première saison de l'émission Je suis plus jeune que j'en ai l'air, *qui sera diffusée très bientôt sur les ondes de Canal Vie. Nous avons bien pris le temps d'étudier votre candidature, mais nous en sommes venus à la conclusion que votre profil ne correspond pas à celui que nous recherchons. En effet, nous avons déterminé que, malgré votre belle allure et vos efforts vestimentaires, vous n'avez pas l'air plus jeune que votre âge réel. Si vous le souhaitez, nous pouvons transmettre votre dossier de participation à l'équipe de l'émission* Quel âge me donnez-vous?, *animée par Jean Airoldi.*

Encore une fois, merci pour votre participation et au plaisir de vous voir un beau jour sur nos ondes.

Veuillez agréer, Madame, mes salutations distinguées.

Lise Bastien
Responsable du recrutement
Je suis plus jeune que j'en ai l'air

Lucy froissa la lettre et la jeta furieusement dans la poubelle la plus proche. C'était l'insulte suprême. Elle s'était inscrite à cette émission dans un but purement professionnel et voilà qu'elle se faisait rejeter comme une vieille chouette par une vulgaire responsable du recrutement. Elle valait bien mieux que leur émission. Bien sûr, elle aurait aimé prouver au monde une bonne fois pour toutes qu'elle ne faisait pas son âge, mais, avant tout, elle comptait sur cette expérience pour l'aider à remplir sa nouvelle mission au sein du journal local. Depuis quelques années maintenant, Lucy avait pris le relais de sa fille Marilou et était l'auteure de l'horoscope du journal de son quartier. Comme elle en avait un peu assez des signes du zodiaque, elle avait soumis un nouveau projet à son patron qui avait tout de suite sauté sur l'idée, pensant attirer un nouveau lectorat avec sa rubrique hors de l'ordinaire. En effet, elle lui avait proposé d'écrire un article hebdomadaire dans lequel elle donnerait des conseils aux femmes pour rester jeunes. Quelle femme était mieux placée qu'elle pour expliquer aux autres comment se faire passer pour plus jeunes ? Elle avait bien quelques idées en tête pour ses premiers articles, mais elle commençait à réaliser qu'elle allait manquer de jus. Lucy pensait qu'en participant à la téléréalité, elle côtoierait d'autres femmes qui pourraient l'aider à enrichir son bagage. La femme de soixante-trois ans soupira. Elle allait devoir se tourner vers sa dernière solution, mais, malheureusement, la plus coûteuse. Elle jeta un coup d'œil à son reflet dans le miroir et ajusta la robe achetée à la boutique Le Château. La jupe était peut-être un peu courte, mais Lucy trouvait que cela mettait ses jambes en valeur. Son bronzage ressortait bien, grâce à la couleur rose pâle du vêtement. La vendeuse l'avait regardée un peu de travers quand elle avait déposé son achat sur le comptoir. Elle avait même osé lui demander si elle magasinait pour sa fille... Encore une petite grassouillette jalouse d'elle. Il fallait dire que, pour son âge, Lucy était drôlement bien conservée. Elle était ridée, certes, mais rien que la chirurgie esthétique n'avait pu corriger. Elle avait une taille menue et de grandes jambes. Quelques années plus tôt, elle avait fait un traitement contre les varices, et elle avait retrouvé les jambes de ses vingt ans. Lucy s'était aussi fait refaire les seins et remonter les paupières comme cadeau pour ses cinquante-cinq ans. Gérard, son ex-mari, avait payé le tout, même s'il n'était pas d'accord. Il la trouvait très bien comme elle était. Lucy était une femme très coquette qui, elle se l'avouait en secret, avait une peur maladive de vieillir. Depuis le temps, elle s'était trouvé des trucs infaillibles pour avoir l'air plus jeune et, aujourd'hui, il était temps pour elle de faire étalage de ses connaissances à toutes les femmes de ce monde ; ou, plutôt, de son quartier. Ajustant une dernière fois sa tenue, elle soupira. L'événement qui arrivait n'allait certes pas la rajeunir…

Conseil n° 1

Beauté rime avec jeunesse (pas au sens littéral). Pour rester jeune et belle, comparez-vous avec toutes les jeunes filles que vous rencontrez. Vous verrez rapidement que vous n'avez rien à leur envier. Dites-vous que vous étiez plus belle qu'elles quand vous aviez leur âge...

Le bouquet plana dans les airs. Tous les regards étaient rivés sur lui. Les femmes avaient les bras levés, espérant toutes l'attraper, et gardaient les yeux vissés sur l'objet de leur convoitise. Les hommes, eux, l'observaient avec une certaine crainte. Ils savaient que ces simples fleurs mettaient leur célibat en danger. Le bouquet poursuivit sa trajectoire vers la foule de filles toutes vêtues de robes pour l'occasion spéciale. Malheureusement pour ces jeunes femmes en âge de se marier, le bouquet atterrit comme par magie dans des mains flétries par le temps.

— Je l'ai eu ! Il est à moi, roucoula Lucy.

Les autres filles la regardèrent de façon méprisante. Elles avaient tenté, en vain, de lui expliquer que, puisqu'elle avait déjà été mariée deux fois, elle pouvait laisser la chance aux autres, mais elle insistait.

— Je suis célibataire moi aussi, avait-elle expliqué, j'ai autant le droit que vous de vouloir me marier...

Marilou reconnaissait bien là sa mère. Même le jour de son mariage, elle devait lui voler la vedette. Son nouveau mari, Francis, posa une main sur son épaule pour la calmer. Il savait que sa nouvelle belle-mère avait le don d'irriter Marilou, même si leur relation allait mieux depuis les trois dernières années. Il ne voulait pas que la plus belle journée de la vie de sa femme soit gâchée par les caprices de Lucy.

— Alors chérie, tu es heureuse ? demanda-t-il.

Oubliant momentanément sa mère qui agitait le bouquet sous le nez des autres filles qui tentaient d'ignorer son bonheur en noyant leur chagrin dans l'alcool qui coulait à flots, elle se tourna vers Francis et lui adressa son plus beau sourire. Elle l'enlaça et l'embrassa pour lui communiquer son bonheur.

— Bien sûr que je suis heureuse ! s'exclama-t-elle. Je rêve de ce jour depuis que je suis toute petite. C'est une journée magique !

Au loin, elle aperçut son amie Marion qui était entourée d'hommes. Ayant déjà été mariée, quoique très brièvement, elle ne s'était pas jointe à la mêlée pour attraper le bouquet. Contrairement à Lucy, elle ne commettrait pas la même erreur plus d'une fois. Son mariage avec son ancien enseignant du secondaire avait été une période aussi pénible que joyeuse, et elle se remettait tranquillement de ses blessures. Toutefois, elle n'était pas du genre à se soigner toute seule. Marilou ne fut pas surprise de la voir se diriger vers le bar en compagnie d'un homme qui avait délicatement posé la main dans son dos.

Les signes ne mentaient jamais. Son amie ne passerait certainement pas la nuit seule. Sa mère avait aussi remarqué le départ de Marion et semblait agacée.

Les deux femmes avaient parié la veille, avec quelques verres dans le nez, qu'elles réussiraient à mettre un homme dans leur lit le soir du mariage. Marion gagea qu'elle partirait avec un homme avant Lucy et que, en plus, celui-ci serait plus jeune qu'elle. La mère de Marilou, toujours partante pour un pari, et ne voulant pas se faire damer le pion, paria une caisse de champagne qu'elle y parviendrait avant Marion et que l'homme qu'elle trouverait serait beaucoup plus jeune qu'elle. Marilou n'assista pas à toutes les modalités de la gageure, car le téléphone sonna, et elle dut régler quelques détails de dernière minute. La dernière chose qu'elle vit était les deux femmes qui se serraient la main pour sceller leur pacte. Il semblait bien que sa mère fût en train de perdre son pari. Mais la soirée était encore jeune…

Francis suivit la scène d'un air sceptique. N'ayant jamais vraiment aimé Marion, il voyait d'un mauvais œil la tendance qu'elle avait à mettre tous les hommes dans son lit, d'autant plus que celui avec qui elle était assise au bar était l'un de ses meilleurs amis.

— Tu crois que je devrais aller en glisser un mot à Justin ? demanda-t-il, dubitatif. Il est peut-être en danger…

— Je crois plutôt qu'il sera la prochaine victime d'un pari sordide, précisa la jeune mariée.

Francis n'avait pas entendu parler de la fameuse gageure et il ne voulut pas connaître les détails de l'histoire. C'était préférable pour sa santé mentale. Tant mieux si son ami s'éclatait. Il prit une coupe de champagne sur un plateau et l'offrit à sa femme. Il en saisit une pour lui aussi et, avec bonheur, cogna son verre contre le sien pour célébrer le commencement de leur nouvelle vie.

Lucy pressa le pas, elle était en retard. Renaldo l'avait bien avertie de se présenter à l'heure, il avait un horaire très chargé et ne voulait pas faire patienter ses autres clientes. Comme elle n'avait pas encore signé son contrat avec lui, elle ne pouvait pas se permettre de le contrarier. Il était le meilleur *coach* de jeunesse qui soit, toutes les femmes à qui elle avait parlé lui avaient certifié à quel point il leur avait prodigué les meilleurs conseils pour rester jeunes. Elle espéra qu'une seule rencontre lui suffirait pour glaner les informations dont elle avait besoin pour son travail. Elle ne voulait pas dépenser toute sa paie pour des conseils de jeunesse, mais un expert en la matière pourrait sans doute lui donner du contenu à ajouter à ses chroniques. Arrivée devant une imposante bâtisse qui abritait de nouveaux lofts, Lucy s'assura qu'elle avait la bonne adresse, puis sonna. Une voix à l'accent espagnol lui répondit qu'elle pouvait monter. Après avoir grimpé une quarantaine de marches – Lucy prenait toujours les escaliers, c'était un de ses secrets pour garder la forme –, elle arriva devant une porte de métal. Il y avait une plaque en bronze sur laquelle il était inscrit : *Renaldo Sanchez, coach de jeunesse. Restez jeune éternellement…* Durant un bref instant, Lucy se crut dans une scène du film *La mort vous va si bien*, où les personnages prennent un sérum qui les rajeunit instantanément. Allait-il lui proposer une potion semblable ? Voyons, cela n'existait que dans les films. Elle frappa et entra, comme l'indiquait la petite note à côté de la porte. Lucy pénétra dans un décor moderne et épuré. Tout était blanc et en acier inoxydable. Près du foyer, il y avait une immense peau d'ours blanche et un sofa blanc immaculé. La pièce reluisait de propreté. C'était à croire que personne n'habitait là. Un petit homme trapu et moustachu apparut finalement. Il parlait au téléphone. Lucy se douta qu'il parlait espagnol, car elle ne comprenait pas un traître mot de ce qu'il disait. D'un mouvement de la main, il lui montra le sofa. Lucy sortit de son grand sac un bloc-notes et une plume, et s'installa sur le canapé. Une jeune femme à l'air dynamique entra par une porte dissimulée par un rideau. Sans un regard vers Renaldo, elle se dirigea vers Lucy armée d'un gallon à mesurer. Lucy sauta sur ses pieds quand elle fut près d'elle. La femme, que Lucy présuma être l'assistante de Renaldo, prit des mesures à l'aide de son gallon et nota le tout sur une grande feuille. Elle ne dit pas un mot à Lucy et ne la regarda pas non plus. Elle tourna ensuite les talons et repartit par le même chemin d'où elle venait. Clac ! La porte se referma derrière elle, en même temps que le téléphone cellulaire de Renaldo.

— Eh bien, Lucy, commença celui-ci (avec son accent, il prononçait Looouuucey). Qu'est-ce qui t'amène ici aujourd'hui ?

Cela sonna davantage comme «quesssséqutamèèènnneissi oujouuuurdhouuui».

Décidément, Lucy devrait s'habituer à son accent. Mais elle n'avait pas de temps à perdre, puisqu'elle le payait à la demi-heure. Une petite fortune en plus.

— J'aimerais que vous me donniez quelques conseils pour rester jeune. Ce n'est pas pour moi, mais bien pour une chronique…

Il l'examina d'un air dubitatif.

— Pas pour vous, hein ? lança-t-il.

— Non, non, insista Lucy, je vous le dis, c'est pour une chronique. Bien sûr, j'ai quelques conseils que j'applique moi-même, mais je commence à manquer de jus pour faire mousser mes articles.

— Manquer de jus ? Je ne comprends pas. Avez-vous soif ? Je peux demander à mon assistante de vous apporter un rafraîchissement.

Il claqua des doigts et, comme par magie, l'assistante apparut. Décidément, se dit Lucy, ce ne sera pas aussi facile que je le pensais. Elle fit signe à l'assistante qu'elle n'avait pas soif et entreprit, en des termes plus simples, d'expliquer son projet.

— Voyez-vous, commença-t-elle, j'écris une chronique pour le journal du quartier. Je souhaite donner des conseils aux femmes qui veulent se rajeunir. Je fais appel à vous, car je sais que vous êtes le meilleur *coach* de jeunesse, et j'ai pensé que vous pourriez me donner quelques conseils que je transmettrais à mes lectrices.

— Hum…, pensa Renaldo à voix haute, ce n'est pas dans mes habitudes de prodiguer des conseils gratuitement. Vous payez pour un service, mais tout doit rester confidentiel. Je vous offre le secret de la jeunesse, ce n'est pas gratuit. Je n'aime pas que l'on partage mon savoir. Vous savez, je tiens mon don de mon arrière-grand-père. En chaque femme âgée, je vois la jeune femme qu'elle a été et je suis capable de trouver les éléments essentiels pour la retrouver. Cela fonctionne pour la personne que je rencontre, mais ne s'applique pas à toutes les femmes. Je ne pense pas que mes services vous seront utiles. Je fais seulement du un à un. C'est ce qui fait la singularité de ma compagnie.

— Mais, vous n'avez même pas un ou deux trucs à me divulguer? Quelque chose d'universel que vous dites à toutes les femmes.

Renaldo se renfrogna.

— Vous croyez que j'ai des conseils universels ? C'est mal me connaître. Je vous l'ai dit, j'ai un don et je l'utilise pour le bien-être personnel de chaque femme que je rencontre. Pas au bénéfice de toute la communauté.

Don ou pas, Lucy commençait à douter de la pertinence de cette visite qui lui coûtait bien assez cher comme ça.

— Très bien, dit-elle. Que me recommandez-vous, à moi ?

— Eh bien, pour cela, il nous faudra une série de rencontres, chère dame. Mon don ne s'offre pas à mes clientes dès la première entrevue.

— Je crois que nous nous sommes mal compris, dit Lucy. Je vais vous payer pour aujourd'hui, mais je ne viendrai pas à ces rencontres. Tout ce que je souhaite, c'est aider les femmes qui en ont besoin, mais pas à n'importe quel prix. Désolée de vous avoir dérangé.

Renaldo la salua courtoisement et reprit son téléphone cellulaire ainsi que sa conversation en espagnol. Ils s'étaient à peine parlé quinze minutes, mais la facture était salée. Peu importe, elle la refilerait à son patron. Après avoir payé l'assistante qui apparaissait au premier claquement de doigts, Lucy descendit les escaliers, déçue que son arme secrète soit désamorcée. Elle allait devoir faire appel à ses propres compétences en la matière. Pour le moment, elle était un peu découragée. Elle avait certes quelques idées pour ses chroniques, mais elle comptait beaucoup sur les astuces que Renaldo allait lui fournir. Lui et son don étaient bien loin de lui venir en aide.

Comme Lucy ne souhaitait pas abandonner son nouveau projet, elle décida de dresser une liste des choses qu'elle considérait comme jeunes. Elle alla s'installer dans un petit café, munie d'un stylo et d'un carnet de notes. La première chose qu'elle nota fut : acheter un ordinateur portable. Vraiment, de nos jours, écrire au stylo dans un carnet était vraiment désuet. D'ailleurs, si elle ne voulait pas être confinée à la maison, un nouvel ordinateur n'était pas un luxe. Lucy jeta un coup d'œil circulaire dans le café et vit plusieurs personnes assises seules. Tous ces gens semblaient en fusion avec leur téléphone cellulaire. Soit ils parlaient, soit ils textaient ou faisaient toute autre action qui lui était inconnue. Peut-être devrait-elle s'offrir aussi un cellulaire plus actuel ? Elle regarda le sien, un vieil appareil rose à rabat. Elle l'aimait drôlement, mais son unique qualité était sa couleur. Elle demanderait à Marion de venir en acheter un nouveau avec elle. Lucy n'était pas très avancée dans sa réflexion. Au lieu de générer des idées qui lui feraient gagner de l'argent, elle en trouvait qui la feraient dépenser. Non, ce n'était assurément pas la bonne façon de procéder. Mais quel était le secret pour rester jeune ? Le contact avec d'autres jeunes était incontestablement une bonne idée, mais les seules personnes moins âgées qu'elle que Lucy fréquentait étaient sa fille, son gendre et Marion. Il fallait qu'elle élargisse son champ de rencontre. Une idée germa petit à petit dans son esprit…

Conseil n° 2

Vous voulez fréquenter de jeunes adultes pour mieux les comprendre et les imiter ? Inscrivez-vous à l'université ! Rien de mieux que l'ambiance universitaire pour se rajeunir d'une trentaine d'années. Quel meilleur endroit qu'un campus pour retomber dans la jeunesse et s'imprégner de la culture actuelle des étudiants ! Mais attention, gare aux programmes trop sérieux qui ne vous laisseront pas le temps de vous éclater…

— Attends ! Attends ! s'exclama Francis. Tu es sérieuse, Lucy, tu veux vraiment faire un baccalauréat en chômage ?

Lucy croisa les bras, insultée que son gendre se méprenne sur ses intentions réelles.

— Tu sauras, Francis, que le baccalauréat en sciences sociales est celui qui obtient le plus d'inscriptions chaque année. Les jeunes qui étudient dans ce domaine sont toujours motivés, pleins d'idées et prêts à entreprendre de nouveaux projets.

— Comme faire la grève, tu veux dire, enchaîna le jeune homme, ironique.

Francis et Lucy se tournèrent vers Marilou afin de connaître son opinion sur le sujet, mais la jeune femme était étrangement silencieuse depuis le début de la conversation. Le fait que sa mère, tout de même âgée de soixante-trois ans, se soit inscrite à l'université ne semblait pas la surprendre outre mesure. Elle savait que quelque chose se cachait derrière cette idée et que le pot aux roses serait découvert bien assez tôt.

— Bien, continua Lucy, je commence ma session dans deux semaines. Avez-vous des conseils à me donner pour que je m'intègre bien aux autres ?

— Mais, persista Francis, comment as-tu fait pour te faire accepter dans le programme ? Tu es un peu vieille, non ? Et il me semble qu'il faut un minimum d'éducation pour aller à l'université…

Francis vit trop tard le regard désapprobateur de sa femme. Lucy avait déjà viré au violet, elle était sur le point d'exploser. La sonnerie de la porte d'entrée sauva le jeune homme de l'ouragan Lucy. Marion et Denis entrèrent dans la cuisine quelques instants plus tard, mais Francis patienta quelques minutes dans le salon avant de se pointer le nez dans la porte. Heureusement pour lui, cette arrivée impromptue lui épargnerait sans doute une soirée remplie de regards meurtriers. Marion et Denis embrassèrent les deux femmes et tentèrent de se trouver une place assise dans la cuisine encombrée. Francis observa le salon et soupira. L'appartement était sens dessus dessous depuis le mariage. Les cadeaux envahissaient chaque mètre carré disponible. Les jeunes mariés devaient se mettre à la recherche d'un nouveau logement dans les plus brefs délais s'ils ne voulaient pas mourir étouffés sous les présents. Constatant que le teint de Lucy avait repris une couleur normale, il se glissa dans la cuisine, mais se cacha légèrement derrière le réfrigérateur.

— Bon! dit Marilou. J'avais hâte que vous arriviez. Maintenant que tout le monde est là, j'ai une bonne nouvelle à vous annoncer!

— Hum, hum!

Francis se racla la gorge.

— Euh, je veux dire que nous avons une bonne nouvelle à vous annoncer! Dans neuf mois, nous allons être parents! déclara-t-elle en réprimant un sanglot, sans doute dû aux hormones.

Un silence plana dans la cuisine. Marilou s'était attendue à ce que tout le monde saute de joie, mais c'était le calme plat. Son mari la regarda avec tendresse, mais il l'avait mise en garde un peu plus tôt. Était-ce une bonne idée de divulguer la nouvelle si rapidement, et à ces trois personnes en particulier en même temps? Marilou réalisa qu'elle aurait peut-être mieux fait de suivre les conseils de Francis et appeler chaque personne une à une, mais la future maman était tellement heureuse. Elle remarqua le malaise de chacun. Lucy avait la bouche grande ouverte, signe qu'elle ne digérait pas encore la nouvelle. Voilà un facteur qu'elle n'avait pas encore considéré dans sa quête pour rester jeune. Depuis quand une grand-mère peut-elle avoir l'air jeune?

Marion s'était refermée sur elle-même. Marilou connaissait assez bien son amie pour savoir qu'elle repensait à sa fausse couche qui avait eu lieu quelques années plus tôt. Quant à Denis, elle vit une lueur triste dans ses yeux. Il avait sans doute une pensée fugitive pour l'aventure qu'ils avaient vécue au Mexique lors du mariage de Marion. Il ne s'en était jamais remis totalement, et ce, même s'il affirmait le contraire. Finalement, ce fut lui qui félicita les futurs parents en premier. Il serra la jeune femme dans ses bras et donna une bonne poignée de main à Francis, qui débouchait déjà le champagne sans alcool. Entre-temps, Lucy avait fermé la bouche, mais elle demeurait silencieuse.

— Et puis, maman, es-tu contente pour moi ?

Tous les convives se tournèrent vers Lucy, attendant sa réponse. Chacun savait que la mère de Marilou avait de la difficulté à accepter son âge, mais le sujet restait tabou.

— Je suis surprise, dit Lucy. En tout cas, je refuse de me faire appeler grand-maman.

Et voilà ! C'était dit. Marilou s'était attendue à une crise, sa mère avait plutôt bien géré la nouvelle. La future maman savait qu'en invitant Denis et Marion, Lucy résisterait à la tentation de faire une scène comme elle seule en avait le secret. D'ailleurs, Marion n'avait toujours rien exprimé. Marilou la fixa jusqu'à ce que son regard croise le sien. Son amie lui sourit, ce qui était bon signe.

— Bon, dit Marion, heureusement pour toi, j'ai de l'expérience en magasinage pour bébés. J'ai hâte de faire les boutiques avec toi et ta bedaine !

Ouf ! La nouvelle avait été bien prise par tous.

Un peu plus tard, après avoir beaucoup trop discuté d'un bébé qui était à peine une petite cellule, selon ses dires, Lucy exposa à Marion et Denis son plan de retour sur les bancs d'école, histoire de voir ce qu'ils en pensaient. Denis se montra très enthousiaste, mais cela ne satisfit pas Lucy, car Denis était toujours enthousiaste. Elle attendait le verdict de Marion, car la jeune femme avait promis de l'aider dans sa nouvelle chronique.

— C'est drôle, Lucy, dit Marion, car je me suis aussi inscrite à l'université pour terminer mon diplôme en sexologie. Nous allons sans doute fréquenter le même pavillon. À nous les super *partys* !

Marilou ressentit une pointe de jalousie. Sa mère et sa meilleure amie allaient faire la fête à l'université pendant qu'elle allait prendre du poids, écrasée sur son sofa. La vie était injuste parfois. Mais elle se ressaisit. Elle était prête à être maman. Et rien ne pouvait la détourner de cette nouvelle aventure. Elle esquissa un sourire et leur souhaita de bien s'amuser. Elle doutait que sa mère fréquente longtemps la Faculté des sciences sociales, mais Lucy l'avait étonnée à plus d'une reprise au cours des dernières années. Le petit groupe commanda une pizza et ouvrit quelques bouteilles de vin. Tout le monde, sauf les futurs parents, semblait rechercher une échappatoire dans l'alcool.

Ce soir-là, une fois rentrée chez elle, Lucy se précipita sur son ordinateur. Elle fit une recherche sur un domaine qui lui était totalement inconnu : le phénomène des grands-mères. Elle tapa tout simplement le mot GRAND-MÈRE dans Google et une foule d'images de dames souriantes aux cheveux poivre et sel, tenant des petits-enfants joyeux, apparurent. Elle ne ressemblait aucunement à ces dames. Selon ce qu'elle voyait, les premiers critères pour être une bonne grand-mère étaient d'être douce, chaude et molle. Rien qui ne la qualifiait actuellement. Bon, elle avait neuf mois pour gérer ce problème. Pour l'instant, elle devait se concentrer sur son nouveau projet : l'université !

Deux semaines plus tard, c'est une Lucy dotée d'une nouvelle garde-robe plus « jeune » qui fit son entrée à l'université. Marion avait proposé de passer la prendre afin qu'elle n'arrive pas seule sur le campus, mais Lucy avait refusé. Elle avait peur que les gens la prennent pour la mère de la jeune femme. Elle ne souhaitait nullement exposer son statut de mère – encore moins celui de future grand-mère – à ses nouveaux collègues. Un peu nerveuse, elle fit la file avec les autres étudiants pour se procurer un agenda et une passe de stationnement. Pour l'instant, tout allait bien. Les gens lui souriaient, et elle ne semblait pas trop détonner dans le décor. Elle vit d'autres personnes de son âge qui tentèrent d'attirer son attention, mais elle n'engagea pas la conversation. Rien ne devait la distraire de son objectif : trouver des trucs pour rester jeune. Encore une fois, elle remarqua que tous avaient des téléphones cellulaires et des ordinateurs portables. Comme son patron avait refusé de lui fournir un budget pour «s'équiper» de façon plus moderne, elle avait dû rayer de sa liste les deux premières idées qu'elle avait eues. Elle s'en sortirait sans les outils modernes. Elle se dirigea donc vers son premier cours. Étant donné qu'elle effectuait un retour sur les bancs d'école, elle ne s'était inscrite qu'à deux cours. Lucy devait se garder du temps pour sa recherche sur le terrain. En chemin vers l'auditorium, elle croisa Marion qui s'en allait dans le sens inverse. Les deux femmes discutèrent volontiers quelques minutes, mais le temps pressait. Marion était inscrite à temps complet, donc elle avait un horaire très chargé. Lucy poussa finalement les portes de sa classe qui était déjà à moitié remplie. Le prof était en avant, assis à son petit bureau. Il devait avoir son âge, ce qui embêta un peu Lucy. Mais bon, elle n'y pouvait rien. Elle prit une grande inspiration et s'en fut vers la rangée du milieu. Elle s'installa entre deux jeunes, un garçon et une fille. Cette dernière lui sourit, mais le garçon, lui, la toisa drôlement. Le cours commença. Lucy prenait des notes sur son bloc-notes, mais elle s'aperçut rapidement que la plupart des étudiants avaient un portable. Ceux qui n'en avaient pas ne prenaient tout simplement pas de notes. La matière était intéressante, mais Lucy avait de la difficulté à se concentrer. Son dernier défi intellectuel du genre remontait à plusieurs années. En plus, elle ne pouvait s'empêcher d'observer les gens autour d'elle. À première vue, son professeur était captivant. Il avait un certain sens de l'humour. Lucy le classait dans la catégorie des «hommes bienveillants». Il n'avait pas l'air trop exigeant. La nouvelle étudiante espérait qu'elle aurait des travaux d'équipe.

La première partie du cours passa vite. Lucy tentait de mettre au point des stratégies pour s'intégrer aux autres étudiants. Elle eut sa chance à la pause. Debout près du comptoir à café, elle se fit apostropher par sa voisine de classe, qui lui demanda carrément pourquoi elle s'était inscrite à l'université à son âge. Lucy nota mentalement d'écrire dans sa chronique que, pour paraître jeune, il fallait être franc et ne pas emprunter de détours. Heureusement, elle avait une réponse toute prête :

— Je sais que je suis un peu plus vieille que vous, dit-elle.

Il s'agissait là d'un euphémisme.

— Mais il n'est jamais trop tard pour faire un changement de carrière, conclut-elle.

— Je te trouve très courageuse, je m'appelle Émilie, en passant.

— Lucy. Enchantée !

— Viens-tu à la tournée des grands-ducs ce soir, Lucy ?

— Je ne sais pas, de quoi s'agit-il ?

— Sans aucun doute la plus grande fête universitaire de l'année, expliqua Émilie. Toutes les facultés participent et nous faisons la tournée des bars de la ville. C'est une bonne façon de rencontrer les gens et de s'amuser.

— Quand j'ai la chance de m'amuser, je saute dessus ! Ça commence à quelle heure, cette grande fête ?

— À dix heures, ce soir. On se voit au bar *Le Troquet*. Je vais t'attendre là-bas avec mes amies, d'accord ?

— Dix heures, hein ? Oui, oui, j'y serai.

Ouf, elle allait devoir se reposer tout l'après-midi si elle voulait survivre à cette fête. Elle avait beau désirer être jeune, parfois le corps ne suivait plus. En général, à dix heures, elle écoutait les nouvelles paisiblement dans son lit, la lumière tamisée et les dents brossées. Mais bon, jeunesse oblige, elle allait festoyer. Ce n'était pas une soirée qui allait la tuer ! Lucy retourna en classe avec sa nouvelle amie. En s'installant à sa place, elle remarqua le regard inquisiteur du professeur. Décidément, c'était un bel homme, beaucoup trop vieux pour elle par contre…

Conseil n° 3

Vous cherchez une autre idée pour rester jeune ? Pourquoi ne pas planifier une petite sortie dans un bar branché ? Oubliez les cinq à sept, toute l'action se passe en fin de soirée. Attention de ne pas trop consommer ! Le cas échéant, votre corps vous rappellera vite que vous n'êtes pas si jeune finalement.

Lucy réussit à ouvrir un œil, mais l'autre refusa d'obtempérer, trop collé par son mascara qui avait coulé. Un vague mal de cœur l'invita à se souvenir qu'elle était peut-être un peu trop vieille pour sortir aussi tard et boire autant. Mais quel plaisir elle avait eu avec Émilie et ses amies ! Elle se leva lentement, attendant que la pièce cesse de tourner autour d'elle avant de se diriger vers la salle de bain. Ouf, le résultat n'était pas des plus exceptionnels. Son mascara avait tracé un sillon jusqu'à sur ses joues, elle avait encore la marque de l'oreiller imprimée dans le front, et ses cheveux étaient emmêlés. Ils dégageaient d'ailleurs une odeur très suspecte… Une bonne douche s'imposait, mais avant tout, un café et une cigarette étaient primordiaux. En aspirant sa première bouffée, elle se remémora la soirée de la veille.

Comme elle s'était reposée une partie de l'après-midi, Lucy était en pleine forme pour sa soirée. Elle avait ressenti une petite baisse d'énergie vers vingt-deux heures et avait même songé à annuler, mais elle ne pouvait pas se permettre de manquer «la soirée de l'année». Arrivée au bar, elle avait croisé plusieurs personnes de son âge qui sortaient, le cinq à sept se terminait assez tardivement. Lucy avait mis peu de temps à repérer Émilie et ses amies. Elle s'était intégrée au joyeux groupe, et ils avaient fait la tournée des bars comme prévu. Il y avait longtemps que Lucy avait côtoyé autant de jeunes en même temps. Elle aimait leur attitude en général et admirait leur propension à vouloir un monde meilleur. Ils avaient beaucoup discuté et beaucoup bu. Tous avaient promis de la rajouter sur Facebook. Le hic était qu'elle n'avait pas de compte Facebook. Elle comptait bien en ouvrir un le jour même. Pour l'instant, elle oscillait entre retourner se coucher ou se faire un *drink* magique qui réglerait son mal de cœur. Les maux de cœur n'étaient-ils pas le lot des femmes enceintes ? Ils s'étaient trompés d'adresse ce matin-là… Lucy opta pour une petite sieste matinale, histoire d'être en meilleure forme lors de la création de son compte Facebook.

Un peu plus tard dans la journée, le travail de Lucy fut interrompu par l'arrivée de Marion. Il était rare que la jeune femme passe sans s'annoncer. D'habitude, elle préférait passer son temps libre chez Marilou quand Francis n'était pas au travail. L'amie de sa fille s'installa sur le canapé. Lucy s'alluma une cigarette.

— As-tu vu Marilou aujourd'hui ? demanda Lucy en soufflant la fumée par la fenêtre.

— Non, répondit Marion. En fait, je voulais aller chez elle, mais j'ai changé d'avis. Je la trouve un peu bizarre récemment.

— Ah oui? Pourquoi?

— Eh bien, se confia la jeune femme, elle n'arrête pas de parler d'alimentation, d'allaitement et de toxine dans l'air. Elle critique tout ce qui l'entoure, comme si le monde entier se liguait contre elle et le bébé. En plus, la dernière fois que je suis allée chez elle, elle a insisté pour qu'on regarde une vidéo d'accouchement. J'aurais pu m'en passer. Depuis ce temps-là, elle me parle sans cesse de vagin qui déchire et de trouble urinaire. Ça devient franchement déplaisant.

— Ah! Elle t'a fait le coup du vagin qui déchire à toi aussi… J'ai beau lui expliquer qu'on ne se voit pas accoucher et que c'est le mari qui subit la vision de tous ces détails, elle n'en démord pas. Il va falloir que je lui parle encore. Elle ne semble pas me croire quand je lui dis que «tout» redevient comme avant une fois que tu as accouché.

— Je me sens mal de l'éviter, continua Marion, mais j'en ai assez de l'entendre parler de bébé. Les huit prochains mois seront pénibles si elle ne change pas son attitude.

— Pauvre toi, dit Lucy. Au moins, tu n'habites pas avec elle…

Sur ces entrefaites, le téléphone sonna. Lucy regarda son afficheur, c'était Francis.

— Tiens, un autre qui veut se plaindre de ma fille, supposa-t-elle.

Lucy décrocha.

— Bonjour, Francis !

— Bonjour, Lucy, est-ce que je te dérange ?

— Non, bien sûr, je suis avec Marion. Que puis-je faire pour toi ?

— Aaah… tu n'es pas seule. Peux-tu me rappeler au bureau quand tu seras seule ? Je dois te parler, c'est important. Au bureau, hein ! Pas à la maison.

— Euh, oui, bien sûr. Je te donne un coup de fil d'ici une heure. Je suis curieuse, à quoi riment toutes ces cachotteries ?

— On s'en reparle. J'attends ton appel. Bye.

Bizarre, pensa Lucy.

— Qu'est-ce qu'il voulait ? demanda Marion.

— Je n'en sais rien, c'est un secret.

— Bon, je ne vais pas m'attarder, dit la jeune femme, j'ai beaucoup de travaux à faire pour l'université. Est-ce que je t'ai dit que mon prof était craquant ?

— Non! Chanceuse. Je vais m'infiltrer dans ton cours pour faire de l'espionnage industriel, blagua Lucy. Avant de partir, Marion, peux-tu m'aider? J'essaie depuis tantôt de m'ouvrir un compte Facebook et je n'y arrive pas.

— Bien sûr!

Quinze minutes plus tard, Marion quitta l'appartement et Lucy explorait son nouveau compte. Tout cela était beaucoup trop compliqué pour elle, mais elle voulait vraiment être dans le coup. Elle choisit une photo de profil et envoya quelques invitations d'amitié avant de composer le numéro de Francis. Il répondit à la première sonnerie.

— Merci de me rappeler. J'ai vu, pendant ma pause, que tu t'étais enfin inscrite sur Facebook. Depuis le temps qu'on te dit de t'abonner!

— Oui, oui, il me fallait seulement une bonne motivation. Que puis-je faire pour toi, mon beau Francis?

— C'est à propos de Marilou. J'aimerais lui faire une surprise et j'ai besoin de ton aide.

— Quelle bonne idée! Marilou aime tellement les surprises.

Francis se dit que, décidément, Lucy ne connaissait pas sa fille. Elle n'aimait pas spécialement les surprises, mais il n'avait pas le choix dans ce cas-ci. Peu de gens étaient au courant, mais Francis avait récemment hérité d'une grosse somme d'argent.

Son père était mort quand il était petit et il avait placé des fonds que Francis toucherait à l'âge adulte. Un de ces fonds arrivait à échéance, mais il y avait une clause particulière : il devait l'utiliser pour l'achat d'un bien immobilier. Jusque-là, tout allait bien. Le hic était qu'il devait effectuer l'achat sans consulter sa femme. L'histoire était très compliquée. Bien qu'il fût un adulte, sa mère gérait le dossier « héritage » de son père. Or, sa mère n'aimait pas beaucoup Marilou depuis que cette dernière avait quitté abruptement son fils pour « rencontrer l'homme de sa vie ». Il faut dire qu'elle n'avait pas accueilli l'annonce du retour de Marilou dans la vie de son fils avec beaucoup de joie. Encore moins leur mariage… Bref, elle avait clairement fait comprendre à Francis qu'elle ne voulait pas que Marilou soit au courant de leurs actifs financiers. D'ailleurs, la jeune femme avait dû signer une entente devant le notaire avant le mariage ; elle n'avait aucun droit sur l'héritage et les revenus qu'il générait. Marilou était plus ou moins au courant des actifs financiers de son mari. Ils parlaient rarement d'argent, puisqu'elle-même en avait très peu. Ils vivaient dans un petit appartement, ils avaient les moyens de s'offrir quelque chose de plus décent, mais ils n'étaient pas pressés. La mère de Francis voulait donc que son fils acquière un bien immobilier sans que Marilou s'en mêle. Francis, lui, voulait faire plaisir à sa mère, mais il souhaitait aussi acheter une maison pour sa nouvelle petite famille. Toutefois, il ne pouvait en discuter avec sa femme, puisque sa mère tenait à ce que la transaction reste secrète. Bref, il était coincé entre l'arbre et l'écorce. Finalement, il avait pris la décision d'acquérir une maison qui, d'après lui, plairait à sa femme, mais sans le lui dire. Il ferait ainsi le bonheur de tous et pourrait utiliser son héritage. Le rôle de Lucy dans l'histoire était assez simple. Francis hésitait entre trois belles maisons qu'il avait vues sur Internet et il souhaitait qu'elle l'accompagne dans ses visites. À eux deux, ils dénicheraient sans doute la perle rare qui conviendrait à Marilou et à leur futur enfant. Bien qu'elle estimât son projet un peu farfelu, Lucy consentit à l'aider. Elle trouvait plaisant de visiter des maisons et de critiquer les choix de matériaux ainsi que les couleurs choisies par les propriétaires. Francis la rappellerait très bientôt afin qu'ils fassent une première visite. Avant de raccrocher, il lui fit promettre de garder le secret. Elle accepta, bien entendu, même si elle brûlait d'envie d'appeler sa fille pour tout lui conter. Elle reposa le combiné sur son socle et le téléphone retentit aussitôt.

— Lucy, c'est Marion, j'étais curieuse. Que voulait Francis ?

— Rien !

— Rien ? Ça fait vingt minutes que j'essaie de te rejoindre et que ta ligne sonne occupée. Tu lui as parlé tout ce temps et il ne voulait rien… Une chance, sinon il t'aurait bien retenue au bout du fil pendant une heure…

— Eh bien, il ne voulait rien… d'important. Ne joue pas la curieuse, Marion, j'ai promis de garder le secret.

La jeune femme insista encore un peu, mais mit fin à la conversation, se promettant de mettre tout cela au clair. Lucy reprit sa place devant son ordinateur et continua à explorer son nouveau compte Facebook. Elle vit que Marilou avait accepté sa demande d'amitié, ce qui chiffrait son nombre d'amis à trois. Elle devait augmenter sa cote. Elle alluma une cigarette, réfléchissant à ce qu'elle pourrait publier comme premier statut sur sa page. Marion lui avait dit qu'il existait des groupes déjà formés. Peut-être y en avait-il un qui regroupait déjà les étudiants de sa cohorte? Elle chercha pendant plusieurs minutes, mais ne trouva rien. Décidément, c'était compliqué être jeune. Elle ferma son ordinateur et décida de s'accorder une bonne sieste. Les excès de la veille se faisaient encore ressentir.

La semaine passa rapidement. Lucy assista à son deuxième cours et croisa les mêmes étudiants qu'elle avait vus en début de semaine. Elle en profita pour mettre sa liste d'amis à jour. À la fin de la semaine, elle avait déjà une bonne trentaine d'amis, dont son professeur – le vieux bonhomme, comme elle l'appelait. Tous les jours, elle allait voir les nouveautés et publiait des statuts différents. Bref, elle se trouvait très active sur les réseaux sociaux, pour une personne de son âge. Lucy voulait toutefois explorer une autre façon d'attirer l'attention des jeunes qu'elle fréquentait. En bavardant avec eux pendant les pauses, elle avait compris que la majorité d'entre eux habitaient encore avec leurs parents et qu'ils cherchaient souvent des endroits pour faire la fête. Peut-être pourrait-elle organiser un *party* chez elle? Elle n'avait pas de parents pour l'en empêcher. Elle pourrait attendre encore quelques semaines, lancer ici et là l'idée à ses nouveaux amis, et voir comment sa proposition serait accueillie. Plus elle y songeait, plus elle trouvait que son idée était excellente. L'Halloween serait sans doute le moment idéal pour cette fête. Les gens pourraient venir déguisés, et cela leur laisserait du temps pour apprendre à se connaître davantage avant ce grand jour. Le sourire aux lèvres, elle pensa aux possibilités de déguisements qui se présentaient à elle. Lucy avait toujours rêvé de se déguiser en *cheerleader*. Ça, ça faisait jeune. Elle nota son idée sur un *post-it*, histoire de ne pas l'oublier, et boutonna son manteau. Elle allait rejoindre Francis pour leur première visite de maison.

— Qu'as-tu dit à Marilou pour pouvoir t'esquiver de la sorte en soirée? demanda-t-elle à Francis en s'asseyant à côté de lui dans sa voiture.

— Je lui ai dit que je devais retourner au travail pour terminer un dossier.

Il la regarda du coin de l'œil. Lucy resta silencieuse.

— C'est un mensonge honnête, non? s'enquit-il. Je ne suis pas avec une maîtresse, quand même, je suis avec toi. Et c'est pour nous que je fais ça.

— Je n'ai rien dit, Francis. Mais attention à ce que Marilou ne devienne pas suspicieuse. Les femmes enceintes sont très susceptibles et voient des conspirations partout. Si tu veux, on peut arrêter à ton travail et tu pourrais lui lâcher un coup de fil. Comme ça, elle n'aurait aucune raison de croire que tu lui mens.

Francis réfléchit à l'idée de sa belle-mère. Ce n'était pas fou et, en plus, c'était sur leur chemin. Il se gara devant l'entrée et courut jusqu'à son bureau. Lucy l'attendit dans la voiture. Il revint quelques minutes plus tard, l'air un peu embêté.

— Ce n'était pas une si bonne idée, je pense…

— Comment ça ? fit Lucy.

— Marilou a semblé trouver bizarre que je l'appelle à peine trente minutes après mon départ. Ce n'est pas dans mes habitudes de lui téléphoner quand je suis au travail. J'ai bien vu dans le ton de sa voix qu'elle trouvait mon appel étrange.

— Ce n'est pas grave, dit Lucy, elle aura oublié dans quelques minutes. Allons-y, ou nous serons en retard. J'ai hâte de voir cette maison ! Ça serait drôle si l'agent immobilier pensait que nous sommes un couple, non ? Hi hi !

Francis préféra ne rien dire sur le sujet. Il lui demanda d'attraper la fiche de la maison qu'il avait laissée sur la banquette arrière.

— Wow ! Tu as tout un budget ! s'exclama Lucy.

Francis était mal à l'aise. Il avait oublié que le prix figurait sur la fiche explicative. Il n'aimait pas parler d'argent, mais il était évident que le sujet viendrait sur le tapis s'il magasinait avec Lucy. La connaissant, ce serait sans doute la première question qu'elle poserait à l'agent immobilier.

— Hum, oui, dit-il, j'ai quand même un bon budget. Mais ne nous attardons pas à cela. D'après toi, quels seraient les critères de Marilou dans le choix d'une maison ?

— Tu vois, j'ai pris de l'avance sur toi et j'y ai déjà songé. Quand ma fille avait dix-sept ans, elle a visité des maisons avec Gérard et moi, et elle critiquait tout ce que j'aimais. Donc, dès que j'aimerai quelque chose, je suis sûre que Marilou ne l'aimera pas. Il faudra choisir l'inverse de ce qui me plaît. Facile, non ?

Francis n'était pas sûr que cette méthode soit la plus efficace, mais il s'était engagé à visiter des propriétés avec Lucy. Aurait-il dû demander l'aide de Marion ? Non, la perspective de se trouver en tête-à-tête avec elle le faisait frémir. La côtoyer le temps d'un apéro chez lui était la limite de ce qu'il pouvait endurer. Il avait toujours peur de se trahir quand elle était près de lui. Ils avaient eu une aventure plusieurs années auparavant, bien avant qu'il ne sorte avec Marilou, mais cette dernière n'était pas au courant, et il espérait qu'elle ne le serait jamais. Ils arrivèrent tout près de la première maison. Celle-ci était située sur une jolie rue boisée.

Elle n'était pas neuve, mais, selon la fiche, elle avait été rénovée au goût du jour. L'agent immobilier les attendait déjà, et il avait commencé à parler bien avant qu'ils ne soient sortis du véhicule.

— ... que vous soyez enfin arrivés, dit-il en tendant la main. Je suis Jimmy Anderson, l'agent immobilier.

Grosse nouvelle, pensa Lucy, comme si c'était nécessaire qu'il le précise. Il avait presque le mot «agent immobilier» tatoué sur le front. Impossible d'ignorer la profession de cet homme. D'ailleurs, on pouvait même voir son visage sur son véhicule, un gros VUS noir. Au moins, il avait belle allure. Elle aimait les hommes qui dégageaient de la confiance. Francis et elle admirèrent l'extérieur de la maison. L'aménagement paysager était beau et le parterre bien entretenu. La maison était dotée d'un garage double, très pratique, et les fenêtres et la toiture avaient été changées récemment. Ils franchirent la magnifique porte double qui menait dans le vestibule... rose. En fait, presque tout était rose à l'intérieur. De la couleur des murs jusqu'au comptoir de granite. Même la toilette et le lavabo de la salle d'eau étaient roses. Francis était un peu éberlué.

— Tu sais Francis, dit Lucy, j'aime beaucoup le rose...

— Ah oui! renchérit l'agent immobilier. Eh bien, vous vous plairez ici madame, c'est sûr! Regardez, on peut même voir le reflet du rose dans les armoires de mélamine blanche.

Francis observa Lucy. L'agent n'était pas au courant de leur stratégie «si Lucy aime, Marilou n'aime pas», et il discourait encore sur le côté positif du rose.

— Il est prouvé que le rose a un effet calmant, continua-t-il. Mettez des prisonniers dans une pièce rose et ils deviendront doux comme des agneaux.

— Et combien de prisonniers pensez-vous que nous allons inviter ici? demanda Francis, sarcastique.

— Eh bien, enchaîna l'agent, un peu embarrassé, je ne pensais pas nécessairement à des prisonniers, mais plutôt aux enfants. Ils sont aussi influencés par la couleur rose… Bon, poursuivons la visite, d'accord?

Il se dirigea, en souriant, vers les escaliers.

— Je croyais que tu avais regardé cette maison sur Internet, Francis. Pourquoi être venu la visiter si tu n'aimes pas le rose?

— On ne voyait pas la couleur sur les photos. Tout semblait blanc. J'aime le blanc, Marilou aussi. Mais le rose. Impossible de vivre là-dedans. Au prix demandé pour cette maison, je ne vais pas me lancer dans la rénovation de la cuisine et de la salle de bain.

Heureusement pour eux, la salle de bain principale n'était pas rose, mais terracotta. Ce n'était pas tellement mieux. Ils terminèrent la visite sans grand enthousiasme. L'agent immobilier, lui, semblait prêt à acheter la demeure tellement il lui trouvait des qualités exceptionnelles.

— Bon, dit-il en sortant de la maison, je vois bien que vous n'êtes pas très enchantés par cette visite. J'espère que la prochaine sera mieux. On se rejoint là-bas ? Ce n'est pas très loin d'ici.

— Parfait, dirent Lucy et Francis à l'unisson.

Lucy eut à peine le temps de finir sa cigarette qu'ils étaient déjà devant la deuxième demeure. Depuis le début de la soirée, le temps s'était un peu couvert et le vent s'était levé. On aurait dit un temps d'Halloween et cela conférait une ambiance glauque à la maison. Cette dernière était plus récente. Elle avait un style traditionnel, c'est-à-dire que si l'on avait demandé à un enfant de la dessiner, il aurait sans doute superposé un triangle sur un carré. Il n'y avait pas de voisins arrière, c'était un petit boisé. Le vent soufflait fort dans les feuilles. Lucy eut une drôle d'impression, comme si quelqu'un se cachait dans le terrain boisé. Elle suivit Francis et, dès qu'elle entra dans la maison, elle eut la chair de poule. Le lieu était meublé très sommairement et il y faisait sombre. Étrangement, les cadres de fenêtres – qui auraient dû être blancs – étaient peints en brun foncé, ce qui obscurcissait les pièces. La cuisine était très moderne avec des électroménagers dernier cri. Francis essaya d'allumer les plafonniers pour avoir plus de clarté, mais il eut beau se débattre avec les interrupteurs tactiles, il n'y arriva pas. L'atmosphère était vraiment étrange.

— Pourquoi y a-t-il si peu de meubles dans la maison? demanda Lucy.

— Elle est inhabitée depuis peu, expliqua l'agent. Il s'agit d'une succession.

— Que voulez-vous dire? renchérit Lucy.

— Le propriétaire est décédé il y a peu de temps et son héritier veut vendre la demeure. Allons voir le haut, d'accord?

Lucy agrippa le bras de Francis.

— Francis, chuchota-t-elle, tu ne peux pas acheter cette maison. Le bonhomme est mort ici, tu ne le sens pas. Il est encore là.

— Voyons, Lucy, de quoi tu parles?

— Je suis sérieuse, on doit partir d'ici, regarde mes bras, j'ai le poil dressé depuis que je suis rentrée. Je ne me sens pas à l'aise. Il faut partir.

— Finissons la visite, si vous le voulez bien. Je ne compte pas acheter cette résidence de toute façon, je ne suis même pas capable d'ouvrir les lumières de la cuisine. Et elle est beaucoup trop sombre à mon goût.

Ils suivirent l'agent à l'étage. Lucy longeait les murs. Les chambres étaient très grandes et la salle de bain aurait fait rêver n'importe quelle femme, mais le sentiment de Lucy persistait. Son malaise commençait à influer sur Francis. Il devait avouer que quelque chose l'indisposait dans cette maison. Ils terminèrent la visite du lieu par le sous-sol. L'agent alluma la lumière et cette dernière se mit à scintiller sans aucune raison. Depuis quand une ampoule de soixante watts clignotait-elle? Soit elle était allumée, soit elle était brûlée… Lucy étouffait carrément. Elle mit le pied au sous-sol et… remonta aussitôt en courant. Elle franchit le seuil et se réfugia dans la voiture de Francis. Elle ne voulait plus penser à cette demeure hantée. Elle était certaine que le propriétaire était mort au sous-sol. Jamais elle n'avait ressenti pareille émotion. C'en était trop pour elle. L'agent toqua à sa fenêtre.

— Est-ce que tout va bien? demanda-t-il.

— Pas vraiment. J'ai une question pour vous, quitte à avoir l'air un peu folle : se pourrait-il que le propriétaire soit mort dans cette maison?

L'agent consulta sa fiche.

— Généralement, dit-il, les propriétaires ne sont pas obligés de nous en informer s'il s'agit d'une mort naturelle. Dans le cas d'une mort violente ou d'un suicide, par contre, ils doivent nous en aviser pour que les acheteurs potentiels soient mis au courant. Je n'ai pas de note à ce sujet, mais je peux me renseigner, si vous le souhaitez.

— Ce ne sera pas nécessaire, dit Francis, je n'aime pas cette maison. Elle me rend mal à l'aise, moi aussi. Allons visiter la prochaine, d'accord? Ce sera tout pour ce soir.

— Bien sûr, dit l'agent. À tout de suite!

— Ouf, dit Lucy, je ne veux jamais revenir sur cette rue. As-tu ressenti la même chose que moi?

— Tu sais bien que je ne crois pas aux esprits et à l'ésotérisme. J'ai beau être marié à une spécialiste de l'horoscope, je ne crois pas à ces sornettes.

Il resta pensif un instant.

— Mais je dois t'avouer, Lucy, que j'ai ressenti quelque chose dans cette maison. Rien de bien méchant, mais j'ai des frissons juste à y penser. Oublions cette histoire. Je suis content que Marilou n'ait pas été là. Je n'aurais pas voulu la perturber avec une situation semblable. Arrêtons d'en parler et concentrons-nous sur notre quête, dit-il, comme s'ils vivaient une aventure extraordinaire.

Décidément, magasiner des maisons était très éprouvant. La troisième demeure était aussi inintéressante que les deux autres, les fantômes et le rose en moins. Elle semblait belle sur les photos, mais elle manquait de finition. La tapisserie était mal posée, les tuiles de céramique étaient cassées et la piscine creusée n'était pas clôturée, chose inacceptable pour Francis. L'agent immobilier ne perdit pas son sourire pour autant et promit à Francis de chercher d'autres maisons qui lui conviendraient. Il lui ferait signe dans les prochains jours. Il faisait nuit quand le jeune homme déposa enfin Lucy chez elle. Il avait l'air très déçu du résultat de leurs déplacements.

— Tu ne t'attendais tout de même pas à trouver la perle rare dès la première visite, lui dit Lucy. Il faut en visiter plusieurs pour déterminer nos critères d'achat. C'est difficile d'acquérir une première maison. Vous êtes chanceux, puisque vous disposez d'un bon budget, mais il faudra continuer tes recherches.

— Je suis plutôt déçu des photos trompeuses d'Internet, confia-t-il. Elles sont peut-être belles, mais elles ne représentent aucunement la réalité. Je serai beaucoup plus critique la prochaine fois.

— Tant que tu nous tiens loin des maisons hantées, je suis prête à te suivre n'importe où.

Francis rit. Il aurait aimé raconter cette histoire à Marilou, mais il ne pouvait pas. Au moins, il partagerait ce souvenir avec Lucy, même s'il avait la chair de poule juste à y penser.

— Je te fais signe la semaine prochaine, lui dit-il, alors qu'elle descendait de voiture. Bonne nuit !

Même si elle savait que son appartement n'était pas hanté, Lucy dormit mal cette nuit-là. Elle aurait aimé avoir ne serait-ce qu'un petit animal de compagnie, afin de se sentir moins seule.

Le lendemain, elle avait un cours à l'université. Elle arriva plus tôt que d'habitude, car elle n'avait plus de café chez elle, et elle souhaitait en acheter un et le déguster avant le début des cours. Lucy commençait à douter de la pertinence de sa démarche scolaire. C'était bientôt la mi-session, et les travaux qui s'ensuivaient, et elle se demandait si l'effort en valait vraiment la peine. Elle aurait dû s'inscrire en auditrice libre. Il lui fallait maintenant un nouveau sujet pour sa quatrième chronique. Son patron lui avait demandé d'en écrire cinq avant de commencer la publication dans le journal. Lucy trouvait dommage que Renaldo n'ait pas pu lui donner de conseils. Elle était certaine qu'il aurait pu alimenter plusieurs chroniques grâce à sa vaste connaissance. Émilie, la jeune fille qui l'avait invitée à participer à la tournée des grands-ducs, vint la rejoindre avec une tasse de café.

— Connais-tu la nouvelle, dit-elle d'emblée à Lucy ?

— Quelle nouvelle ?

— Il y a un monsieur ici qui recrute des jeunes pour faire un voyage humanitaire au Nicaragua. Ça a l'air super comme projet. Je viens de m'inscrire. Il y a plein d'étudiants à son kiosque. C'est vraiment cool !

— Un voyage humanitaire ? Wow, quelle bonne idée ! Est-ce qu'il est encore là, le monsieur ? Je voudrais lui parler.

— Il devrait. Il est grand et il porte un chandail gris. Il doit avoir dans la trentaine. Impossible de le manquer.

Lucy salua son amie et s'empressa de partir à la recherche de l'homme en question. Du bénévolat, c'était excitant ! Surtout dans un autre pays.

Conseil n° 4

Pourquoi ne pas faire un peu de bénévolat ? Cessez de signer des chèques,
offrez plutôt de votre temps. Mais oubliez les hôpitaux et les personnes âgées.
Penchez davantage vers l'exotisme. Redevenez idéalistes, comme quand vous
étiez jeunes et que vous n'aviez pas un sou en poche. Le monde entier s'offre
à vous.

— Tu vas au Nicaragua construire un pont ? Voyons, Lucy, qu'est-ce que c'est que cette histoire loufoque ?

Lucy se renfrogna et rajouta du vin rouge dans son bœuf bourguignon. Elle avait invité Denis à souper. Elle espérait discuter avec lui des différentes modalités de son nouveau plan avant de l'exposer à Marilou et Francis. En général, Denis accueillait bien ses projets, farfelus ou non. Cette fois, par contre, il semblait trouver son idée des plus étranges.

— D'ailleurs, continua-t-il, qui sera le gestionnaire de la construction du pont ? Un petit Nicaraguayen qui s'improvisera ingénieur ? Et où vous procurerez-vous l'équipement pour bâtir ce pont ? Aurez-vous des outils ? Des lunettes de sécurité ? Et si tu recevais une poutre dans l'œil ? Où te ferais-tu soigner ? As-tu eu ton rappel pour le tétanos récemment ?

Si elle s'était attendue à avoir un interrogatoire de la sorte venant de Denis, elle aurait discuté de son projet directement avec Marilou et Francis.

— Denis, arrête de me parler comme si tu étais mon père.

— Eh bien, Lucy, arrête de te comporter en jeune fille. Que se passe-t-il avec toi ces temps-ci? Je ne te reconnais plus. D'abord, tu t'inscris à l'université, ensuite tu veux faire ce voyage. Finalement, il y a ma fille qui me dit qu'elle t'a vue danser toute la nuit dans un bar… N'oublie pas que tu as plus de soixante ans, Lucy, pas vingt. Pourquoi ne t'intéresses-tu pas à des activités de ton âge?

Lucy ne répondit rien. Elle ne savait pas quoi dire. Bien sûr que Denis avait raison, mais elle refusait de se comporter en femme de son âge. La vie pouvait être tellement courte, pourquoi ne pas en profiter au maximum.

— Je préfère qu'on change de sujet, dit-elle.

— Comme tu voudras. Quand tu seras prête à en parler, tu viendras me voir, d'accord?

— Hum… OK. Bon, dit Lucy pour détourner la conversation. Quoi de nouveau dans ta vie, mon beau Denis?

Denis n'avait jamais vraiment rien de nouveau dans sa vie. Il approchait de sa retraite bien méritée et c'était là son seul sujet de discussion. Toutefois, il surprit Lucy en lui annonçant tout une nouvelle.

— Je crois que je suis prêt à rencontrer quelqu'un, avoua-t-il.

Lucy faillit en laisser tomber sa fourchette.

— C'est une très bonne nouvelle, Denis. As-tu quelqu'un en vue ?

— Pas encore, j'ai décidé de m'inscrire sur un réseau spécialisé dans les rencontres. Je veux trouver des femmes sérieuses.

— C'est vrai que ce type de réseau est très populaire actuellement.

— Je m'interrogeais justement si tu pouvais jeter un coup d'œil au profil que je me suis créé. J'aimerais avoir ton avis. Je suis trop gêné pour demander à Marion.

Lucy, très surprise de le voir aussi avancé dans sa démarche, accepta avec plaisir. Elle-même avait déjà songé à s'inscrire sur Réseau Contact, mais elle avait finalement préféré faire cavalier seul. Peut-être devrait-elle reconsidérer la chose ? Denis ouvrit l'ordinateur et se connecta au site de rencontre. Sur la page d'accueil, on voyait de belles jeunes personnes souriantes qui, selon leurs commentaires, clamaient avoir rencontré leur âme sœur grâce à un simple paiement de 39,99 $ par mois. À ce prix-là, c'est le coup de foudre assuré, pensa Lucy. Denis activa sa fiche de célibataire et Lucy put voir qu'il avait déjà quelques demandes de rencontres. Il lui céda la place devant l'ordinateur, pour qu'elle puisse lire sa description.

Bel homme de cinquante-trois ans souhaite rencontrer une jeune femme entre trente-cinq et cinquante ans, avec ou sans enfants, non fumeuse et sans attache. Doit aimer les voyages, l'entraînement, le bon vin et les animaux de compagnie.

— Pourquoi doit-elle aimer les animaux de compagnie? Tu détestes les animaux…

— Je ne déteste pas les animaux, je veux juste mettre plus de chances de mon côté. Connais-tu beaucoup de femmes seules qui n'ont pas d'animaux de compagnie?

Son raisonnement n'était pas mauvais.

— Tu ne trouves pas que trente-cinq ans c'est un peu jeune? fit Lucy.

— Non! Toi, Lucy, si tu avais la possibilité de coucher avec un homme de trente-cinq ans, la prendrais-tu?

Oh que oui! Elle la prendrait. D'ailleurs, elle avait presque eu ce bonheur quelques années auparavant. Elle résidait chez Sophie, l'amie de Marilou, à Québec, et elle avait rencontré l'étalon de l'année: Christian. Elle avait presque réussi à l'attirer dans son lit, mais l'arrivée impromptue de sa fille avait mis fin à l'un de ses plus grands fantasmes. Elle se demandait ce qu'il était advenu du beau Christian. Quand elle aurait une minute, elle ferait une recherche sur Facebook. Elle se concentra de nouveau sur la fiche de Denis.

— Je n'aime pas beaucoup la photo que tu as choisie, dit-elle. On pourrait en prendre une nouvelle. As-tu ton cellulaire ?

Il extirpa son iPhone de sa poche. Lucy et Denis s'amusèrent pendant quelques minutes à faire des égoportraits. Ils en sélectionnèrent quelques-uns qui étaient dignes d'être publiés sur Internet. Pendant que Denis faisait une petite pause-pipi, Lucy, très curieuse, consulta les messages que Denis avait reçus. Les femmes qui répondaient étaient toutes très jeunes. L'une d'entre elles avait à peine trente ans. Lucy fut presque choquée en lisant l'un des commentaires.

Salut beau mâle,

Je suis à la recherche d'aventures avec un homme mature dans ton genre. Sors tes bouteilles de vin et je vais t'entraîner dans le plus fantasmagorique des voyages. Nous pourrions aussi inviter ton petit animal de compagnie...

J'attends un signe de toi.

Natasha xxx

Bon, elle avait tout de même exploité tous les thèmes de l'annonce de Denis, mais quand même... Les jeunes femmes n'avaient décidément aucune gêne. Rien ne semblait vouloir les arrêter. Ne souhaitant pas que son ami tombe entre les griffes de cette dégénérée, elle effaça le message. Denis méritait bien mieux que ça !

Finalement, Denis et Lucy avaient peu discuté de son prochain voyage humanitaire au Nicaragua. Elle aurait aimé lui en exposer les détails, mais il n'était pas très ouvert à la question. Lucy décida donc de tenter le tout pour le tout et d'en glisser un mot à sa fille et à son gendre. Elle s'invita donc chez eux pour le déjeuner du dimanche matin. Elle arriva les bras chargés de victuailles, sachant fort bien que de bonnes saucisses et des crêpes sauraient amadouer Marilou. Celle-ci l'accueillit d'un air morose. Son premier trimestre la rendait de mauvaise humeur, voire agressive. D'ailleurs, son patron l'avait avertie. Elle devait se montrer plus courtoise avec les clients de la bibliothèque où elle travaillait. Ce qui l'avait mise encore plus de mauvais poil. Elle déballa les sacs de sa mère et rangea le tout dans le réfrigérateur… pour ensuite courir vomir aux toilettes.

Bon, se dit Lucy, *au moins son estomac sera vide et elle aura faim pour déjeuner.*

— Ah ! Est-ce que Marilou a ouvert le réfrigérateur ? demanda Francis.

— Oui, comment le sais-tu ?

— Chaque matin, c'est la même chose. Dès qu'elle ouvre le frigo, elle sent une odeur qui lui lève le cœur. J'ai beau laver le réfrigérateur, la supposée odeur persiste et la rend malade.

Lucy eut beau mettre le nez dans le frigo – elle avait le sens de l'odorat très développé –, elle ne sentit rien. Encore une lubie de femme enceinte.

— Je vous dis que ça pue dans le réfrigérateur, dit Marilou en entrant dans la cuisine. Qu'attends-tu pour le nettoyer, Francis ?

— Je l'ai déjà nettoyé trois fois, Marilou. Notre dernière solution est de changer de réfrigérateur. Penses-tu que ça va régler le problème ?

— Arrête de blaguer, ce n'est pas drôle.

Lucy, qui avait encore la tête au cœur du problème, persista à dire qu'elle ne sentait rien.

— Ça suffit, maman. Ferme la porte sinon je serai encore malade.

— Je reviendrai le nettoyer tantôt, ma grande, j'ai un produit infaillible pour ça.

Marilou regarda Francis d'un air triomphant. Comme si le fait que sa mère vienne laver le réfrigérateur confirmait qu'il y avait bien une odeur suspecte à l'intérieur.

Francis, étant plus du genre à choisir des combats qu'il était certain de remporter, préféra ne rien dire à sa femme. Il s'informa plutôt des éléments qui composeraient leur déjeuner. Il décida d'aider Lucy, pendant que Marilou déblatérait sur les inconforts liés à son début de grossesse. Elle avait déjà pris trop de poids, selon ses dires, et son linge ne lui allait plus. Elle trouvait que les vêtements de maternité étaient laids. Ils ne rendaient pas justice à la prétendue beauté des femmes enceintes. Et elle continua ainsi pendant toute la préparation du déjeuner. Lucy admirait vraiment Francis, qui devait vivre avec Marilou et endurer ses longs monologues plaintifs. Toutefois, le jeune homme écoutait sa femme avec un petit sourire aux lèvres. Il ne paraissait pas incommodé par la situation. Il savait que c'était passager. Dès qu'ils verraient les premières images du bébé à l'échographie, tous les malaises seraient chose du passé. Il ne lui restait que quelques semaines à patienter. Une fois que Marilou eut fini de se plaindre, elle sembla de meilleure humeur et demanda à sa mère ce qui l'amenait de si bon matin. Lucy prit une grande inspiration et leur exposa son projet :

— Je me suis inscrite dans un voyage humanitaire au Nicaragua, dit-elle. Je pars pour une durée de cinq semaines. Mon groupe et moi allons bâtir un pont dans un petit village là-bas. Je vais vivre dans une famille d'accueil et j'en profiterai pour découvrir les us et coutumes de la place.

— Au Nicaragua, s'exclama Marilou, cinq semaines ? Mais pourquoi ?

— Eh bien, j'ai besoin de nouveaux défis, j'ai envie de voyager, d'apprendre l'espagnol, de vivre comme les gens là-bas et de me satisfaire du strict minimum…

— D'accord, dit Francis, mais un simple voyage au Mexique n'est-il pas suffisant ? Tu n'as qu'à aller dans un hôtel plus bas de gamme et le tour est joué…

Il jeta un regard à sa femme pour avoir son assentiment. Mais celle-ci se contenta de rougir. Elle n'y pouvait rien. Toute allusion au Mexique la rendait mal à l'aise depuis le mariage de Marion. Elle ne pouvait s'empêcher de penser à l'aventure qu'elle avait eue avec Denis. À part lui, Marion et quelques amis dans les secrets de la confession, personne n'était au courant de leur liaison. Elle n'aurait jamais osé l'avouer à Francis, qui considérait Denis comme un grand ami.

— Vous ne pouvez pas comprendre, dit Lucy, vous avez profité de votre jeunesse. Ce n'était pas comme ça, dans mon temps, je n'avais pas d'argent et je n'ai jamais voyagé. C'est le temps ou jamais. J'ai envie de m'engager dans une cause noble et d'aider les gens.

— Je comprends, continua Marilou, mais pourquoi aller si loin ? Tu peux faire du bénévolat ici. À l'hôpital ou dans une école primaire…

— Je veux aller en voyage – Lucy avait l'impression d'être une enfant de seize ans qui essayait de convaincre ses parents de la laisser partir au Zimbabwe –, c'est décidé de toute façon, que vous soyez d'accord ou non.

— Nous ne sommes pas en désaccord, Lucy. Marilou et moi nous nous demandons seulement pourquoi, tout à coup, tu souhaites faire de l'aide humanitaire. Tu ne voulais même pas garder le chat de ton voisin, il y a un mois, et maintenant tu veux aller aider les gens du Nicaragua. Avoue que c'est assez surprenant comme revirement de situation. Laisse-nous juste le temps de nous habituer à ton projet.

Les paroles de Francis eurent pour effet de calmer Lucy. Il avait sans doute raison. Son projet en étonnait plus d'un, mais elle comptait bien le mener à terme.

— À quel moment est prévu le grand départ ? Pourrons-nous te joindre par téléphone ou par courriel ? demanda Marilou.

— Je pars à la fin mai. Il y a des téléphones, bien sûr, mais je crois que les connexions Internet sont assez limitées. Je vous enverrai des cartes postales.

— Tu as dit fin mai ? Mais maman, je dois accoucher début juin. Tu ne seras même pas là…

Oups ! Lucy avait omis ce léger détail. Dans son empressement à oublier son futur statut de grand-mère, elle avait négligé d'enregistrer mentalement la date prévue d'accouchement de sa fille. Cette dernière, bien qu'elle l'ait évitée comme la peste pendant presque cinq ans, pleurait dans les bras de son mari parce que sa mère serait absente lors du deuxième plus beau jour de sa vie – le premier étant le jour de son mariage. Lucy se sentit mal.

— Excuse-moi, ma grande, j'avais oublié. Je vais me renseigner auprès de l'organisateur. Il y a un autre groupe qui part un mois plus tôt. Je pourrais peut-être m'y joindre. De cette façon, je serai présente pour la venue de ton bébé. Ne pleure pas, ma chouette.

Il fallut au moins cinq minutes à Marilou pour qu'elle cesse de hoqueter. Elle fit promettre à sa mère qu'elle ne serait pas en voyage humanitaire le jour de son accouchement. Lucy prêta serment, mais cela compromettait grandement son projet. On ne savait jamais avec un premier bébé. Il pouvait naître des semaines avant la date, comme des semaines après. Cela ne lui laissait pas beaucoup de marge de manœuvre quant aux dates. Peut-être pourrait-elle se joindre au groupe qui partait à Noël ? Mais elle manquerait Noël en famille. C'était très important pour elle depuis que Marilou et elle s'étaient rapprochées. Et cela lui laissait moins de temps pour amasser les fonds suffisants pour son voyage. Dieu que c'était compliqué de vouloir venir en aide aux autres…

Après avoir promis, promis et promis encore qu'elle serait là pour le jour J, Lucy put finalement retourner chez elle. Décidément, sa fille était très sensible. Elle, de son côté, était très embêtée. Elle ne pouvait pas revenir sur sa parole, mais modifier la date de son voyage ne serait pas une mince affaire non plus. En plus, elle avait prévu partir en même temps qu'Émilie. Si elle changeait de groupe, elle ne connaîtrait personne. Avant de faire tout changement, elle en glisserait un mot à Francis. Il serait sûrement de bon conseil.

Lucy s'installa devant son ordinateur, dans le but d'écrire sa cinquième chronique de jeunesse. Il lui en manquait une dernière avant de soumettre officiellement son projet à son patron. Elle ouvrit son fichier Word et écrivit un titre, mais l'inspiration ne venait pas. Depuis sa discussion avec Denis, la veille, elle ne pouvait s'empêcher de penser à Christian. Quel était son nom de famille déjà ? Hum, elle s'en souvenait vaguement. Mais elle était certaine que ça commençait par la lettre M. Malouin ? Marcil ? Ça lui reviendrait. Elle voulait faire une recherche sur Internet. Elle n'avait pourtant pas le temps de procrastiner. En plus de sa chronique, elle avait des travaux universitaires à rendre sous peu. Lucy alluma la radio. Elle aimait bien l'émission de l'après-midi, la fin de semaine. Les animateurs étaient drôles et avaient toujours des idées intéressantes pour leurs chroniques.

Conseil nº 5

C'est reconnu, les gens qui mangent du chocolat sont en meilleure santé émotionnelle et physique. D'ailleurs, une récente étude démontre que le sucre dans le chocolat permet au cerveau de s'activer davantage et favorise les apprentissages. Mangez du chocolat et apprenez de nouvelles choses à la mode. Vous pourrez en faire part aux jeunes que vous côtoyez. Pourquoi ne pas vendre du chocolat en faisant du porte-à-porte?

Hum… Lucy n'était pas certaine du bien-fondé de cette chronique. En écoutant son émission de radio de l'après-midi, elle était tombée sur ce reportage qui vantait les bienfaits du chocolat pour les cinquante ans et plus. *Pourquoi ne pas exploiter ce thème?* s'était-elle dit. L'idée du porte-à-porte avait aussi germé dans son esprit. Ce serait un bon moyen de financement pour amasser les fonds en vue de son voyage. Elle devait soumettre le projet à son groupe. Lucy avait réfléchi à la question concernant son projet humanitaire. Elle ne changerait rien pour le moment et continuerait à planifier son expédition. Dans quelques mois, quand sa fille serait moins émotive, elle lui soumettrait de nouveau son idée. Trop occupée à penser au bébé à venir, Marilou verrait peut-être son projet d'un nouvel œil. En attendant, elle resterait vague sur ses projets. Pour l'instant, elle était encore à la recherche du fameux Christian. Tout en dégustant une barre de chocolat – elle avait beaucoup de travaux universitaires et voulait stimuler son cerveau au maximum avant de se plonger dedans –, elle furetait sur Internet. Quelle chance elle avait ! Il s'avérait que Marilou était amie avec la sœur de Christian, Évelyne Marquis. Il ne devait pas y avoir une tonne de Christian Marquis à Québec. La recherche de Lucy ne fut pas longue et elle tomba rapidement sur la page du jeune homme. Elle le reconnut aussitôt, bien que sa photo le représentât de côté – c'était une vraie photo de profil. Il était toujours aussi beau, mais Lucy ne réussit pas à obtenir beaucoup d'informations à son sujet, puisque son compte n'était ouvert qu'à ses amis. Elle hésita un long moment et lui envoya finalement une invitation d'amitié. *Au pire,* se dit-elle, *il la refusera.* Mais secrètement, elle espérait qu'il accepterait. En attendant de recevoir ladite réponse, elle se plongea dans ses travaux universitaires. Chose difficile, puisqu'elle rafraîchissait sa page toutes les cinq minutes afin de voir si Christian avait acquiescé à sa demande. Impossible pour elle de se concentrer dans son appartement. Lucy décida donc d'aller étudier à la bibliothèque de l'université. L'ambiance serait sans doute plus propice au travail.

Il y avait peu de gens sur le campus, on était dimanche après tout. Mais quelques étudiants étaient installés ici et là, et étudiaient. Lucy avait toujours aimé l'atmosphère des biblio-thèques. Elle adorait l'odeur des livres, le son des pages qui se tournent et le chuchotement des gens. Tout était propice à la plus grande concentration. Elle se dirigea vers une table inoccupée et sortit son matériel. Elle réussit à se concentrer pendant une bonne heure, mais elle dut renoncer à avancer davantage dans ses travaux. Elle avait besoin d'un ordinateur pour continuer. Alors qu'elle rangeait ses effets dans son sac, elle vit son professeur – le vieux bonhomme. Il discutait avec l'une des employées au comptoir de prêt. La jeune fille semblait le trouver très sympathique et elle riait à gorge déployée à chacun de ses commentaires. La présence de son professeur tombait à point nommé, puisque Lucy avait une question à lui poser concernant un travail. Elle s'apprêtait justement à retourner à la maison pour lui écrire un courriel (et regarder sa page Facebook en même temps). Elle n'eut pas à attirer son attention, c'est lui qui l'aperçut en premier. Il la salua, glissa un dernier commentaire à la commis et se dirigea vers Lucy. Cette dernière se sentit gênée, tout à coup, et elle eut une bouffée de chaleur. Il lui fit un charmant sourire et s'installa à sa table, comme s'ils se connaissaient depuis toujours.

— Tiens, dit-il, une de mes charmantes étudiantes ! Comment avancent les travaux ?

Lucy ne s'attendait pas à ce qu'il soit aussi aimable. Elle avait l'habitude de le voir dans son rôle sérieux de professeur, bien qu'il glissât quelques blagues ici et là à l'occasion. C'était un bel homme. De grands yeux vert pâle se cachaient derrière ses lunettes, et ses rides montraient qu'il riait souvent. Il dégageait une confiance en soi et un magnétisme impressionnants. Lucy était étonnée de ne pas l'avoir remarqué plus tôt. C'était sans doute le genre de personne qu'il fallait côtoyer de près pour ressentir toute son attraction. Ils discutèrent quelques minutes.

— Tu vas me trouver indiscret, dit-il, mais puis-je savoir ce qui t'amène sur les bancs d'école à ton âge ?

Lucy hésita. Que pouvait-elle bien répondre à ça ? Elle-même se posait encore la question.

— J'ai besoin de nouveaux défis, affirma-t-elle.

— Je suis tout à fait d'accord avec toi, dit-il. Il n'est jamais trop tard pour apprendre de nouvelles choses et pour parfaire nos connaissances. Moi-même je suis encore des cours. J'aime être à jour et connecté avec les jeunes.

Wow, Lucy tombait des nues. Un homme de son âge qui avait le même souhait qu'elle : être proche des jeunes. Décidément, ils avaient beaucoup d'affinités. Dire qu'elle ne s'était même pas donné la peine de retenir son prénom. Un bref regard à son plan de cours lui apprit qu'il s'appelait James. Eh bien, ce James Roussel présentait de plus en plus de qualités intéressantes. Après s'être assuré qu'elle n'avait plus de questions, il lui souhaita une bonne fin de journée et, après avoir salué la commis qui le regardait encore en souriant, il quitta la bibliothèque. Lucy fit de même. La journée s'achevait et elle était un peu déçue d'être seule pour le souper. Elle mangerait le reste de bœuf bourguignon de la veille.

Elle sauta littéralement sur son ordinateur en arrivant chez elle. Toujours rien. Bon. Peut-être Christian était-il du genre à aller sur Facebook une fois par jour, toujours à la même heure. Elle se donnait quelques jours pour cesser de se faire de la bile avec ça. Lucy regarda par la fenêtre. La lumière du soleil faiblissait doucement. L'automne était déjà là. Bientôt, ce serait l'Halloween. Elle repensa à son idée de *party*. Ce projet lui changerait les idées. Elle décida de faire une ébauche de la liste d'invités. Elle eut à peine le temps de finir d'écrire son nom sur la liste qu'on frappa à la porte. Étonnée, elle alla répondre. Peu de gens la dérangeaient le dimanche soir. En général, c'était une soirée beaucoup trop tranquille. Quelle ne fut pas sa surprise de voir Marion sur le pas de la porte !

— Je te dérange ? demanda-t-elle.

— Non, en fait, tu tombes bien. Je veux planifier une fête pour l'Halloween. Tu pourrais m'aider.

— Je dois me confier à quelqu'un, dit Marion sans tenir compte de la demande de Lucy. Il m'arrive quelque chose d'insensé.

Le ton de la jeune femme ne plut pas à Lucy qui s'attendait au pire. D'ailleurs, c'était étrange que Marion vienne se confier à elle. Habituellement, elle allait voir Marilou ou, tout simplement, Denis. Le fait qu'elle vienne la voir laissait augurer qu'elle avait un problème qu'elle ne pouvait partager ni avec son père ni avec son amie. Lucy lui offrit donc un verre, et les deux femmes s'assirent confortablement sur le sofa. L'une fumait, tandis que l'autre s'épanchait.

— Je suis amoureuse, dit d'emblée Marion.

— Mais c'est une bonne nouvelle !

— Oui, je sais. Je suis tellement heureuse. Il s'appelle Mathieu. C'est l'homme de ma vie. Il n'y a qu'un petit hic.

— Lequel ? s'enquit Lucy.

— Il est marié.

Évidemment, cette histoire ne pouvait pas être simple...

— Est-il heureux dans son mariage ? demanda Lucy, qui ne souhaitait pas juger Marion sans connaître les détails.

— Il dit que non.

Bien sûr, pensa Lucy. *L'éternelle histoire de l'homme malheureux en amour...*

— T'a-t-il fait des promesses ?

— Il m'a dit qu'il quitterait sa femme pour moi.

— Voyons Marion, ouvre-toi les yeux. Il ne veut que coucher avec toi.

— Ce n'est pas facile pour lui, continua la jeune femme, il a deux petites filles. Il doit trouver le bon moment pour l'annoncer à sa femme.

— Marion, tu n'as jamais regardé de film de filles? Tu n'as jamais lu de romans d'amour? Toutes les femmes qui se font prendre à ce jeu… Tu es une personne intelligente, il me semble. C'est évident qu'il te mène en bateau. Il ne renoncera jamais à sa famille pour toi.

— Je n'y peux rien, je suis amoureuse. Je serais prête à tout abandonner pour lui. Dès que la session se termine, il délaisse sa femme pour moi, annonça Marion.

— Euh… Quel est le lien avec ta session universitaire? s'enquit Lucy.

— Eh bien, il ne peut pas sortir publiquement avec moi tant que la session n'est pas terminée. Ça fait partie des règlements de l'université. Ce serait un manque d'éthique.

— Quoi? Il est professeur à l'université?

— Oui, c'est lui qui me donne mon cours de sexologie. Il est tellement beau et charmant. Il m'a plu dès le premier cours. Il a de l'humour et plein d'autres qualités. C'est un homme qui gagne à être connu.

— Un instant, Marion. Tu es amoureuse de ton prof d'université ? Tu ne trouves pas que tu as déjà assez donné aux enseignants plus âgés ?

Lucy faisait allusion au mariage de Marion avec Jean, son ancien enseignant de français. Jean était beaucoup plus âgé qu'elle et leur mariage avait à peine duré un an. La jeune femme était tombée enceinte et avait découvert, du même coup, que son mari la trompait. La fin de leur idylle avait été plus que désastreuse. C'était la première fois depuis cet échec que Marion éprouvait des sentiments pour un autre homme. Bien sûr, elle avait eu des aventures ici et là, mais rien de bien sérieux. Sa rencontre avec Mathieu, son professeur, avait tout changé. Il était jeune, dynamique et séduisant. La plupart des femmes s'inscrivaient à son cours parce qu'il était intelligent ET beau. Il savait charmer ses étudiantes, et il semblait que Marion lui était tombée dans l'œil. C'était réciproque.

— Il n'est pas bien plus âgé que moi, dit Marion. Tu peux bien me juger si tu veux, je ne suis pas en quête d'approbation. Je voulais seulement me confier à quelqu'un.

— Tu as bien fait de venir m'en parler, renchérit Lucy. En as-tu discuté avec ton père ?

Lucy savait très bien que si Marion se livrait à elle, c'était qu'elle n'avait pas le courage d'en toucher un mot à Denis encore.

— Non, je ne lui ai rien dit. Il n'accueille pas toujours mes prétendants de façon positive. Mais je sais qu'il souhaite mon bonheur. Je compte le mettre au courant bientôt. Je me disais – elle hésita – qu'on pourrait lui annoncer la nouvelle ensemble !

— Pas question, répondit Lucy. Je ne me mêle pas de ton histoire. J'ai déjà participé amplement à ta rupture avec Jean.

— S'il te plaît, Lucy. Tu sais bien que ça passera mieux si tu es là. Mon père ne me fera pas son sermon habituel sur «les hommes qui profitent des femmes innocentes et qui utilisent leur statut d'universitaire pour séduire les plus jeunes».

Elle imitait tellement bien Denis que cela fit rire Lucy. Grave erreur, puisque Marion tint pour acquis qu'elle acceptait sa demande. Dans quoi allait-elle s'embarquer encore une fois ? Finalement, elle n'avait pas trop le choix, elle promit d'être présente lors de la «fameuse annonce». En retour, Marion devait l'aider à préparer sa fête d'Halloween. La jeune femme s'engagea même à participer au *party* et à se faire accompagner par Mathieu. Lucy se dit qu'il serait sans doute trop occupé à récolter des bonbons avec ses deux fillettes, mais elle n'émit pas de commentaire. Autant Marion pouvait avoir un comportement d'adulte, autant elle agissait parfois en enfant.

Marion lui parla encore un peu de Mathieu – elle lui fit presque une biographie complète – et elle lui assura qu'elle n'avait pas couché avec lui.

— Je ne veux pas me faire avoir, dit-elle. Je veux être certaine qu'il quitte sa femme avant de m'offrir à lui. J'ai déjà été trompée, je sais l'effet que ça fait d'apprendre que son mari couche avec un autre.

— C'est bien honorable de ta part, Marion, mais tu brises un couple quand même. Pense aux petites filles qui vont perdre leur papa.

— Elles ne vont pas perdre leur papa, elles seront toujours les bienvenues chez nous. Il m'a montré des photos, elles sont adorables.

— Es-tu prête à endosser le rôle de la belle-mère ? C'est assez ingrat. Tu as beau aimer le père, il aimera toujours ses filles plus que toi.

— J'ai déjà été belle-mère, Lucy, je sais ce qui m'attend.

— Voyons, Marion, la raisonna Lucy, Justine, la fille de Jean, avait ton âge. Tu n'étais pas réellement sa belle-mère. Entends-tu ce que tu dis ? Tu devras trouver de bien meilleurs arguments si tu veux convaincre ton père. Déjà qu'il n'a pas digéré ton mariage avec Jean…

— Je sais, Lucy, tu as raison. Nous devons nous préparer adéquatement. Mais nous en reparlerons. J'ai promis à Marilou de l'accompagner à son cours prénatal sur l'alimentation. Francis travaille ce soir. Un dimanche, c'est bizarre. Mais bon. Je dois y aller. Ne parle pas de mon histoire avec Mathieu, d'accord ? Je veux en discuter avec mon père avant.

— Vas-tu en glisser un mot à Marilou ? s'enquit Lucy.

— J'hésite. Elle est déjà assez à fleur de peau comme ça. Je vais attendre encore un peu, je pense.

— N'attends pas trop, recommanda Lucy, Marilou est très perspicace. Elle sera fâchée si tu gardes ton secret trop longtemps.

Marion la serra dans ses bras, la remercia, lui donna un gros bec et sortit telle une tornade. Voilà. Lucy était encore prise dans une drôle d'histoire.

Lucy réfléchit au commentaire de Marion concernant Francis. Il était effectivement bizarre que celui-ci travaille un dimanche soir. Elle décida de le relancer et l'appela au travail. S'il trouvait son appel étrange, elle lui dirait qu'elle souhaitait visiter d'autres maisons avec lui. Il répondit à la première sonnerie.

— Bonsoir, Francis, c'est Lucy.

— Tiens, bonsoir, Lucy. Comment vas-tu ? dit-il d'un ton distrait.

— Bien, merci. Tu es au bureau le dimanche soir, maintenant ? demanda-t-elle.

— Non. Oui ! se reprit-il. Je suis sur un gros dossier.

Lucy savait reconnaître une personne qui ment. Elle laissa Francis s'empêtrer un peu dans son mensonge. Il était question d'un dossier, d'un délai et d'échéances, mais cela ne semblait pas clair. De toute façon, Lucy n'écoutait plus. À l'écran de son ordinateur, elle pouvait voir que Christian Marquis avait accepté sa demande d'amitié.

— Lucy, tu m'écoutes ? voulut savoir Francis.

— Oui, oui, mon beau Francis, j'étais distraite. Tu disais ?

— Je me demandais quelle était la raison de ton appel.

— Euh…

C'était à son tour d'inventer un mensonge, mais plus rien ne lui venait à l'esprit.

— Très bien, dit Francis, soyons honnêtes l'un envers l'autre. Après tout, nous avons vécu une expérience mystique ensemble. Nos esprits sont connectés.

Lucy apprécia son humour relatif à la maison « hantée » qu'ils avaient visitée.

— D'accord, dit-elle en riant. Soyons honnêtes. Pourquoi n'accompagnes-tu pas Marilou à son cours sur l'alimentation ?

— Je n'en peux plus d'entendre parler d'alimentation, confia-t-il. Il n'y a que des aliments bio qui franchissent la porte du réfrigérateur. Chaque fois que je mange une friandise ou une cochonnerie, je me fais regarder comme si je mettais la vie du bébé en danger. J'ai le goût de me réfugier chez le voisin pour me faire cuire une bonne boîte de Kraft Dinner. Je sais que les femmes parlent souvent de grossesse sympathique, mais la sympathie a ses limites.

Ouf, il n'avait pas été franc de la sorte depuis longtemps. Ça faisait du bien. Pour Lucy, c'était la soirée des confidences. Mais elle comprenait son gendre. Sa fille pouvait se montrer un peu hystérique quand elle était dans son SPM, alors enceinte... ça ne devait pas être la lune de miel tous les jours pour le jeune couple.

— Sois patient, dit-elle à Francis pour l'encourager. Et continue à te retirer quand tu te sens sur le point d'exploser. C'est beaucoup mieux comme ça.

— Merci, répondit Francis. Oh! En passant, l'agent immobilier m'a téléphoné. Il aurait d'autres maisons à nous faire visiter. Serais-tu libre cette semaine?

— Bien sûr, j'espère juste que notre expérience ne sera pas aussi désastreuse et terrifiante.

Ils rirent un bon coup et raccrochèrent une fois le rendez-vous fixé. Francis était un très bon gars pour sa fille, Lucy le savait depuis le début de leurs fréquentations. Mais Marilou, bien qu'elle fût enceinte, devait faire des efforts de son côté. Lucy prit note de l'appeler pour en discuter avec elle. Pour l'instant, elle avait un autre projet : Christian !

Lucy passa une bonne demi-heure à examiner les photos du jeune homme. Il avait peu changé au cours des trois dernières années. Sur sa page, on voyait beaucoup de commentaires liés à sa vie de papa à temps plein. Lucy comprit qu'il avait la garde complète de sa fille. D'ailleurs, il y avait plusieurs photos d'elle. La petite avait le même air taciturne que son père. Christian était célibataire et, selon les dires de Facebook, il travaillait encore à la même place. Lucy décida de lui écrire un court message pour lui faire part de son plaisir de l'avoir retrouvé sur ce réseau social. La rédaction lui prit près d'une heure. Elle ne voulait pas avoir l'air trop empressée dans ses propos, mais pas désintéressée non plus. Décidément, la communication était nettement plus difficile lorsque la personne ne se trouvait pas devant soi. Finalement, une fois satisfaite de son message qui comptait environ quatre lignes, elle l'envoya. Lucy attendrait la réponse avec impatience. Elle fuma une dernière cigarette et alla se coucher. La journée avait été pleine de rebondissements pour un dimanche qui s'annonçait ennuyeux.

Les lundis, Lucy avait une rencontre prévue avec son groupe de voyage humanitaire. Chaque semaine, ils discutaient de leurs idées de collecte de fonds et du projet de construction du pont. Celui-ci semblait un peu bâclé. Lucy espérait que l'organisateur du voyage ferait appel à un ingénieur pour les détails les plus importants. Denis, avec son scénario de poutre dans l'œil, l'avait un peu effrayée. Elle avait déjà acheté des lunettes de protection qu'elle comptait bien glisser dans sa valise. D'ailleurs, elle en parla aux autres membres, qui approuvèrent son idée avec enthousiasme. Ils promirent tous de faire comme elle. Leurs rencontres étaient toujours agréables. Ils s'amusaient à discuter un peu en espagnol, mais Lucy ne maîtrisait pas les rudiments de cette langue. Elle allait suivre un cours à l'hiver. En attendant, elle comptait bien se procurer un cours audio qu'elle écouterait en voiture. Elle soumit aussi son idée de vendre des barres de chocolat, mais il s'avéra que le projet était trop coûteux pour les bénéfices qu'il engendrait. D'autres participants avaient en tête d'organiser une grosse fête dans un bar tout près de l'université. Quelques démarches avaient déjà été faites et l'endroit était réservé pour l'Halloween. Cela venait un peu contrecarrer les plans de Lucy, qui désirait faire une fête le même soir. Toutefois, elle avait entendu dire que les collectes de fonds dans les bars rapportaient en général beaucoup d'argent. Elle ne pouvait cracher sur ce montant. Lucy accepta donc de participer, elle aussi, à l'événement. Après sa rencontre, elle se devait d'avaler vite une bouchée, car elle avait un cours en après-midi. Installée à la cafétéria après avoir commandé le menu du midi, elle scruta les alentours dans l'espoir d'apercevoir quelqu'un qui pourrait lui tenir compagnie le temps du repas. Il y avait peu de gens qui fréquentaient la cafétéria. Le plat qu'elle mangeait en était indubitablement la cause : c'était infect. Elle s'apprêta à se lever lorsqu'elle vit un bel homme franchir le pas de la porte. Il était grand, mince, mais musclé, et il portait un costume. Même si elle ne l'avait jamais vu, Lucy crut reconnaître Mathieu, le nouvel amoureux de Marion. Elle était certaine qu'il s'agissait de lui. Marion avait du goût, car il était vraiment bel homme. Elle comprenait la jeune femme de ne pas avoir su résister à ses charmes. Lucy le regarda se promener dans la cafétéria. Il était toujours intéressant d'observer une personne à son insu. Toutefois, elle n'eut pas le temps de s'amuser davantage à ce petit jeu. Elle allait être en retard. Elle pénétra dans son cours et salua James. Il la gratifia d'un sourire chaleureux et invita ensuite ses étudiants à s'asseoir. S'ensuivirent trois heures de cours magistral. Lucy se dit que son cerveau allait exploser tant elle avait de nouvelles informations à enregistrer. Elle devait s'avouer qu'elle était un peu découragée par toute cette théorie. Elle ferait de son mieux et mangerait plus de chocolat. Fatiguée de sa journée, elle retourna chez elle dans l'intention de travailler sur sa chronique. Une surprise l'attendait à son domicile. Marilou était là, assise sur le sofa du salon. Elle regardait la télévision.

— Bonjour, maman, dit-elle. Est-ce que je te dérange ?

— Tu ne peux pas me déranger, puisque je ne suis pas là, répondit Lucy avec humour.

Mais sa fille ne semblait pas ouverte à la rigolade.

— Qu'est-ce qui se passe, ma grande ? demanda Lucy. As-tu des problèmes avec Francis ou le bébé ?

— Non, ce n'est pas ça. J'ai un embêtement au travail. J'en ai déjà discuté avec Francis, mais il m'a dit de ne pas m'en faire. Pourtant, ça me chicote sans cesse.

— Tiens donc, que se passe-t-il?

— J'ai une collègue qui ne sourit jamais et ça me dérange.

Lucy se demanda si sa fille était sérieuse. Elle en avait tout l'air. Bien qu'elle trouvât sa situation plus comique qu'embêtante, elle se décida à l'écouter jusqu'à la fin.

— Tu comprends, maman, chaque jour je lui souris, je lui dis bonjour, je fais des tentatives d'humour, mais elle ne sourit jamais. Je ne sais plus quoi faire. Penses-tu que c'est moi le problème?

— Je ne suis pas certaine de comprendre, dit Lucy. Pourquoi est-ce si important pour toi que cette collègue sourie? A-t-elle déjà été désagréable avec toi?

— Non, mais j'ai l'impression qu'elle ne m'aime pas. J'essaie de l'ignorer, mais on travaille dans le même bureau. J'ai beau essayer d'être gentille, elle me regarde à peine. On dirait qu'elle me méprise.

— En as-tu déjà discuté avec elle? Avez-vous des conflits d'intérêts? Espère-t-elle obtenir ton poste? Qu'est-ce qui peut causer ça, d'après toi? interrogea Lucy.

Quand même, le problème de sa fille était assez futile. Mais Marilou avait le bien-être des gens autour d'elle à cœur.

— Elle a été engagée en même temps que moi, nos salaires sont similaires. Je ne pense pas qu'elle convoite mon poste. Elle a toujours eu le même visage de marbre, mais on dirait que c'est pire depuis que je suis enceinte. Je me demande si je ne devrais pas en parler à mon supérieur.

— Que vas-tu lui dire ? Cher patron, ma collègue ne sourit pas et ça me dérange… Marilou, choisis tes combats. Pense donc à toi au lieu de t'en faire avec les problèmes des autres.

— Tu ne peux pas être conciliante un peu… Je viens me vider le cœur et tu ris de moi.

— Très bien, répliqua Lucy. Souhaites-tu que je te dise cela : «Aaah, ma chouette, continue à essayer de la faire sourire. Tu pourrais te déguiser en clown pour l'Halloween. Peut-être que ça fonctionnerait ? Veux-tu que je te prête mon répertoire de bonnes blagues ? »

— Je savais que tu ne me prendrais pas au sérieux. J'aurais dû me taire aussi.

La jeune femme bouda quelques minutes sur le sofa. Après quelque temps, elle renchérit.

— Tu crois que je devrais lui parler ?

— À qui ? demanda Lucy.

— Ma collègue, voyons. Elle est très jolie. Si elle souriait, elle le serait encore plus. Elle a mon âge, on pourrait être copines et dîner ensemble.

— Tu as raison. Si tu crois que lui en parler est la bonne solution, vas-y. Après tout, tu ne sais pas ce qu'elle vit en dehors du travail. Peut-être qu'elle a des problèmes de couple qui la rendent malheureuse.

— C'est ce que je vais faire, conclut Marilou. As-tu parlé à Marion récemment ? demanda-t-elle, pour changer de sujet. Je l'ai vue hier. Elle m'a accompagnée à mon cours sur l'alimentation, mais nous n'avons pas eu la chance de discuter beaucoup. Elle m'a semblé distraite. Y a-t-il un homme dans sa vie ?

Lucy ne s'était pas trompée lorsqu'elle avait dit à Marion que Marilou était très perspicace. Elle n'aimait pas mentir à sa fille, mais elle avait promis de garder le secret.

— Je n'en sais rien, dit-elle.

Ouf. Au moins, avec cette réponse, elle restait assez évasive. Heureusement, Marilou enchaîna sur un autre problème.

— Je trouve que Francis est bizarre dernièrement. Il travaille beaucoup trop. Je soupçonne qu'il me cache quelque chose.

— Je pense, ma grande, que tu vois des conspirations partout. Francis, Marion, ta collègue… Rien n'a changé dans ton entourage. C'est toi qui changes.

Il y eut eu un temps où Marilou détestait donner raison à sa mère. Toutefois, elle semblait s'assagir en vieillissant. Elle enchaîna avec sa dernière question.

— As-tu modifié tes dates de voyage au Nicaragua, finalement ?

Oh ! Oh ! Lucy devait encore mentir. Elle ne l'avait pas vu venir, cette question. Elle tenta de rester fuyante en disant qu'elle rencontrait son groupe les lundis et que leurs rencontres étaient très productives. Elle poursuivit en disant que sa journée du lundi était toujours bien remplie, car elle avait aussi un cours. Elle lui parla quelques minutes de son professeur et de ses nouvelles amies. Sa stratégie était bonne, car plus elle s'éloignait du sujet du voyage, moins Marilou risquait de la questionner. Après près d'une demi-heure de bavardage, la jeune femme quitta sa mère sans les réponses escomptées, mais un peu plus heureuse. Lucy, de son côté, devait mettre Francis et Marion en garde. Marilou était suspicieuse…

Conseil n° 6

C'est notoire, les gens qui font de l'activité physique paraissent et se sentent plus jeunes. Pourquoi ne pas vous inscrire à un cours de Zumba ou de hatha yoga ? Vous trouverez sans doute les dix premières sessions difficiles, mais les courbatures seront vite oubliées au profit de votre plénitude. Vive l'endorphine !

Ça y était ! Ses chroniques avaient officiellement été approuvées par son patron. Elles commenceraient à être publiées dès le début novembre. Lucy voulait en écrire une sur les fêtes d'Halloween, mais ce ne serait plus d'actualité. D'ailleurs, le sport était beaucoup plus à la mode que les *partys*. C'est Marion qui lui avait donné l'idée de cette chronique sur le sport. En effet, la jeune femme l'avait invitée à participer à une session de Zumba gratuite à l'université. Elle avait adoré l'expérience et s'était déhanchée sur la piste comme lorsqu'elle était jeune. Toutefois, le lendemain fut moins plaisant. Lucy découvrit des muscles dont elle ne soupçonnait même pas l'existence. Une autre bonne nouvelle était que Christian lui avait récrit. Dans son court message, il lui disait qu'il allait beaucoup mieux que précédemment, car ses conflits avec son ex-femme étaient résolus. Il avait maintenant la garde exclusive de sa fille, mais elle voyait sa mère une fin de semaine sur deux. Il parlait peu de lui, mais son statut indiquait qu'il était célibataire. C'est la fin de son message qui plut à Lucy. Il disait : « Si tu passes dans le coin de Québec, fais-moi signe ! » Était-il seulement poli ? Lucy s'en moquait. L'invitation était lancée et celle-ci n'était pas tombée dans l'oreille d'une sourde. En attendant le bon moment pour aller à Québec, Lucy se concentra sur un autre projet : la collecte de fonds pour son voyage au Nicaragua. Comme tous les étudiants semblaient participer à la fête d'Halloween organisée dans un bar près de l'université, Lucy mit sa propre fête de côté. Une fête par mois lui suffisait. Tous les membres du voyage collaboreraient à la campagne de financement et ils se partageraient les profits. Pensant encore à son costume, celui de *cheerleader* n'était plus dans la liste, puisqu'il lui faudrait débourser une somme énorme pour se le procurer, elle enfila son manteau pour se rendre à sa rencontre avec Francis. Ils allaient visiter quelques maisons. Elle en profiterait pour lui dire que Marilou le trouvait étrange récemment. Heureusement pour eux, il n'y eut pas de maison hantée sur leur chemin ce soir-là. Toutefois, ils vécurent encore quelques péripéties. Lorsqu'ils arrivèrent à la première maison, l'agent immobilier, toujours aussi enthousiaste que la dernière fois, eut la surprise de constater que la porte était déverrouillée. Il réalisa rapidement que les occupants de la maison étaient sur les lieux, chose qui n'aurait pas dû se produire. Il assura les visiteurs qu'il avait bien laissé un message aux propriétaires. Ceux-ci ne se formalisèrent pas de la visite, mais la maison était sens dessus dessous. Le bain était rempli d'eau sale et froide, et des caleçons crasseux traînaient sur le plancher. Il y avait un salon de beauté au sous-sol et les coiffeuses fumaient, ce qui empestait les lieux. La maison, en soi, était bien, mais son atmosphère était gâchée par les occupants. En plus, toutes les constructions de la rue étaient collées les unes sur les autres. L'agent avait sélectionné ce quartier, car il y avait de beaux parcs autour et il savait que Francis aurait bientôt une petite famille. Encore une fois, ce dernier était déçu. Ils en visitèrent trois sur cette même rue. Les deux autres étaient beaucoup plus jolies, mais Lucy trouvait qu'il y avait des pertes énormes d'espace dans chacune d'elles. La dernière n'avait tout simplement pas de cour. Aucun enfant n'aurait pu s'y amuser. Ce fut une autre soirée infructueuse.

— Peut-être devrais-tu changer d'agent? chuchota Lucy à Francis.

— J'y pense, répondit-il. Il ne semble pas bien cerner mes besoins.

Finalement, Francis dit à l'agent qu'il allait prendre une pause dans ses recherches et qu'il le recontacterait après les Fêtes. L'agent essaya de le convaincre d'en visiter davantage, mais la décision du jeune homme était prise. Il tenterait le coup sans agent. Il reconduisit Lucy chez elle et ils parlèrent peu. Elle lui confia que Marilou était venue la voir concernant sa collègue qui ne souriait pas. Francis, lui, sourit à cette évocation. Il avait rencontré ladite collègue, car Marilou avait insisté pour qu'il vienne constater de visu cette absence de sourire. Avec lui, la jeune femme s'était montrée charmante et souriante. Elle avait même ri de l'une de ses blagues. Marilou n'en revenait pas. Francis, lui, pensait savoir quelle était la raison de ce visage figé chez la fameuse collègue, mais il préférait se taire pour l'instant. Peu avant d'arriver chez elle, Lucy dit à Francis que Marilou commençait à douter du motif de ses absences. Elle lui proposa de visiter des maisons durant la journée. Elle était disponible s'il souhaitait qu'elle l'accompagne. Il la remercia et promit de réfléchir à sa proposition. *Au bout du compte*, se dit Lucy, *ce n'est pas aussi excitant que je pensais de visiter des maisons.*

Les journées passaient vite et Lucy était prête pour la fête. Il y avait longtemps que l'Halloween ne l'avait pas excitée de la sorte. Pour l'occasion, elle n'avait pas de costume traditionnel. Elle mit une grande perruque blonde et se maquilla outrageusement. Elle se tartina les lèvres d'un rouge à lèvres rouge sang et mit même de faux cils. Elle revêtit une minijupe en cuir et de grandes bottes en cuir aussi. Elle enfila des bas de nylon en filet et se coiffa d'un grand chapeau. Elle était déguisée, mais il n'y avait aucun nom à mettre sur son déguisement. Étrangement, elle avait l'air plus jeune vêtue et maquillée de la sorte. Émilie passa la chercher. La jeune femme était déguisée en Google Maps. Il y avait des noms de rues collés sur elle ainsi que le fameux point d'exclamation qui indique le lieu sur la carte. Lucy trouva son costume très ingénieux.

— À nous deux, nous ne nous perdrons pas, ricana Lucy.

Elle avait déjà bu deux margaritas en se préparant, ce qui expliquait son hilarité. Toutefois, elle arrêterait de consommer pour l'instant, puisqu'elle devait s'occuper des billets à l'entrée du bar. La fête fut un succès monstre. Le bar était plein à craquer. Une fois leur service à la porte terminé, les deux amies purent s'amuser avec les autres. Comme il s'agissait d'une collecte de fonds, les participants au voyage se promenaient dans la foule avec une boîte autour du cou. Les gens pouvaient y glisser de l'argent pour aider les futurs voyageurs sur le plan financier. Lucy avait beaucoup de succès avec son déguisement et plusieurs personnes lui donnèrent des petits montants. Ils insistèrent aussi pour partager des *shooters* avec elle. Lucy ne tint pas le compte de ses consommations. Ses talons hauts avaient de plus en plus de difficulté à la supporter. Elle les enleva donc et les garda dans ses mains. Émilie, qui avait à peine pris quelques verres, décida qu'il était grand temps pour sa vieille amie de retourner chez elle. Il ne lui fallut pas beaucoup de temps pour la convaincre de rentrer. En sortant du bar, Lucy trébucha et tomba sur le trottoir. Elle déchira ses collants. Elle se mit à rire devant le comique de la situation. Elle riait tellement que son maquillage coulait sur ses joues. Émilie essayait de la soutenir du mieux qu'elle pouvait, mais les deux femmes avaient de la difficulté à marcher. Il n'était pas très tard et il y avait encore des gens qui circulaient dans la rue piétonnière. Ces derniers lançaient de drôles de regards à Lucy. Bien que ce fût l'Halloween, avec son maquillage barbouillé et ses bas troués, Lucy avait l'air d'une vieille prostituée saoule soutenue par Google Maps. Heureusement qu'elle n'était pas en train de vomir ou de dormir dans une poubelle. Émilie commençait à se demander si elles allaient réussir à se rendre à bon port quand quelqu'un les interpella.

— Lucy, c'est toi?

— Denis, gloussa Lucy – elle était très ivre, c'était évident pour quiconque l'entendait –, que fais-tu dans le coin, à cette heure?

— J'avais un rendez-vous, la rencontre vient de se terminer. Que fais-tu attriquée de la sorte en pleine rue?

Lucy continua à rire et se laissa choir sur le sol. C'est la pauvre Émilie qui dut expliquer toute la situation à Denis. Il proposa de reconduire les deux femmes chez elles. Émilie accepta volontiers. Denis était un ange tombé du ciel. À eux deux, ils réussirent à glisser Lucy sur la banquette arrière. Ils tournèrent le coin de la rue et elle ronflait déjà. Émilie était un peu embarrassée par la situation, mais rassurée à la fois. Elle ne s'était pas attendue à ce qu'une femme de l'âge de Lucy fête de la sorte. Elle la surprenait. Elle discuta un peu avec Denis, l'interrogeant sur son rendez-vous. Il lui avoua qu'il était inscrit sur un site de rencontres, mais que la femme qu'il avait rencontrée ce soir-là n'était pas assez mature à son goût.

— Pourtant, dit-il, elle a presque cinquante ans.

— La maturité n'est pas une question d'âge, conclut Émilie.

Denis vit le regard de la jeune femme dévier vers la banquette arrière et il ne put s'empêcher de rire.

— C'est vrai, dit-il, que Lucy se cherche un peu récemment, mais elle fait preuve de beaucoup de jugement en général. Je vais la questionner davantage pour savoir ce qui se trame.

Denis déposa Émilie chez elle. Elle le remercia chaleureusement et lui caressa même l'épaule quelques secondes. Ce simple contact troubla Denis, mais il garda le sourire. Il devait maintenant s'occuper du corps mort sur la banquette arrière. Comme le domicile de Lucy était plus loin que sa propre maison, il décida de l'emmener chez lui pour la nuit. Il était fatigué et il souhaitait rentrer à la maison. Elle pourrait dormir dans la chambre d'amis. Il eut de la chance, car Marion était à la maison. Elle l'aida à transporter Lucy – il semblait que rien ne pouvait la réveiller – et sa fille s'occupa de déshabiller leur invitée.

— Peux-tu m'expliquer, papa, ce que Lucy fait attriquée de la sorte ?

— Aucune idée, dit son père. Non, en fait, je crois qu'elle avait un *party* d'Halloween qui a peut-être mal tourné.

— Crois-tu que quelqu'un a mis de la drogue du viol dans son verre ? se demanda Marion.

Elle n'attendit pas sa réponse, car le ridicule de la situation lui sauta aux yeux. Qui mettrait de la drogue dans le verre d'une femme de l'âge de sa mère ?

— Je crois que Lucy a juste un peu trop bu, conclut Denis. Laissons-la dormir. Nous l'interrogerons demain.

Ils s'assurèrent de lui laisser beaucoup d'eau et des cachets contre la migraine sur la table de chevet, et montèrent se coucher eux aussi.

Lucy se réveilla en sursaut vers deux heures du matin. Elle avait soif et mal à la tête. Elle se demanda, pendant un instant, où elle pouvait bien se trouver. La chambre lui était familière, mais il lui fallut du temps pour réaliser qu'elle était chez Denis. Comment avait-elle pu atterrir chez lui ? Elle se souvint vaguement de l'avoir croisé dans la rue, mais le reste était flou. Elle remarqua les comprimés sur la table de chevet ainsi que la bouteille d'eau. Elle remercia le ciel d'avoir mis Denis sur son chemin, prit une grande gorgée d'eau, avala deux pilules et se rendormit aussitôt. Le lendemain matin, une odeur de bacon et de café la tira des bras de Morphée. Elle avait mal à la tête et était assoiffée. Elle but un peu d'eau, chercha ses vêtements, mais tout ce qu'elle trouva semblait être en loques. Une robe de chambre était accrochée derrière la porte. Elle la revêtit et se dirigea vers la cafetière la plus proche. Heureusement pour elle, il y avait un miroir dans le corridor. En voyant sa mine, elle bifurqua vers la salle de bain, où elle tomba sur le nécessaire pour enlever son maquillage de la veille. Faisant fi de sa coquetterie habituelle, elle préféra se montrer démaquillée plutôt que toute barbouillée. Elle entra finalement dans la cuisine. Marion et Denis prenaient leur petit-déjeuner. Denis lisait le journal, alors que Marion consultait son téléphone intelligent. Ils levèrent tous les deux la tête en la voyant dans l'embrasure de la porte, mais n'émirent aucun commentaire. C'était beaucoup mieux comme ça. Lucy se servit un café, repéra le pain sur le comptoir, mit une tranche dans le grille-pain et s'installa face à ses hôtes. Elle était prête à répondre à leurs questions.

— Bien dormi ? demanda Denis.

— Pas vraiment. Merci pour toutes vos attentions, par contre. Hum… qu'est-ce que je fais ici, au juste ?

— Ah, ça, dit Denis. C'est toute une histoire. J'espérais que tu pourrais nous raconter le début, car nous ne connaissons que la fin.

Marion déposa son téléphone, avide de détails. Lucy ne leur raconta pas grand-chose. Son histoire était simple : elle avait trop bu dans une fête et s'était rendue complètement ridicule. Elle remettait sérieusement en question son idée de mettre ses propres conseils de jeunesse en pratique. Ses deux hôtes ne dirent rien et se contentèrent de boire leur café en se lançant des regards en coin.

— Mais allez-vous arrêter de vous regarder de la sorte, s'exclama Lucy. On dirait que vous conspirez contre moi. Je ne suis pas une enfant.

— Calme-toi, Lucy, dit Marion. C'est juste qu'on te trouve étrange depuis quelque temps. En fait, tout le monde dans ta famille semble bizarre : Marilou, Francis, toi... Denis et moi avons l'impression que vous cachez des choses. Ce n'est pas dans vos habitudes...

— En ce qui concerne Francis et Marilou, je ne suis au courant de rien, dit Lucy, vaguement mal à l'aise de mentir ainsi. De mon côté, j'acquiers seulement de l'expérience sur le terrain pour ma nouvelle chronique. Voilà tout !

— Tu ne trouves pas que tu prends les choses un peu trop à cœur ? renchérit Denis. Et c'est quoi, exactement, cette chronique ? Comment retomber dans l'adolescence pour mieux se faire gronder par ses parents ?

Denis tenta d'avoir un ton léger, mais son inquiétude pour Lucy était palpable. Cette dernière leur expliqua en gros en quoi consistait sa chronique. Elle n'en avait parlé à personne, à part son patron, et le ridicule de sa démarche lui sauta aux yeux. Mais à quoi avait-elle donc pensé ?

— Je suis peut-être trop vieille pour ce genre de bêtises, avoua-t-elle tout de go.

— Non, non, Lucy, dit Marion. Au contraire, je sais que tu as un cœur jeune. Si tu veux, au lieu de te transformer en cobaye, je peux t'aider pour ta chronique. J'ai plein de bonnes idées à te soumettre. Je pourrai me baser sur mon cours de sexologie. Le professeur nous apprend chaque semaine plein de nouvelles théories avant-gardistes.

— À tout le monde, ou juste à toi ? blagua Lucy en lui faisant un clin d'œil.

Marion vira au rouge. Oups ! Lucy avait oublié qu'il s'agissait d'une confidence. Tout de même, les gens autour d'elle lui confiaient tellement de secrets qu'elle ne savait même plus où elle en était. Par chance, Denis ne sembla pas relever le commentaire. Lucy se dit qu'il s'agissait sans doute du meilleur moment pour que Marion se livre à son père. Après tout, ne lui avait-elle pas dit qu'elle souhaitait qu'elle soit là ? La jeune amoureuse dut se rappeler la même chose, car elle prit une grande inspiration et se lança.

— Papa, j'ai quelque chose d'important à te dire.

Denis, qui feuilletait maintenant le journal, acquiesça derrière les pages grises.

— Vas-y, ma grande ! dit-il, toujours caché derrière son quotidien.

— Je suis amoureuse.

Il baissa rapidement son journal ; on put voir un grand sourire sur ses lèvres.

— Quelle bonne nouvelle! Qui est l'heureux élu? Un homme que tu côtoies dans tes cours?

— Presque, dit-elle. En fait, il s'agit de mon chargé de cours. Tu vas voir, Mathieu est très gentil, sympathique, c'est un père aimant.

— Pardon? Un père aimant? Il est divorcé? demanda-t-il.

— Pas encore, mais ça ne saurait tarder…

— Et il est séparé depuis combien de temps?

Marion hésita. Elle redoutait cette question, mais devait l'affronter. Le regard d'encouragement de Lucy l'aida dans sa lancée.

— C'est ça le hic. Il n'est pas encore séparé. Sa femme n'est pas au courant pour… pour nous deux.

Denis déposa son journal, prit une gorgée de café et reposa sa tasse délicatement. Lucy ne savait pas s'il allait exploser de fureur ou si sa tasse allait terminer sa vie en éclatant sur le mur le plus près. Denis n'était pas du genre colérique en général. Toutefois, il ne supportait pas les liaisons adultères. Lui-même avait été trompé dans le passé et la blessure n'était pas encore tout à fait cicatrisée. Ce n'était pas une question d'amour, mais plutôt d'orgueil. Que sa fille soit l'autre femme, ça, il ne pouvait le tolérer.

— Tu sais, papa, dit Marion, le cœur a ses raisons.

— … que la raison ne connaît point. Oui, je sais.

— Quoi?

— C'est ça le dicton complet: «Le cœur a ses raisons que la raison ne connaît point», affirma Denis.

— Ah! Je pensais qu'on disait seulement: «Le cœur a ses raisons…» Tu sais, comme dans l'émission avec Anne Dorval et Marc Labrèche.

— Quelle émission? demanda Denis.

— Tu le sais, papa, on l'a regardé ensemble, tu n'arrêtais pas de rire. Anne Dorval était hilarante en Criquette.

— Je ne m'en souviens pas. De toute façon, là n'est pas la question. Tu connais mon opinion sur ta relation avec ton Mathieu.

Marion saisissait, en effet, les réticences de son père. Mais il devait comprendre. Elle quitterait tout pour cet homme. C'est ce qu'elle tenta de lui expliquer dans la demi-heure qui suivit. La conclusion de cette discussion fut que Marion était une adulte. Denis n'avait donc pas à se mêler de sa vie privée. Toutefois, le jeune homme n'était pas le bienvenu tant que sa situation matrimoniale n'était pas mise au clair. La jeune femme fut satisfaite. Elle embrassa son père, lui promit que tout irait bien et lui affirma qu'il serait conquis par le charme de Mathieu. Plus légère, elle se dirigea vers la salle de bain pour se préparer.

— Tu étais au courant, s'enquit Denis ? En fait, continua-t-il sans attendre la réponse, je suis sûr qu'elle t'avait tout dit. À qui d'autre peut-elle se confier ? Certainement pas à Marilou. Elle n'a jamais approuvé sa relation avec Jean, même s'il était divorcé.

— Je crois que dans le cas de Jean, c'était plutôt son âge qui embarrassait ma fille, raisonna Lucy.

Denis savait bien que là n'était pas le vrai problème, puisque lui-même avait envisagé une relation avec la jeune femme, et l'âge ne représentait pas un obstacle majeur. Denis, lui, pensait que c'était plutôt le statut de Jean qui incommodait Marilou. Après tout, l'ex-mari de sa fille était leur enseignant au secondaire. Cela ne semblait pas causer de problème à Marion, puisque celle-ci s'était encore entichée d'un enseignant... Sa fille avait le don de choisir les hommes inaccessibles. Il pressentait encore une fin tragique. Mais bon. Il ne fallait pas traverser le pont avant d'y être arrivé. Il proposa une autre tasse de café à Lucy, qui refusa. Elle lui demanda s'il avait la gentillesse de la reconduire chez elle. Marion, qui sortait de la salle de bain au même moment, se proposa comme chauffeur. Elle prêta à Lucy un survêtement afin qu'elle n'ait pas à remettre ses vêtements de «prostituée», comme elle les appelait maintenant en riant. Dans la voiture, Marion bavarda comme une vraie pie. Elle parut très satisfaite de la discussion qu'elle avait eue avec son père. De plus, son nouveau projet de coécriture avec Lucy l'intéressait vraiment.

— Tiens, dit-elle en lui tendant un article, j'ai trouvé ça dans mes notes de cours pendant que tu te changeais. Je crois que le contenu pourra t'aider pour ta prochaine chronique.

Lucy lut le titre : *C'est prouvé, le sexe rend jeune !*

Hum, se dit-elle. *Pourquoi ne pas tenter une dernière expérience sur le terrain ?...*

Deuxième partie

Québec, le 21 novembre 2014

Chère Madame Tremblay,

Nous vous remercions d'avoir soumis votre candidature à l'émission Quel âge me donnez-vous?*, animée par Jean Airoldi, sur les ondes de Canal Vie. C'est avec plaisir que nous vous annonçons que votre candidature a soulevé notre intérêt et que nous vous avons sélectionnée comme candidate pour la nouvelle saison de l'émission, qui sera diffusée dès l'été 2015. Vous devrez vous présenter dans la belle ville de Québec dès la première semaine de janvier, et le tournage durera environ dix jours. Nous avons hâte de vous faire vivre cette expérience magique de rajeunissement. Nous communiquerons avec vous sous peu, pour vous donner plus d'informations. Au plaisir de vous aider à avoir l'air de votre âge!*

Suzanne Binette
Responsable du marketing
Émission Quel âge me donnez-vous?

Lucy n'avait jamais été aussi insultée de toute sa vie. Mais qui donc l'avait inscrite à cette émission? Était-ce une blague? Elle n'avait pas l'air plus âgée que ses soixante-trois ans quand même... Lucy déposa délicatement la lettre sur son bureau et se demanda qui elle allait appeler en premier. Sa fille ou Marion? Laquelle des deux était la plus susceptible de lui faire un coup pareil? Prête à les abreuver d'injures, elle appela Marilou en premier. Cette dernière lui assura qu'elle n'y était pour rien, mais se montra positive envers l'idée.

— Penses-y, maman, dit Marilou, c'est une bonne occasion pour toi de profiter des conseils d'experts pour repenser ton *look*. À quand remonte la dernière fois où tu as acheté du linge? Ou que tu as changé tes cheveux? Tu auras droit à plein de conseils et de vêtements gratuits. En plus, tu pourras voir le beau Jean Airoldi, chanceuse!

— Oui, tu as peut-être raison, mais quand même. C'est un peu insultant. Tu es sûre que ce n'est pas toi qui m'as inscrite? Tu peux me le dire, je ne suis plus aussi fâchée que tantôt…

— Non, ce n'est pas moi, je n'ai jamais regardé cette émission. Tu vas bien t'amuser. Je pourrais peut-être t'accompagner quelques jours si c'est possible.

— On verra, ma grande. Je vais appeler Marion pour voir si ce n'est pas elle qui m'a fait le coup…

— D'accord, tiens-moi au courant. Je vais dire la bonne nouvelle à Francis.

Lucy remarqua que Marilou était de bien meilleure humeur depuis quelque temps. Les premiers mois les plus difficiles étaient terminés, son ventre commençait à s'arrondir et sa prise de poids semblait se stabiliser. Tout allait pour le mieux. Lucy tenta de rejoindre Marion, mais sans succès. Elle alluma une cigarette et réfléchit au contenu de la lettre. Bon, c'était un peu insultant, mais elle devait reconnaître que sa fille avait raison. Elle allait bénéficier de conseils et de soins hors du commun, gratuitement de surcroît. Pourquoi ne pas en profiter ? Québec ! Elle attendait ce moment depuis presque un mois, c'est-à-dire l'opportunité d'aller visiter Christian. En plus, elle aurait un nouveau *look* plus jeune pour le revoir. C'était le plan idéal. Lucy réprima son envie de lui écrire tout de suite pour lui annoncer son arrivée. Elle ne devait pas l'effaroucher. En attendant, elle avait du pain sur la planche avec sa fin de session. Une chose était sûre, autant James Roussel était sympathique, autant sa charge de travail en classe ne l'était pas. Elle avait une montagne de travail devant elle. Heureusement, son amie Émilie allait l'aider. Cette dernière arriva. Malgré leurs cours communs, les deux femmes avaient eu peu d'occasions de se reparler depuis le *party* d'Halloween qui avait tourné au fiasco. Émilie paraissait songeuse, et Lucy comptait bien en découvrir la raison. C'est la jeune femme qui amena le sujet sur le tapis avant que Lucy ne commence à la questionner.

— Denis, dit-elle, le connais-tu depuis longtemps ?

— Denis ? Celui qui nous a reconduites le soir de l'Halloween ?

— Oui, oui, on n'a pas beaucoup d'amis en commun qui s'appellent Denis, Lucy.

— Euh, je le connais depuis une bonne quinzaine d'années, pourquoi ?

— Il a quel âge ?

— Cinquante-trois ans. Pourquoi toutes ces questions ?

— Hum, c'est embêtant, continua-t-elle, mon père a quarante-neuf ans. Il ne verrait pas cela d'un très bon œil.

— Mais de quoi parles-tu à la fin, Émilie ?

— Je veux sortir avec Denis. J'ai discuté avec lui dans la voiture quand il m'a ramenée chez moi et ça a vraiment cliqué entre nous deux. Je veux le contacter pour l'inviter à faire une activité avec moi. Peux-tu me donner son numéro ?

Mais qu'avaient les femmes à toujours vouloir sortir avec des hommes plus vieux ? Certes, Denis était un très bel homme, mais il était beaucoup trop vieux pour Émilie qui était à l'aube de la vingtaine. Lucy essaya d'user de diplomatie avec sa jeune amie.

— Tu ne penses pas qu'il est un peu vieux pour toi ? Après tout, comme tu viens de le dire, ton père est plus jeune que lui. En plus, je sais de source sûre que Denis ne veut plus d'enfants (elle n'en était pas si sûre, mais elle savait qu'il avait connu des périodes difficiles avec Marion et qu'il ne souhaitait sans doute pas répéter l'expérience). Tu es jeune et jolie, je vois les garçons te tourner autour à l'université. Aucun d'eux ne t'intéresse ?

— Non, Denis m'intéresse. Je te le dis, Lucy, il y a eu un petit quelque chose entre nous. Je ne veux pas le demander en mariage, je veux juste un rendez-vous avec lui. Qu'il apprenne à me connaître. Je suis très mature pour mon âge.

Émilie restait bien campée sur ses positions. Lucy songea qu'elle-même n'avait jamais réussi à le séduire. La tentation avait déjà été là dans le passé, mais Denis était maintenant un très bon ami. Pourrait-elle s'habituer à le voir fréquenter une jeune femme? Sans doute pas. Mais avait-elle le choix? Après tout, elle n'avait pas de réelles bonnes raisons d'empêcher Émilie de l'appeler. Elle lui remit un peu à contrecœur le numéro de Denis, en espérant que ce dernier refuse les avances de son amie. Les deux femmes travaillèrent d'arrache-pied et se couchèrent tard. Quelques jours passèrent, mais Denis n'avait toujours pas donné de nouvelles. Lucy se demanda si Émilie avait tenté de le joindre. De son côté, la candidate à l'émission *Quel âge me donnez-vous?* avait confirmé sa participation et, même si elle n'avait toujours pas trouvé l'auteure de son inscription – Marion lui avait assuré qu'elle ne connaissait même pas Jean Airoldi et qu'elle ne regardait jamais Canal Vie –, elle était de plus en plus excitée à l'idée de se rendre à Québec.

La fin de session arriva. Ce lundi-là, Lucy avait sa dernière rencontre avec son groupe de voyage avant les Fêtes. Les jeunes autour d'elle discutaient en espagnol en rigolant. Lucy, elle, ne comprenait toujours rien dans cette langue. Elle se sentit un peu à l'écart des autres. Leur plan de pont n'avançait toujours pas, aucun professionnel n'avait été consulté. Lucy vit arriver avec un certain soulagement la fin de la rencontre, elle n'aimait pas la tournure que ce voyage était en train de prendre. Un peu plus tard dans la journée, toute souriante, Lucy déposa son travail final sur le bureau de James Roussel, se promettant dans son for intérieur de ne plus jamais s'inscrire à l'université. Elle avait appris beaucoup de choses, elle s'était fait une nouvelle amie, mais elle ne se rappelait pas avoir travaillé aussi fort au cours des quarante dernières années. Son professeur s'informa aimablement de ses plans pour Noël. Il lui demanda aussi si elle avait l'intention de se réinscrire à la session d'hiver. Elle lui répondit par la négative. Il eut l'air déçu, mais lui souhaita tout de même bonne chance.

— On garde contact sur Facebook, lança-t-il, pendant qu'elle prenait place pour le dernier cours de la session.

Elle esquissa un sourire en guise de réponse. Comme il était gentil, ce vieux bonhomme! Son amie s'installa près d'elle, mais elles ne purent échanger que quelques mots. Lucy était vraiment curieuse. Émilie avait-elle contacté Denis? La jeune femme était si discrète. Et son ami ne lui avait rien dit non plus. Elle l'appellerait le soir même pour mettre les choses au clair.

Finalement, ce fut lui qui lui téléphona.

— Salut, Lucy, c'est Denis. Tu dois connaître la raison de mon appel?

— Peut-être…

— Émilie m'a appelé. En fait, elle m'a appelé quarante-trois fois. Elle est assez insistante dans son genre.

— Oui, je la qualifierais plus de têtue, enchaîna Lucy. Que veux-tu, tu lui es tombé dans l'œil, on dirait bien !

— Très drôle, mais c'est absurde. J'ai l'âge d'être son père. Elle est très belle, je dois l'admettre, mais elle est beaucoup trop jeune pour moi. Elle répète sans cesse que je devrais lui donner une chance, qu'elle est très mature pour son âge… Je n'ai plus d'excuses pour refuser ses demandes.

— Eh bien, vas-y, suggéra Lucy. Va souper avec elle. Après, tu lui expliqueras ton point de vue. Tout ce qu'elle veut, au fond, c'est une soirée avec toi.

— Je ne veux pas qu'elle se fasse d'idées, renchérit Denis.

— Dans ce cas-là, sois vieux et grincheux lors du souper, elle va se désintéresser rapidement.

— Vieux et grincheux ?

— Oui, tu sais, comme dans le film *Les vieux grincheux*, tu n'as qu'à t'inspirer des deux bonshommes.

— Es-tu sérieuse, Lucy ? s'étonna Denis.

Lucy ne l'était qu'à moitié, mais elle finit par convaincre Denis qu'une soirée ne ferait de mal à personne. Au pire, il s'amuserait. Elle termina la conversation en lui rappelant de visionner le film dont elle lui avait parlé, afin qu'il se mette dans la peau du personnage. Il rit, mais ne promit rien. Après avoir raccroché, Lucy se demanda pourquoi elle avait encouragé Denis à fréquenter Émilie. Elle n'était pas du tout d'accord avec sa jeune amie. *Au pire*, se dit-elle, *ils se paieront du bon temps lors de cette soirée. Elle se rendra bien vite compte qu'il est beaucoup trop vieux pour elle...*

Conseil n° 7

Le sexe rend jeune! Eh oui, vous avez bien compris. Si vous êtes sobre depuis plusieurs années, il est temps de vous remettre à consommer, et je ne parle pas de boisson. Une étude récente démontre que le sexe permet de retrouver la jeunesse perdue, c'est encore mieux lorsque le partenaire est plus jeune. Alors, qu'attendez-vous? C'est comme enfourcher un vélo, on n'oublie jamais comment faire.

Cette chronique, la dernière avant son départ pour Québec, elle la dédiait à Denis. Il était allé à son rendez-vous avec Émilie, mais ils n'en avaient pas reparlé. Son amie s'était aussi montrée discrète sur le sujet. De toute façon, Lucy avait beaucoup trop à faire de son côté pour s'occuper des autres. Elle avait dû remplir une foule de questionnaires préparatoires à sa participation à l'émission de Jean Airoldi. Elle avait aussi pris rendez-vous avec Christian à la fin de son séjour. Ils s'étaient parlé par l'intermédiaire de Facebook, donc elle n'avait pas pu interpréter, par son ton de voix – puisqu'ils ne se parlaient pas directement –, s'il était vraiment content de la recevoir. Mais bon, elle y allait quand même. Difficile d'analyser le sens des paroles à l'ordinateur. Lucy était très excitée. L'étape de Noël était franchie et la fête avait été pleine de rebondissements.

Comme chaque année, le petit groupe habituel, composé de Marilou, Francis, Marion et Denis, se retrouva chez Lucy pour le réveillon. Ils mangèrent un repas traditionnel et firent un échange de cadeaux. Marion était un peu taciturne, car elle pensait à Mathieu qui fêtait Noël avec sa petite famille. Bien que la session fût terminée depuis deux bonnes semaines, il avait fait comprendre à Marion qu'il était impossible pour lui de quitter sa femme avant le temps des Fêtes. La jeune amoureuse se montra très compréhensive, mais elle avait tout de même hâte que leur union soit plus officielle. Elle brûlait d'envie de présenter Mathieu à son père et à Marilou. D'ailleurs, cette dernière était maintenant au courant des amours de Marion. Elle était tellement en fusion avec son bébé qu'elle n'avait pas pris le temps de juger. Marilou avait dit à son amie qu'elle avait bien hâte de le rencontrer et… elle s'était interrompue, car son bébé venait de donner un coup de pied, sensation toute nouvelle pour elle. Le clou de la soirée fut la surprise de Francis. Par un heureux hasard – ou une tricherie quelconque –, il avait pigé le nom de sa femme dans l'échange de cadeaux. Marilou déballa son présent, s'attendant à recevoir l'un des articles qu'elle avait mis sur sa liste. Au lieu de son habituel parfum DKNY, elle découvrit une clé au fond de la boîte ainsi qu'une photo de maison. Elle ne comprit pas tout de suite la signification du présent. Lucy, elle, avait tout compris. Francis avait enfin mis la main sur la perle rare ! Elle fut un peu déçue qu'il ne lui ait pas demandé de l'accompagner lors de cette visite, mais il était vrai qu'elle avait été très occupée dans les derniers temps. Marilou fut la dernière à saisir l'ampleur du cadeau. Elle passa par toute la gamme d'émotions : d'abord la surprise ; ensuite la suspicion (pourquoi Francis lui offrait-il un si gros cadeau ? avait-il quelque chose à se faire pardonner ?) ; finalement la colère. Il avait osé acheter une maison sans lui en parler. Il avait du culot ! La jeune femme alla s'enfermer dans la chambre de sa mère une bonne demi-heure, pendant laquelle Francis tambourina à la porte. Marilou finit par laisser entrer son mari, qui lui expliqua toute l'affaire. Après au moins une heure de mélodrame, tout le joyeux groupe se rassembla autour de la table pour partager un repas traditionnel. Marilou fut finalement contente de sa grosse surprise. Elle dit à la blague qu'elle était tout de même déçue de n'avoir reçu aucun cadeau mentionné sur sa liste ; elle devrait acheter elle-même son parfum cette année ! Après le repas, Lucy ouvrit son ordinateur et l'on put observer à loisir les photos de la nouvelle maison des futurs parents. Marilou avait très hâte de visiter cette demeure. Francis sembla avoir misé juste sur la propriété. Marion s'éclipsa un moment au cours du réveillon, pour souhaiter un joyeux Noël à Mathieu. Quand elle revint au salon, ça se voyait sur son visage qu'elle avait pleuré. Lucy la coinça dans la cuisine pour la questionner.

— Il n'a pas rompu, annonça Marion en enchaînant les verres de vodka. Monsieur a même offert un voyage dans le Sud à sa petite famille, pour marquer la fin de l'année. Le père Noël est généreux, cette année…

— Hum, dit Lucy, il t'avait dit qu'il ne quitterait pas sa femme avant les Fêtes. T'attendais-tu à autre chose de sa part?

— Non, je savais cela. C'est son voyage qui me met tout à l'envers. Il a dit que ce forfait avait été acheté avant qu'on se rencontre. Il aurait tout de même pu m'avertir qu'il partait en voyage. Il m'annonce ça à brûle-pourpoint, le soir du réveillon. Bravo champion!

Elle cala un autre verre de vodka et se resservit aussitôt.

— Je ne veux pas gâcher la soirée des autres, ajouta-t-elle, la voix un peu empâtée par l'alcool qui commençait à avoir l'effet escompté. Ne dis rien, d'accord?

— Bien sûr. Viens, on va jouer à un jeu! On nous attend.

Trente minutes plus tard, Marion ronflait sur le sofa pour cause d'ivresse, et Marilou ronflait aussi sur le sofa pour cause de grossesse. La soirée s'acheva tôt, mais tout le monde, en général, s'était assez bien amusé. Le lendemain serait tranquille pour Lucy, car Marilou allait dans la famille de Francis. Elle mangerait des restants devant un bon film avec une petite bouteille de vin.

Après ce bref souvenir, Lucy termina de boucler ses valises. Elle prendrait le train pour se rendre à Québec. Elle n'osait l'avouer à quiconque, mais elle était stressée. Elle admirait vraiment Jean Airoldi et riait habituellement des conseils qu'il prodiguait aux gens à la télé. Elle rigolait toujours quand il donnait ses fameuses contraventions de style dans les centres commerciaux. Elle rirait sans doute moins quand il ferait son inventaire à elle. Heureusement pour Lucy, elle partit sans tracas côté travail, car son patron lui avait donné congé jusqu'au mois de février. Il avait assez de chroniques pour assurer la continuité pendant quelque temps. Lucy n'avait qu'à se soucier de deux choses : sa nouvelle apparence et… Christian !

Conseil n° 8

Si vous voulez avoir l'air jeune, il faut surveiller et peut-être même changer certains éléments de votre vocabulaire. Par exemple, les mots tels que «canceller», «appointement» et «cédule» ne sont employés par aucun jeune de ce monde. En plus, si vous roulez vos «r» quand vous parlez, vous êtes automatiquement classé dans la catégorie des soixante ans et plus. Ça vaut la peine de tourner la langue sept fois dans la bouche avant de parler...

Les sens de Lucy étaient en effervescence. Elle était assaillie de conseils de tous bords tous côtés et avait un horaire plus que chargé. C'est d'ailleurs ce qui l'avait inspirée pour sa chronique. Toutefois, elle était déçue d'avoir passé si peu de temps en compagnie du beau Jean Airoldi. Elle l'avait peu côtoyé lors du tournage. Mais son équipe technique avait été de très bon conseil pour elle, et la femme de soixante-trois ans se sentait revivre. Cela avait été une expérience spéciale dès le début. À son arrivée à Québec, elle fut accueillie par Suzanne Binette, la responsable du marketing de l'émission. Lucy avait finalement compris qui était à l'origine de son inscription. Il s'agissait d'un transfert de dossier entre deux émissions. En effet, la directrice de marketing de *Je suis plus jeune que j'en ai l'air* qui avait refusé la candidature de Lucy avait tout simplement envoyé le dossier à Suzanne Binette, qui s'avérait être sa bonne amie. Tout ça sans en parler à la principale intéressée… «Elles ne lui voulaient que du bien!» expliqua Suzanne Binette. Lucy se sentit un peu mal d'avoir accusé sa fille et Marion, et elle se promit de leur acheter un superbe vêtement recommandé par Jean Airoldi lui-même. Mais avant de commencer la séance de magasinage, Lucy dut affronter un moment fort humiliant: l'exposition! Le concept de l'émission était simple. On faisait entrer une femme dans une cage de verre au beau milieu d'un centre commercial et on demandait aux passants quel âge ils donnaient à la participante. Lucy n'avait jamais rien vécu de la sorte. En comparaison, son accouchement avait été un moment magique. Les gens la regardaient, la montraient du doigt. Elle, elle souriait bravement, espérant qu'ils ne la jugeraient pas trop sévèrement. Par chance, personne de sa connaissance ne se trouvait dans les parages. Elle se serait mal vue, cloîtrée dans sa cage de verre, tombant par hasard sur Christian. Il aurait annulé leur rendez-vous aussitôt. Après avoir passé plusieurs heures dans son cocon transparent, on la laissa finalement sortir. Jean Airoldi vint la rencontrer, et le verdict tomba. Boum! On lui donnait en moyenne… soixante-sept ans. Les lèvres de Lucy tremblèrent, mais elle tint bon. Elle n'allait pas pleurer à la télévision nationale. Bon, ce n'était que Canal Vie, mais tout de même… L'animateur lui expliqua ce qui la vieillissait. Premièrement, ses vêtements. Lucy était menue, ce qui était bien, mais cela l'amenait à s'acheter des vêtements trop jeunes pour elle ou trop serrés. Elle revêtait souvent du gris et du noir, ce qui lui donnait l'air plus sévère. Jean Airoldi fut clair. Dans son nouveau *look*, ils opteraient pour

116

des tenues plus colorées et plus... de son âge. Deuxièmement, le tabac. Il la mit en garde sur les effets nocifs de la cigarette sur la peau. Les gens avaient remarqué qu'elle était une fumeuse, et ce, sans qu'ils l'aient vue griller une cigarette. Lucy résolut, une fois de plus, d'arrêter de fumer. D'ailleurs, l'animateur lui promit un traitement complet de blanchissement des dents. Quelle bonne motivation pour rompre avec sa dépendance à la nicotine! Troisièmement, l'arrangement de sa tête. Il fut dit que sa couleur de cheveux et sa coiffure étaient à revoir. Cela lui donnait l'air trop sévère. En plus, quelques séances avec un dermatologue redonneraient à sa peau un éclat de jeunesse. Finalement, cet échange de dossiers entre amies à Canal Vie s'avérerait très avantageux pour la «nouvelle» Lucy!

Pendant que cette dernière passait entre les mains de divers professionnels à Québec, tout n'allait pas comme sur des roulettes à Gatineau. Un matin froid de janvier, Denis vint cogner à la porte de Marilou et Francis. C'était le jour de congé de la jeune femme et elle avait invité le père de son amie à prendre un café. Elle ne l'interrogea pas tout de suite sur le but de sa visite, bien que celle-ci fût assez inhabituelle. En effet, d'une entente tacite, Marilou et Denis avaient décidé de ne jamais se retrouver seuls dans la même pièce, au risque de revivre des émotions enfouies depuis quelques années. C'était précisément ce que Denis espérait faire ressortir ce matin-là. Il avait un problème, et Marilou était la seule avec qui il pouvait en discuter. Ils parlèrent un peu du bébé à venir ainsi que de la nouvelle maison, mais Denis semblait mal à l'aise. La jeune femme l'encouragea à s'épancher en le questionnant sur sa vie privée.

— Et puis, Denis, Marion m'a dit que tu t'étais inscrit sur un site de rencontre. Du nouveau de ce côté-là ?

Bien que ce ne fût pas un secret, la preuve, il en avait parlé à Lucy, Denis pesta intérieurement contre sa fille, qui avait la langue bien pendue. Il ne voulait pas que Marilou pense qu'il était incapable de rencontrer une femme.

— En fait, dit-il en pesant bien ses mots, c'est la raison de ma visite. J'aimerais discuter avec toi… de nous deux.

— Quoi nous deux ?

— Tu le sais bien… j'ai des questions à te poser afin de comprendre une chose bien particulière.

Pendant un instant, Marilou fit semblant de ne pas du tout savoir où il voulait en venir. Mais comme ils étaient seuls, pourquoi se mettre la tête dans le sable.

— Bon, que veux-tu savoir ? demanda-t-elle.

— Pourquoi as-tu accepté de coucher avec moi ? dit-il de but en blanc.

— Tu es assez direct dans tes questions, renchérit Marilou.

— Sois honnête, je te prie.

— J'étais saoule.

— Tu n'as pas été saoule pendant une semaine consécutive, quand même…

— Bon, je dois l'avouer, je te trouvais attirant. J'étais seule, sans amour, tu représentais une forme de sécurité pour moi. En plus, je te trouvais solide, fort et beau. Voilà ! Mais pourquoi me demandes-tu cela ?

— Attends, je vais tout t'expliquer. Juste une dernière question. Si ma fille n'avait pas été contre notre relation, et sachant que je ne veux pas d'autres enfants, aurais-tu été prête à entamer une relation avec moi à notre retour du Mexique ?

— Je ne comprends pas, Denis, pourquoi tu me poses toutes ces questions aujourd'hui. C'est du passé, cette histoire. Nous avons tourné la page, oublié l'événement. Je suis enceinte et mariée, que cherches-tu exactement ?

— Ne t'inquiète pas, tu n'es pas concernée, annonça-t-il. C'est à cause de l'amie de ta mère, Émilie.

— Sa copine d'université ?

— Oui, c'est elle. Émilie me tourne autour depuis quelque temps. Nous avons eu un rendez-vous et je dois avouer qu'il y a eu un petit quelque chose entre nous. Je ressens la même chose qu'avec toi au Mexique. Mais je ne veux pas refaire la même erreur deux fois, tu comprends ? J'essaie de savoir pourquoi cette fille est attirée par moi. Elle est si jeune, elle a la vie devant elle, mais elle persiste à dire qu'elle est prête à faire des sacrifices pour que ça fonctionne entre nous. On se connaît à peine et elle veut mettre une croix sur son désir d'avoir des enfants. C'est déstabilisant et touchant à la fois.

— Je vois… Est-ce qu'il s'est passé quelque chose entre vous ? demanda Marilou, d'un ton qu'elle voulait détaché.

— Pas encore, j'essaie de l'en dissuader, mais elle est très persuasive. Tu es la seule à qui je peux en parler, tu peux comprendre ma situation. Aurais-tu fait la même chose à sa place si la situation s'y était prêtée ?

Marilou réfléchit, mais la réponse lui vint aisément.

— Denis, dit-elle, après la fabuleuse aventure que nous avons eue au Mexique, j'aurais tout abandonné pour être avec toi.

— Pardon ?

Denis et Marilou aperçurent un peu trop tard Francis dans l'embrasure de la porte. Ce dernier, voulant faire une surprise à sa femme, était passé par son resto favori et lui apportait un bon petit plat pour dîner. Ils avaient un rendez-vous l'après-midi même pour une échographie qui leur permettrait enfin de connaître le sexe de leur bébé. Tout content, Francis était rentré chez lui et avait surpris la conversation entre Denis et sa femme. Un coup de masse au visage ne l'aurait pas plus stupéfié.

— Vous avez eu une aventure tous les deux? dit-il, blême de rage. Tu comptais me le dire quand, exactement?

— Francis, je…, balbutia Marilou.

Denis, plus que mal à l'aise, ne savait que faire de ses dix doigts. Il n'osait pas regarder Francis, Marilou encore moins. Comme s'ils avaient été pris en flagrant délit d'adultère sur la table de la cuisine.

— Eh bien, continua Francis d'un ton où la colère dominait, qui ne dit mot consent. Pour ton information, chère épouse, tant qu'à être dans la confession, je t'annonce que j'ai déjà couché avec ta meilleure amie Marion, quelques jours seulement avant qu'on commence à se fréquenter toi et moi. Voilà, c'est dit. Je n'aurai plus peur que l'information soit lâchée pendant l'une de ses beuveries habituelles.

— Ne parle pas de ma fille de la sorte, renchérit Denis. Elle n'a rien à voir dans cette histoire.

— Toi, n'en rajoute pas. Tu me dégoûtes. Comment as-tu pu faire une chose semblable? Tu as couché avec Marilou, bon sang. Tu as toujours dit que tu la considérais comme ta fille. Tu n'as pas honte?

Denis blêmit, mais ne rajouta rien. Marilou, elle, était stupé-faite. Sa mère lui aurait dit: «Ferme ta bouche, tu vas avaler des mouches!» Mais elle n'était pas là pour l'aider à encaisser la nouvelle. Sa meilleure amie avait couché avec Francis et ne lui avait jamais rien dit à ce sujet. Comment avait-elle pu faire une chose pareille? Plus personne ne parlait dans la cuisine. Francis, furieux, tourna les talons et la porte claqua derrière lui. Marilou se laissa tomber sur la petite chaise de cuisine, consternée. Denis fixa ses pieds un long moment, ne sachant quelle conduite adopter. La chicane était officiellement «pognée»!

Lucy, de son côté, arrivait à la fin de l'expérience la plus vivifiante de sa vie. Son retour chez elle était imminent. Il ne lui restait qu'une dernière étape à franchir: sa rencontre avec Christian. C'est armée de son nouveau *look* «plus jeune et coloré» et pleine de confiance qu'elle arriva à son rendez-vous. Ils se rencontrèrent au site du Carnaval de Québec. Les festivités n'étaient pas encore commencées, mais tout était en branle depuis un moment déjà, et les touristes flânaient sur les lieux, admirant les artisans mettre la dernière main à la construction du palais de glace. Lucy, coquette, n'était pas habillée pour traîner dehors et elle espérait qu'ils trouveraient vite refuge quelque part. Elle repéra Christian en premier. Lui mit un peu plus de temps à la reconnaître. Ils ne s'étaient vus qu'une fois – de très près quand même –, mais elle ne ressemblait en rien à sa photo de profil, on aurait dit une nouvelle femme. Ils se saluèrent chaleureusement d'une bise sur la joue.

— Wow, Lucy, s'exclama-t-il, je ne t'aurais jamais reconnue si je t'avais croisée dans la rue. Quel *look*! On dirait que tu as rajeuni de dix ans.

Cette allusion à son âge la froissa un peu, mais elle ne voulait rien laisser gâcher de ce moment tant attendu. Le jeune quarantenaire était beaucoup plus jovial que trois ans plus tôt, lorsque Marilou avait développé une fixation à son sujet. Elle ne l'aurait sans doute pas reconnu. Christian avait vécu une période difficile avec son ex, mais tout était maintenant réglé. Il respirait à nouveau. C'est ce qu'il expliqua à Lucy pendant l'heure qui suivit. Elle, trop occupée à contempler le bel homme qui se tenait devant elle, l'écouta d'une oreille distraite. Elle tenta d'enregistrer tous les petits détails physiques de Christian afin de mieux les rapporter à Marion à son retour. Elle lui parlerait de ses cheveux épais et ondulés, striés de gris ici et là, de ses beaux yeux bleus garnis de cils fournis, de sa petite fossette au menton et de ses longs doigts qui tambourinaient sur la table lorsqu'il s'exprimait. Son regard s'animait lorsqu'il riait, beaucoup plus que trois ans plus tôt lorsque Lucy l'avait brièvement connu. Ils passèrent une très belle soirée, qui se termina trop rapidement. L'écart d'âge entre les deux ne les incommoda nullement.

À son retour de Québec, personne n'attendait Lucy à la station de train. Déçue, la femme transformée patienta quelques minutes pour laisser le temps aux possibles retardataires de se présenter, mais toujours rien. Soupirant, elle fit signe à un chauffeur de taxi. Elle ne voulait pas laisser cet événement perturber sa joie du moment. Peut-être sa fille et ses amis avaient-ils organisé une fête-surprise pour son retour? Ce devait être cela. Ils riraient un bon coup lorsqu'elle arriverait. Un peu plus légère, elle retoucha

123

son rouge à lèvres afin de paraître sous son meilleur jour. Chez elle, les lumières étaient éteintes, mais la lueur de la télévision montrait une présence. Cela confirma ses soupçons. Une surprise était bel et bien en place! Elle était décidée à participer activement à la fête. Devant sa porte, elle déposa ses bagages et se prépara à une entrée inoubliable. Elle ouvrit vivement, sauta dans la pièce en tournoyant sur elle-même et en criant: «Taadammm!», les bras grands ouverts. Lucy ne réussit qu'à faire sursauter Marilou, qui était assoupie devant la télévision.

«Que fais-tu là?» dirent les deux femmes en même temps. Marilou se mit à pleurer sur le sofa. Interloquée, Lucy ne pensa même pas à prendre ses bagages dans le corridor. Mais que s'était-il donc passé pendant son absence?

Conseil n° 9

Souvent, les vêtements de coupes mal ajustées nous vieillissent. Avec le temps, notre silhouette s'affaisse. Le rôle du vêtement est de lui donner du tonus. Mesdames, trouvez-vous un professionnel qui saura regarnir votre garde-robe et vous rendre votre silhouette d'autrefois !

Lucy jeta un regard circonspect à sa garde-robe. Oui, il était temps pour elle de faire du ménage. Les conseils de Jean Airoldi étaient simples, à elle de les mettre en pratique. Trier ses vêtements allait lui changer les idées. Elle était partie moins de deux semaines à Québec et le monde de sa fille avait basculé pendant ce temps. Elle n'en revenait pas d'avoir été tenue à l'écart de la sorte. Elle n'était pas au goulag, quand même, ses amis auraient pu la tenir informée de la situation. Mais non, en partant, elle avait totalement cessé d'exister. Les problèmes de sa fille étaient loin d'être réglés. Cette dernière dormait encore dans la chambre d'à côté. Lucy repassa dans sa tête sa soirée de la veille.

Une fois la surprise de voir sa fille sur le sofa passée, Lucy s'installa à côté d'elle et tenta de comprendre, entre les hoquets et les larmes, ce qu'il s'était passé pendant son absence. Marilou, qui attendait le retour de sa mère avec impatience, lui raconta tout. Le processus fut long et laborieux, empli de détails étranges –

à un point que Lucy se dit que sa fille délirait un peu –, mais ce qu'elle finit par comprendre était que Marilou ne parlait plus à Francis; que Francis ne voulait plus jamais parler à Denis et qu'il était aussi fâché contre Marilou; que la jeune femme, elle, ne voulait plus entendre parler de Marion; que Denis, lui, s'en voulait d'avoir ramené sur le tapis l'aventure qu'il avait eue avec Marilou. Aussi, il était frustré – un peu sexuellement –, car il avait repoussé toutes les avances d'Émilie, après le fiasco de sa discussion. Lucy n'en revint pas d'apprendre tous ces secrets, elle qui croyait tout savoir.

— Cela explique bien des choses, dit-elle à sa fille. Je comprends maintenant pourquoi Francis et Marion ne peuvent tolérer d'être dans la même pièce.

— C'est tout ce que tu trouves à dire pour me réconforter, maman?

— Réglons un problème à la fois, d'accord?

— Je suis contente que tu sois revenue. En passant, c'est très beau ton nouveau *look*. C'est vrai que tu as l'air plus jeune.

— Tu trouves? Moi aussi ça me plaît! Nous fêterons cela comme il se doit quand toutes les chicanes seront réglées, si tu n'y vois pas d'inconvénient.

Marilou rit et cela lui fit du bien. Depuis trois jours, elle oscillait entre les crises de larmes, la colère et l'envie de rire. Ses émotions étaient à fleur de peau. Les hormones, peut-être? Son problème le plus sérieux concernait Francis. Il avait claqué la porte et ne lui avait plus reparlé depuis. Marilou s'était rendue toute seule à son échographie et elle avait beaucoup pleuré. Quand la radiologiste lui demanda si elle voulait connaître le sexe du bébé, elle dit non. Maintenant, elle regrettait sa décision. Mais elle n'avait pas voulu l'apprendre seule. Elle était ensuite venue s'installer chez sa mère et s'était coupée du monde entier. Heureusement qu'il lui restait des journées de congé. Elle discuta avec sa mère de son séjour à Québec et cela lui changea les idées. Les deux femmes, épuisées, se couchèrent sans avoir reparlé des conflits en cours. Elles auraient amplement le temps le lendemain.

Lucy entendit Marilou se lever. Peut-être sa fille pourrait-elle l'aider avec son ménage? Qui sait, faire du tri dans les vêtements l'amènerait peut-être à faire de même dans sa vie? Lucy lui laissa le temps de déjeuner, et Marilou se montra emballée par la proposition de sa mère. La garde-robe de Lucy était remplie de vêtements mystérieux qui dataient d'une autre époque. Marilou était certaine qu'elle reverrait des habits qu'elle-même s'amusait à porter quand elle était enfant et qu'elle se déguisait en «madame». Le défilé de mode dura presque deux heures. Lucy fut étonnée de voir que, malgré tous ses déménagements, elle avait conservé autant de choses. La règle du styliste était claire: si tu n'as pas porté un vêtement depuis plus d'un an, il est temps de le jeter. Une pile «À donner» s'amoncela sur le lit de Lucy. Celle des vêtements à garder était beaucoup plus petite, mais Lucy avait appris qu'elle pouvait composer plusieurs *looks* avec un nombre minimal d'articles. Les deux femmes entassèrent le tout dans de grands sacs-poubelles et se récompensèrent avec un bon café, décaféiné pour la future maman.

— Il serait peut-être temps pour toi d'appeler Francis, proposa Lucy. Il doit s'inquiéter.

Elle employa un ton léger, comme si elle lui suggérait une balade matinale. Elle ne voulait pas brusquer sa fille.

— Il ne m'a pas appelée lui non plus, dit Marilou. Il n'est peut-être pas si pressé de me parler…

— C'est drôle, continua Lucy, mais j'ai l'impression d'avoir déjà eu une conversation semblable avec toi il y a quelques années. Ça concernait un certain Jean-Machin.

— Jean-Martin.

— Ah oui, lui. Il me semble que vous avez joué au jeu du téléphone pendant plusieurs semaines. Comment ça s'est terminé, déjà?

Cette allusion à Jean-Martin troubla Marilou. Elle se rappelait bien cette histoire. Elle avait rencontré le jeune homme à Québec et ils avaient commencé une relation sur des bases un peu chancelantes, tout cela à cause du frère de celui-ci. Marilou et lui avaient quand même tenté une relation à distance, mais cela n'avait pas fonctionné. D'ailleurs, Francis en était la cause principale. Comme la jeune femme ne répondait plus aux coups de fil du Québécois, il avait fait la route jusque chez elle pour élucider la question. Ils avaient mis fin à leur idylle à ce moment-là.

— Si Francis veut mettre les choses au clair avec moi, il n'a pas cinq heures de route à faire. Il sait très bien où je me trouve, déclara-t-elle à Lucy après un moment de réflexion.

— Là n'est pas la question. Peut-être que Francis n'est plus fâché, mais qu'il ne veut pas te brusquer – il te connaît bien, non ? – alors il attend ton appel. Mais le problème est que tu fais la même chose de ton côté. Qui appellera l'autre en premier ?

— Toi, peut-être ?

— Pas question, vous m'avez tenue à l'écart, je reste à l'écart.

Lucy était encore un peu insultée de ne pas avoir été mise au courant du drame. Il fallait l'avouer, elle aimait ça, le drame. Elle se trouvait bonne pour gérer des situations semblables. Mais pas cette fois-ci. Sa fille devait régler ses problèmes.

— De toute façon, continua Lucy, si j'ai bien compris, toutes ces situations se sont produites alors que vous ne formiez même plus un couple. En quoi est-ce si grave ? Regarde comment Francis se comporte avec Marion. Crois-tu qu'il soit en amour avec elle ? Sûrement pas. Il doit regretter cette aventure chaque jour. Tu ne crois pas qu'il a assez payé son geste en voyant Marion écrasée plus qu'à son tour sur votre divan ? Le pauvre, il a dû vouloir se vider le cœur plus d'une fois…

Marilou était songeuse. Elle-même n'avait pas été honnête avec Francis. Ne s'étaient-ils pas promis cela dans leurs vœux de mariage ? Mais à quoi bon ressasser le passé. Son aventure avec Marion datait de bien avant qu'ils sortent ensemble. En quoi était-ce si grave ? La surprise, c'était ça. Marilou s'était toujours demandé pourquoi sa meilleure amie et son chum ne s'aimaient pas. Au fond d'elle, peut-être qu'elle connaissait la réponse, mais qu'elle ne voulait tout simplement pas la voir. Une chose était sûre, Marilou était triste sans son mari. Son amie aussi lui manquait.

— Bon, dit-elle, je patiente une autre journée et s'il ne m'appelle pas, je le contacte.

— Bonne idée, ma grande. Je suis sûre qu'il attend ton appel impatiemment. Et Marion ?

— Je vais commencer par régler un dossier à la fois, d'accord ?

— C'est une bonne initiative, répondit Lucy !

Mais une idée avait germé dans sa tête. Tout bien considéré, elle allait s'en mêler.

La journée passa, toujours aucune nouvelle de Francis. Marilou devint de plus en plus taciturne. Lucy, elle, sifflait en faisant son ménage. Finalement, elle envoya sa fille à l'épicerie pour acheter quelques provisions. Elle préparerait un bon bœuf bourguignon pour le souper. Rien de mieux pour rendre son moral à quelqu'un. Lucy profita de l'absence de sa fille pour donner quelques coups de fil et pour regarder son compte Facebook. Elle espérait que Christian lui aurait écrit, mais rien. Dans sa boîte courriel, par contre, elle trouva toutes les photos que le photographe de l'émission avait prises. Elle en choisit une pour mettre la photo de son profil à jour. Elle était très fière de la nouvelle «elle» et comptait bien le partager. D'ailleurs, à peine avait-elle mis sa photo que les commentaires positifs fusèrent. *Parfait*, se dit-elle, *elle avait du succès!* Quand sa fille revint avec les paquets, Lucy lui suggéra d'aller prendre une douche et de revêtir une toilette coquette.

— Je n'ai pas envie de déguster un bœuf bourguignon avec une loque en pyjama. Mets-toi belle, ça fait toujours du bien.

Surprise, Marilou acquiesça et se dirigea vers la salle de bain. Elle en ressortit une demi-heure plus tard, toute maquillée et peignée. Et elle eut la stupéfaction de trouver le salon de sa mère occupé par trois personnes qui faisaient mine de s'ignorer, commentant, du même coup, le nouveau style de Lucy qui tournait sur elle-même les bras en croix. Lucy avait décidé d'organiser son propre *party* de bienvenue! Elle souhaitait régler quelques problèmes en même temps. Marion et Denis étaient installés sur la causeuse face à Francis qui n'osait les regarder en face. D'ailleurs, ce dernier n'avait d'yeux que pour sa femme qu'il trouvait resplendissante. Il s'était lui aussi donné une journée avant de la rappeler, mais Lucy l'avait contacté en premier. S'il avait su que Denis et Marion seraient de la partie, il n'aurait pas accepté de participer à la fête. Il était venu pour

Marilou uniquement. Il en était de même du côté de la causeuse. Marion était gênée et Denis aussi. Finalement, Lucy brisa la glace, voyant que son petit monde ne conversait pas.

— Marilou, commença-t-elle, assieds-toi, s'il te plaît.

La jeune femme n'avait pas beaucoup d'options. Soit elle s'assoyait par terre, chose plutôt inconfortable pour le bébé et elle, soit elle prenait place près de Francis. Ce qu'elle fit, mais elle ne tenta pas de le toucher comme ils en avaient l'habitude lorsqu'ils s'installaient sur le même sofa.

— Bon, continua Lucy, maintenant que vous êtes là, j'ai quelque chose à vous annoncer.

L'auditoire était tout ouïe !

— Premièrement, je suis très déçue que vous m'ayez tenue à l'écart des événements des derniers jours. Je n'étais pas au bout du monde, quand même…

Personne ne protesta. Tout le monde parut même un peu mal à l'aise.

— Je vous pardonne, toutefois, car je sais qu'il est difficile de parler d'une situation conflictuelle. Comme vous ne semblez pas avoir trouvé de solution pour résoudre votre chicane, j'en ai moi-même trouvé une.

Elle fit une pause, histoire de donner du *punch* à son idée.

— Je vais me sacrifier et je vais coucher avec Denis et Francis. Pas en même temps, quand même... De cette façon, tout le monde dans notre petit groupe aura couché avec tout le monde, dans la limite de la décence, bien entendu. Qui est volontaire pour commencer ?

Marilou éclata de rire. Pas à cause de l'idée de sa mère, mais bien à cause de l'incrédulité qu'elle pouvait lire sur le visage des deux hommes dans la pièce. On voyait bien qu'ils tentaient de trouver une formule de politesse acceptable pour refuser la proposition de Lucy.

— Tu n'es pas sérieuse, Lucy ? demanda Denis.

— Bien sûr que non ! répliqua-t-elle. Je voulais juste vous montrer l'absurdité de votre situation. Vous êtes des amis, avant tout. L'amitié n'a pas de prix. Et en plus, vous êtes des adultes. Je ne vais pas vous laisser régler vos conflits comme des enfants.

— Elle a raison, renchérit Francis. Nous aurions dû mettre tout cela au clair dès que les mots ont franchi nos lèvres. Je tiens à m'excuser – il se leva et s'agenouilla devant sa femme –, j'aurais dû prendre le temps d'écouter tes explications avant de te blesser avec mes propos. Me pardonnes-tu ?

— Oui – la jeune femme se jeta dans les bras de son mari –, bien sûr que je te pardonne, mais toi ? Es-tu encore fâché ?

Le jeune homme regarda Denis qui, lui, fixait encore le plancher. C'est Marion qui répondit.

— Tu sais, Francis, quand j'ai su que Marilou avait eu une aventure avec mon père – Francis tiqua, il ne s'habituait décidément pas à l'idée –, j'ai été très en colère moi aussi. Mais tu connais ta femme quand elle boit... Je lui ai pardonné son incartade. À mon père aussi. J'ai réalisé que ça ne donne rien d'être fâché pour un événement qui ne peut être changé.

Denis enchaîna finalement.

— Je suis désolé que tu l'aies appris de la sorte, Francis. J'ai voulu te le dire, dans le passé, mais je ne voulais pas te blesser. Marilou m'avait déjà confié que tu me considérais un peu comme un père et je ne voulais pas briser notre relation. J'ai gaffé, j'en suis conscient. Je ne regrette rien de ce qui s'est passé avec Marilou – tout le monde dans la pièce tiqua cette fois-ci, sauf Marilou ; décidément, tous avaient du mal à se faire à l'idée –, mais c'est toi qu'elle a choisi. Je n'ai même jamais été dans la course.

— Tout est réglé, alors, conclut Lucy. Qui vient manger ?

C'était bien là Lucy de penser que tout serait réglé en deux temps trois mouvements.

— Un instant, dit Francis, je ne suis pas d'accord. Tout n'est pas réglé, comme le dit Lucy. Il me reste un point à discuter avec ma femme.

Marilou, qui se remettait tranquillement de toute cette franchise et qui n'avait pas encore réellement saisi si toute la question était vraiment réglée ou non, se tourna vers son mari, qui avait un air sévère.

— Marilou, commença celui-ci, les trois derniers jours, à l'exception de ceux où nous nous sommes quittés il y a quelques années, ont été les plus difficiles de ma vie. Pour te prouver mon amour, je suis allé en mission et j'ai résolu l'un de tes plus gros problèmes.

Mon Dieu, pensa Marilou, mais à quoi fait-il allusion ? Francis sourit et ajouta :

— J'ai découvert pourquoi ta collègue ne sourit jamais.

— De quoi parle-t-il ? murmura Marion à l'oreille de son père.

— Je n'en sais rien, répondit-il.

Marilou attendait la réponse, avide de détails.

— Qu'as-tu fait ? demanda-t-elle.

— Je suis allé la voir à ton travail. En fait, au départ, je te cherchais. Je me doutais que tu te terrais ici, mais je voulais te voir en terrain plus neutre. Je suis tombé sur ta collègue. J'ai discuté avec elle, je lui ai parlé de toi et je lui ai aussi dit à quel point ça te rendait triste de ne pas avoir d'affinités avec elle. Elle a eu l'air surprise. J'ai poussé plus loin en lui demandant s'il y avait quelque chose de toi qu'elle n'aimait pas et si tu pouvais faire quelque chose pour changer la situation. Elle m'a répondu qu'à part changer d'orientation sexuelle, tu ne pouvais pas faire grand-chose…

— Quoi ? dit Marilou, interloquée.

— Oh oui, ta collègue est amoureuse de toi. C'est pour cette raison qu'elle ne sourit pas. Elle est triste en ta présence.

— C'est ridicule, renchérit Marilou. Je ne savais même pas qu'elle était lesbienne.

La jeune femme se trouvait un peu bête. Tout ce temps, elle pensait que sa collègue la détestait. Comment pourrait-elle la regarder en face le lundi suivant ?

Son mari sembla avoir lu dans ses pensées.

— Ne t'inquiète pas, la rassura-t-il, elle m'a assuré qu'elle n'est pas embarrassée par la situation et qu'il n'y aura pas de malaise entre vous au travail. D'ailleurs, elle souhaite t'inviter à dîner la semaine prochaine. Elle veut mettre les choses au clair avec toi.

— Wow, quelle soirée ! se dit Marilou.

— Tout est bien qui finit bien, conclut Lucy pour la deuxième fois. Allons manger ! Denis, occupe-toi du vin.

Les hommes suivirent Lucy dans la cuisine, mais les deux jeunes femmes restèrent quelques minutes de plus au salon. Marion souhaitait clarifier les choses avec son amie. Lucy avait été très expéditive, mais cela semblait avoir fonctionné. Finalement, comme elles n'en étaient pas à leur première querelle, il ne fallut pas beaucoup de temps aux deux filles pour mettre de l'eau dans leur vin et même pour rire un peu. À table, on trinqua à Lucy, à son nouveau *look* et au don qu'elle avait pour rendre les gens autour d'elle plus joyeux !

La vie reprit son cours. Marilou retourna au travail et alla dîner avec sa collègue, qui s'avéra très sympathique. Marion s'en fut à l'université. Elle resta évasive sur sa relation avec Mathieu, mais Lucy savait que tout n'était pas terminé. Denis, lui, continua ses rencontres sur son site, mais la belle Émilie n'avait pas perdu tout espoir de le conquérir. Les vacances prolongées de Lucy achevaient et elle devrait bientôt recommencer à écrire sa chronique. Son patron était ravi du nouveau lectorat que ses conseils amenaient. En écrivant sa chronique, Lucy repensa à sa rencontre avec Renaldo qui avait eu lieu quelques mois plus tôt. Lui et son don s'étaient en définitive avérés inutiles. Sa participation à l'émission de Jean Airoldi avait été bien plus lucrative. Elle ferait encore quelques chroniques sur la mode et sur le maquillage avant d'aborder un autre thème. Comme Lucy n'avait plus de cours à l'université, elle avait bien plus de temps libre. Le lundi, par contre, elle rencontrait encore son groupe de voyage. Lucy était un peu mal à l'aise, et ce, pour deux raisons.

Premièrement, elle n'avait toujours pas modifié la date de son voyage. Marilou pensait qu'elle l'avait fait, ce qui n'était pas le cas. Étant donné la fâcherie qui avait eu lieu pendant son absence, Lucy n'avait pas voulu ajouter de l'huile sur le feu en annonçant que ses dates de voyage n'étaient toujours pas changées. Bon, elle était lâche, voilà tout. Il faudrait qu'elle lui organise un *shower* de bébé des plus extraordinaires si elle voulait lui faire «avaler la pilule». D'ailleurs, Marion et elle devaient se rencontrer sous peu pour mettre le projet en branle, avant que le bébé ne pointe son nez. La deuxième raison de son malaise était sa copine Émilie. Cette dernière ne lâchait pas prise avec Denis et harcelait même Lucy. La jeune fille lui demandait sans cesse si Denis avait rencontré quelqu'un, s'il aimait telle ou telle chose, elle la questionnait sur ses passions, etc. Lucy aimait bien Denis, mais pas au point de parler de lui sans cesse. Quand elle arriva à sa rencontre de groupe, les commentaires positifs fusèrent de toutes parts. On l'interrogea sur ce changement, et Lucy invita ses amis à regarder l'émission lorsqu'elle serait diffusée.

— Comme ça, Lucy, dit l'un des participants, tu n'auras plus l'air d'être notre mère quand nous serons en voyage.

Lucy lui fit un sourire crispé. Une fille donna un coup de coude au jeune homme qui avait osé faire le commentaire. Il tenta de se rattraper en lui disant qu'il l'avait toujours trouvée belle, mais qu'elle l'était maintenant encore plus. Que faisait-elle ici, exactement? À quoi tout cela menait-il? Voulait-elle

138

encore aller vivre comme une pauvre dans une maisonnette vétuste du Nicaragua ? Elle avait discuté avec une jeune fille qui avait tenté l'expérience l'année précédente. La participante en question s'était retrouvée dans une maison assez grande, mais tous les habitants dormaient dans la même chambre. Elle avait un lit, mais il s'agissait d'une planche de bois recouverte d'un peu de paille. La jeune fille lui avait confié qu'elle avait eu des bleus aux hanches pendant des semaines, puisqu'elle dormait sur le côté et que la planche de bois était assez dure, merci. Le summum de tout cela était que les cochons dormaient cachés sous les lits. Quelle surprise, le matin, que de se trouver nez à nez avec un cochon ! Les poules s'en donnaient aussi à cœur joie dans la maison. Apparemment le coq chantait à quatre heures tous les matins sur le toit, et faux en plus. Tous les voyageurs du Nicaragua s'entendaient pour dire qu'ils avaient utilisé des toilettes sèches tout le long de leur séjour et qu'il n'y avait ni douche ni eau courante. Lucy commençait de plus en plus à se questionner. Voulait-elle vraiment faire ce voyage ? La campagne de financement allait bon train, elle avait mis presque tout l'argent qu'il lui fallait de côté. Mais elle pourrait faire autre chose avec ce montant... En sortant de sa réunion, elle était encore plus sceptique. En effet, le projet avait changé en cours de route. Comme ils n'avaient pas les matériaux nécessaires, tout compte fait, ils n'allaient pas bâtir un pont – moins de danger pour les yeux... –, mais plutôt planter des arbres sur les rives déboisées. Cette idée n'était pas mauvaise, mais beaucoup moins intéressante. Lucy se voyait mal manœuvrer une pelle, le chandail collé à son dos par la sueur. Peut-être allait-elle, réflexion faite, annuler son voyage. Cela réglerait plusieurs problèmes et, en plus, elle aurait de l'argent à dépenser. Elle se dirigea vers le stationnement, toujours réfléchissant, si bien qu'elle ne vit pas James Roussel avancer vers elle.

— Tiens, bonjour, Lucy! la salua-t-il. Je croyais que tu ne te réinscrivais pas à l'université cette session-ci?

— Ah, bonjour! Excuse-moi, je ne t'avais pas vu, j'étais pensive. Non, je ne suis pas inscrite, mais je participe au voyage humanitaire au Nicaragua.

— Wow, s'exclama-t-il, tu m'impressionnes. Personnellement, j'aime beaucoup trop mon confort pour faire un voyage semblable. Les gens qui s'investissent dans l'humanitaire ont toute mon admiration. Je préfère signer des chèques ici et là, dit-il en riant.

Lucy rit aussi, ce vieux bonhomme était décidément très sympathique.

— Je te félicite pour ton nouveau *look*, continua-t-il. J'ai vu tes photos sur Facebook. Tu étais déjà très belle avant, mais là! Tu es superbe!

Ce compliment de son ex-professeur la fit rougir et lui fit très plaisir en même temps. Lucy lui expliqua brièvement qu'elle avait participé à une émission de téléréalité. Il promit de la

regarder lorsqu'elle serait diffusée. Il enchaîna en la questionnant sur ses vacances de Noël. Le fait qu'il soit aussi curieux ne
la dérangea nullement.

— As-tu passé de belles vacances? demanda-t-il.

— Oui, merci, j'ai passé beaucoup de temps avec ma fille, qui
est enceinte.

— Oh! Tu vas être grand-mère. Félicitations! C'est merveilleux, n'est-ce pas? Je suis moi-même grand-père trois fois.

À son avis, Lucy avait divulgué beaucoup trop d'informations,
mais elle fut enchantée de voir les photos des petits-enfants de
James Roussel. Il avait l'air d'un bon grand-père très dévoué.

— Je suis juste un peu triste que ma défunte femme n'ait pas
eu le bonheur de connaître ses petits-enfants, enchaîna-t-il, sur
une note un peu plus triste.

— Je ne savais pas que tu étais veuf, est-ce que ça fait
longtemps? s'enquit Lucy, de plus en plus curieuse.

— Ça a fait dix ans en novembre. Le cancer… Mais bon,
la vie continue, n'est-ce pas? Il faut profiter de tous les bons
moments.

Il serait bien resté à discuter avec Lucy, mais ses étudiants
l'attendaient.

— On se reparle sur Facebook, ajouta-t-il avant de s'éclipser.

— Bien sûr ! À bientôt.

Il la salua une dernière fois et poursuivit le trajet vers sa salle de cours. Lucy vit plusieurs étudiants le saluer chaleureusement et il leur rendit la pareille. Cette rencontre avait été aussi agréable que surprenante !

Lucy décida de tenter sa chance et fit un crochet par la cafétéria. Peut-être y croiserait-elle Marion ? En effet, la jeune femme était là, mais Lucy hésita à la déranger, puisqu'elle était en compagnie de Mathieu. Les deux discutaient et leur sujet ne semblait pas concerner le cours que le professeur donnait. Mathieu paraissait irrité et Marion au bord des larmes. Était-ce la fin du couple, qui n'avait jamais réellement existé ? Lucy préféra filer à l'anglaise plutôt que d'assister à une rupture abrupte. Elle communiquerait avec Marion plus tard, cette dernière ayant promis de l'aider dans sa rédaction. Elle retourna chez elle pour se concentrer sur son travail de chroniqueuse.

Conseil n° 10

Vous souhaitez rester jeune, mais votre couple ne suit plus la danse?
Pourquoi ne pas jeter un œil ailleurs? Rencontrer quelqu'un peut donner un
coup de pouce à votre quête de jeunesse éternelle. Encouragez votre partenaire
à faire de même. Nouveauté est synonyme de fraîcheur!

Lucy n'eut pas à communiquer avec Marion. Cette dernière déposa une chronique sur le bureau de sa vieille amie, quelques heures après sa conversation avec Mathieu.

— Tu es sûre que tu veux publier cela? interrogea Lucy, soucieuse.

— Tu m'as demandé de t'aider, répliqua Marion, alors je t'aide…

— Mais – Lucy hésita – c'est que ça ne ressemble pas vraiment à mon style habituel…

Ce fut l'une des rares fois où Lucy eut du scrupule à dire ce qu'elle pensait.

— Tu ne penses pas que tu pourrais blesser des gens avec cette chronique? Après tout, les gens qui la lisent ont peut-être des mœurs différentes des tiennes. Je ne crois pas que mon patron appréciera, termina-t-elle.

— Très bien, renchérit Marion.

Elle prit la chronique et la déchira en miettes, laissant tomber les morceaux sur le tapis avant de s'effondrer en larmes sur le sofa. Lucy eut envie de s'allumer une cigarette pour ensuite réconforter Marion, mais elle avait arrêté de fumer après son passage à l'émission. C'était difficile, mais elle tenait bon.

— Excuse-moi, renifla Marion. C'est juste que j'ai eu une grosse discussion avec Mathieu. Je lui ai dit que, s'il voulait me garder, il devait renoncer à son voyage familial. Il a refusé, bien sûr. Et moi, la folle, je l'attends comme une vraie nounoune. Tu avais raison dès le départ, je n'aurais pas dû m'engager dans ce type de relation. Les hommes ne laissent jamais leur femme ni leur vie familiale parfaite.

Marion semblait anéantie. Lucy eut du mal à croire qu'elle s'était autant investie dans une relation qui, à première vue, ne mènerait à rien. L'amour rend aveugle, c'était clair! Lucy consola Marion du mieux qu'elle put. Elles travaillèrent un peu sur leur chronique, mais le cœur n'y était pas.

— Tu sais ce qu'il nous faudrait? demanda Marion.

— Quoi donc?

— Des vacances dans un tout-compris. Nous devrions partir, toi et moi, et prendre du bon temps. Je n'ai pas eu de vacances depuis mon mariage.

— C'est vrai qu'un voyage serait amusant, mais tu sais bien que je n'ai pas d'argent pour ça, je pars au Nicaragua très bientôt.

— Ah oui, ton fameux voyage avec des jeunes. Toujours prête à coucher avec les cochons ? dit-elle, d'un ton un peu sarcastique.

— C'est une cause très noble, renchérit Lucy. Au moins, je ferai du bien autour de moi...

— D'accord, excuse-moi, dit Marion. C'est juste que j'ai encore de la difficulté à croire que tu vas partir. Excuse-moi de douter de toi, mais j'étais certaine que tu allais changer d'avis en cours de route.

— Bien sûr que je suis certaine...

L'hésitation dans le ton de Lucy n'échappa pas à Marion. Elle se promit de convaincre sa vieille amie. Peut-être que Marilou serait de la partie si elle n'était pas trop enceinte ?...

Quelques jours plus tard, Marion déboula chez Lucy avec une brochure présentant tous les avantages de voyager avec Sunwing. Plutôt que d'étudier pour son cours de sexologie donné par Mathieu, Marion avait préféré magasiner pour un voyage. En compagnie d'une dame à l'agence de voyages du coin, elle avait déniché l'aubaine du siècle. Une semaine tout compris à Punta Cana, en République dominicaine. Les vacances se dérouleraient pendant la semaine de relâche, donc Marion ne raterait pas ses cours. Lucy fut très tentée, mais elle pensa à son voyage au Nicaragua. Avait-elle le courage d'abandonner son projet ? Manquerait-elle au groupe ? Sûrement pas ! Elle dut l'admettre, même si elle avait dit le contraire à Marion quelques jours plus tôt, elle avait perdu tout goût pour le projet. D'ailleurs, le montant du voyage à Punta Cana correspondait à celui qu'elle avait amassé en vue de son voyage au Nicaragua. Tout concordait. Cela ferait aussi plaisir à Marilou de savoir qu'elle ne serait pas absente lors de son accouchement. À la grande joie de Marion, Lucy accepta son idée de voyage avec enthousiasme.

— Youpi ! Allons séduire des Républicains, lança Marion, tout excitée.

— Des Républicains ? Est-ce qu'on se rend aux États-Unis séduire un parti politique ? blagua Lucy.

— Quoi, c'est pas comme ça qu'on les appelle ?

— Non, ce sont des Dominicains, ma belle.

— Oups, hi hi ! N'en parle pas, j'aurai l'air d'une vraie tarte…

Les deux femmes passèrent l'heure suivante à regarder la brochure. Quand la jeune étudiante partit, elle promit de réserver les places dans les plus brefs délais. Enfin seule, Lucy se surprit à rêver. De quand dataient ses dernières vraies vacances ? Au moins trois ans. Jadis, lorsqu'elle vivait avec Gérard, ils faisaient des voyages plusieurs fois par année. Mais la plupart du temps, il s'agissait de croisières trop ennuyantes pour Lucy qui aimait le *party*! Ce périple avec Marion serait beaucoup plus palpitant. En attendant, elle avait bien d'autres chats à fouetter. Elle n'avait toujours pas eu de nouvelles de Christian. Quel dommage! Mais bon, il était jeune et habitait loin. Une relation avec lui était sans doute impossible. Elle devait maintenant attaquer le dossier *shower* de bébé. Marilou s'était engagée à dresser une liste de cadeaux possibles dans un magasin spécialisé. Les deux femmes n'en avaient pas reparlé. Le téléphone interrompit le fil de ses pensées.

— Allô? répondit-elle.

— Madame Tremblay?

— Moi-même.

— Ici le sergent Fauché, j'appelle du poste de police. Ne vous inquiétez pas, il n'y a rien de grave. Êtes-vous la mère de Marilou Bélair?

— Est-il arrivé quelque chose à ma fille?

— Rien de grave, comme je vous ai dit. Est-ce possible pour vous de venir immédiatement?

— Bien sûr, j'arrive. Mais que se passe-t-il exactement? Pouvez-vous m'expliquer?

— Nous vous attendons, répondit le sergent Fauché avant de raccrocher.

Paniquée, bien qu'il lui ait dit que rien de grave ne s'était passé, Lucy sauta dans sa voiture et se présenta au poste de police une quinzaine de minutes plus tard. Elle entra en coup de vent et, avant d'avoir pu demander de l'aide à la préposée à l'accueil, elle aperçut sa fille assise sagement, son sac à main posé sur ses genoux et appuyé sur sa bedaine.

— Salut, maman, murmura-t-elle.

— Veux-tu bien me dire ce que tu fais ici? Je commençais à m'inquiéter.

— C'est une histoire assez bête, mais comme je n'ai plus ma voiture, le sergent a insisté pour que quelqu'un vienne me chercher. Il veut être certain que je retourne chez moi, ajouta-t-elle en jetant un regard vers un homme que Lucy soupçonna d'être le sergent en question.

Ce dernier vint justement se présenter.

— Madame Tremblay, merci d'être venue chercher votre fille. C'est elle qui a tenu à ce qu'on vous appelle plutôt que son mari.

— Vais-je finir par savoir ce qui se passe, bon Dieu?

— Votre fille a été amenée ici pour voie de fait, mais les charges n'ont pas été retenues contre elle finalement.

— Voie de fait, franchement, dit Marilou. Accuser une femme enceinte de voie de fait, ça c'est un acte criminel.

— Je suis très sérieux, madame Bélair. La femme que vous avez agressée aurait pu porter plainte contre vous. Elle a changé d'avis parce que vous êtes enceinte, justement.

— Agressé ? Voyons, Marilou, qu'as-tu fait exactement ?

La jeune femme soupira.

— J'ai frappé une femme chez Toys"R"Us.

— Quoi ? Pourquoi ?

— C'est assez simple, je magasinais pour mon *shower*, il y avait de très belles choses. C'est une journée spéciale au magasin, car il y avait une vente de produits griffés.

— Des produits griffés… chez Toys"R"Us. On aura tout vu, renchérit Lucy.

— Tu veux la connaître, l'histoire, ou pas.

Mine de rien, la préposée à l'accueil écoutait le récit. Elle l'entendait pour la deuxième fois, mais n'en revenait pas encore. Elle avait hâte de conter ça à son mari.

— Donc, je disais qu'il y avait une vente de produits griffés et je suis tombée sur le sac à couches de mes rêves. Tellement beau. Je le voulais et je ne pouvais pas attendre. Mais quand j'ai mis la main dessus, une autre femme l'a pris en même temps. Je lui ai dit que je l'avais vu en premier, mais elle a affirmé l'inverse et l'a tiré de son côté. Je lui ai répondu qu'elle n'était manifestement pas enceinte et qu'elle n'avait donc rien à faire d'un sac à couches.

— Tu as dit ça? Elle était peut-être enceinte, mais ça ne paraissait pas encore…

Marilou lui jeta un regard mauvais, mais continua tout de même sa palpitante histoire.

— Elle m'a affirmé que c'était pour une amie qui faisait des traitements de fertilité et qui adorerait le sac le moment venu. Franchement, c'était vraiment la pire des excuses.

— Et ça, lui as-tu dit aussi? demanda Lucy.

— Bien sûr. Elle était très insultée et elle a voulu tirer le sac vers elle pour me l'arracher. Comme elle ne voulait pas le lâcher, je l'ai frappée.

— Avec tes poings?

— Non, avec le sac…

Lucy éclata de rire, mais tout cela n'expliqua pas comment sa fille s'était retrouvée au poste de police.

— Le sac était rempli d'articles de bébé, puisqu'il était en démonstration, continua Marilou. Disons que mon coup a frappé assez fort. La femme s'est retrouvée par terre, assommée. La commis a crié et a appelé le 911. Les policiers et les ambulanciers sont arrivés assez rapidement. Il ne manquait que la fanfare municipale. Quelle honte! Le sergent Fauché m'a embarquée et m'a reconduite ici. La femme que j'ai frappée est partie il y a quelques minutes après avoir donné son témoignage. C'est ridicule, cette histoire.

— Donc, tu n'auras pas de dossier criminel, supposa Lucy.

— J'espère que non. Comment vais-je expliquer à mon enfant que j'ai presque fait de la prison pour un sac à couches?

— Et qui l'a pris, finalement, le sac?

— C'est elle, la folle même pas enceinte. Le magasin le lui a offert gratuitement. Moi, je n'ai plus le droit de m'approcher du Toys"R"Us à moins de cinquante mètres pour les prochains mois. C'est un peu exagéré, tu ne penses pas? Mais il était tellement beau, le sac...

— Pourquoi seulement quelques mois? C'est étrange, tout de même...

— Jusqu'à ce que j'accouche, je suppose. Après, ils veulent compter sur moi pour dépenser là-bas. J'aurai besoin de plein de choses pour mon petit bout de chou. Ils ne sont pas fous, quand même!

Lucy n'en revenait pas. Quelle histoire! Elle avait bien hâte de conter ça à Denis. Comme la préposée, d'ailleurs, qui riait sous cape. À la place de Marilou, elle aurait sans doute fait la même chose. Après une dernière recommandation du sergent qui lui rappela de se tenir loin du magasin d'enfants, Marilou put quitter le poste de police. C'était toute une aventure ! Elle passa récupérer sa voiture au magasin et s'assura du même coup de ne pas mettre le pied près de la porte. *Dommage,* se dit-elle, *le sac était tellement beau…* Marilou rejoignit ensuite sa mère chez elle pour se remettre de ses émotions. Qu'allait-elle dire à Francis ? Allait-il rire ou la trouverait-il un peu débile ? Elle préféra ne pas y penser.

— Crois-tu que je devrais cacher cet événement à Francis ? demanda-t-elle à Lucy.

— Non, les secrets, ce n'est pas bon pour le couple. Tu es bien placée pour le savoir, répondit Lucy, avec un regard plein de sous-entendus.

— Tu as raison. Je vais lui dire. Merci d'être venue me chercher. Je ne sais pas trop ce que je vais faire pour ma liste de cadeaux…

— Ne t'inquiète pas. Marion et moi nous nous en occuperons pour toi, ma grande.

— Merci, maman !

Les deux femmes bavardèrent quelques minutes, riant de l'incident encore et encore. Juste avant de partir, Marilou fit remarquer à sa mère que le voyant de son répondeur clignotait. Lucy écouta le message et resta interdite un moment.

— Bonjour, madame Tremblay, ici le docteur Lacasse. J'aimerais discuter avec vous des résultats des tests que vous avez passés à votre dernier rendez-vous. Pouvez-vous venir à mon bureau, demain, dans la matinée? Il n'est pas nécessaire de téléphoner, je vous recevrai entre deux patients. À demain.

— Étrange, dit Lucy.

— Es-tu allée chez le médecin récemment? s'enquit Marilou.

— Oui, quelques jours après mon retour de Québec. C'était mon suivi annuel. Je me demande ce qu'il veut. Rien de grave, j'espère...

— Son ton de voix n'indiquait rien de trop sérieux, je trouve, raisonna Marilou. Appelle-moi demain pour me dire ce qu'il en est, sinon je vais m'inquiéter. Bon, je vais aller retrouver mon cher mari pour lui raconter mes dernières frasques. Je mettrai ça sur le compte des hormones. Bye, maman. N'oublie pas de m'appeler demain.

— Hum, hum, dit Lucy en embrassant distraitement sa fille.

Mais que pouvait donc lui vouloir ce médecin?...

Lucy dormit mal cette nuit-là. Elle repassa le message du médecin dans sa tête, cherchant un indice dans son ton de voix. Inutile, puisqu'elle le connaissait à peine. Elle espéra ne pas être atteinte d'un cancer. À son âge, c'était courant. Elle se voyait mal commençant des traitements de chimiothérapie ou de radiothérapie. Elle finit par s'endormir très tard, mais se réveilla fréquemment. Finalement, le lendemain, elle s'installa dans la salle d'attente du médecin peu avant l'ouverture officielle du cabinet. Elle souhaita ne pas patienter trop longtemps avant d'être reçue. Il fallut une petite demi-heure avant qu'on l'appelle. Elle courut presque jusqu'au bureau du médecin.

— Madame Tremblay, l'accueillit-il. Merci d'être venue.

— Vous me stressez, docteur. Que se passe-t-il ?

— Eh bien, nous avons fait des tests lors de votre dernière visite et nous avons décelé une petite anomalie. Je voulais en discuter avec vous aujourd'hui.

— Pas un cancer, j'espère, dit Lucy, paniquée.

— Non, pas un cancer, plutôt une chlamydia.

— Quoi ?

— Une chlamydia, une infection transmise sexuellement. Ce n'est plus aussi rare qu'avant chez les gens de votre âge, vous savez… Les hommes et les femmes dans la soixantaine ne prennent pas nécessairement la décision de se protéger lors de leurs relations sexuelles, puisque les risques de grossesse sont plus limités. Toutefois, il y a d'autres risques liés aux relations sexuelles non protégées… Je vous ai préparé une brochure avec toutes les informations.

Lucy était abasourdie. Une chlamydia! Voyons, c'était impossible... Le médecin devait se tromper, il ne pouvait pas détenir le bon dossier. Ce dernier continua son exposé sans se rendre compte du malaise de sa patiente.

— Le traitement est très simple et le taux de guérison est de cent pour cent. Aucun suivi médical n'est requis. D'ailleurs, il me faudra le nom de votre partenaire afin qu'il ait lui aussi une ordonnance. S'agit-il d'un homme que vous fréquentez présentement? Avez-vous eu des relations sexuelles avec d'autres hommes depuis?

Le médecin la regardait par-dessus ses verres, le crayon levé en l'air, prêt à rédiger son ordonnance. Il n'attendait que le nom du ou des coupables. Lucy sentit qu'elle allait perdre connaissance. Elle recula sa chaise et mit sa tête entre ses jambes. Elle respira à fond, avec la supervision du Dr Lacasse, et reprit ses esprits tranquillement. Ce dernier, un peu plus délicat, laissa le temps à sa patiente de se remettre de ses émotions. Quand elle fut prête, il lui reposa les mêmes questions.

— Ce sera difficile de donner l'ordonnance à mon «partenaire», dit-elle. Il habite à Québec. Et, non, je n'ai pas eu d'autres relations sexuelles, ni avant ni après lui.

— Est-ce possible pour vous de communiquer avec lui quand même, c'est très important, il pourrait infecter quelqu'un d'autre. La chlamydia est dangereuse pour les hommes aussi, elle peut les rendre stériles si ce n'est pas contrôlé...

Lucy se dit que ce serait bien fait pour Christian s'il devenait stérile. Elle était carrément enragée. Comment avait-elle pu être aussi stupide? Coucher avec un jeune homme sans se protéger... Elle s'était trouvée bien au-dessus de son affaire quand elle lui avait dit d'oublier le condom, que, de toute façon, elle ne pouvait pas être enceinte. *Bravo, la vieille, tu t'es fait avoir comme une débutante*, se dit-elle. Lucy garantit au médecin qu'elle allait communiquer avec lui pour lui faire part de la «nouvelle». S'assurant que sa patiente ne tomberait pas dans les pommes, il la laissa partir avec deux ordonnances. Une pour elle, l'autre pour son jeune amant. Lucy avait quelques petites choses à mettre au clair avec lui...

Elle passa à la pharmacie, où sa gêne augmenta lorsqu'elle remit l'ordonnance au commis. La pharmacienne vint lui parler des effets secondaires possibles et lui recommanda de ne pas avoir de relations sexuelles non protégées pour la semaine à venir. Lucy acquiesça, elle n'aurait plus jamais de relations sexuelles point, se dit-elle. Arrivée chez elle, même s'il était à peine midi, elle se fit une margarita. Elle le méritait bien. Qu'allait-elle dire à Christian? Elle se sentait coupable, alors qu'elle n'était qu'une pauvre innocente dans cette histoire. Après leur souper bien arrosé au restaurant, Christian et elle s'étaient retrouvés à son hôtel pour un dernier verre. Comme Lucy retournait chez elle le lendemain, elle avait tenté sa chance avec le jeune homme et il avait répondu à ses avances. *Le fait qu'ils soient à l'hôtel avait grandement joué en sa faveur*, pensa-t-elle. Elle savait que Christian aurait refusé de l'amener chez lui; une gardienne s'occupait de sa petite fille. Ils s'étaient bien amusés pendant une bonne heure, ensuite Christian était retourné chez lui, pour libérer la gardienne. Lucy avait dormi dans les draps qui conservaient son odeur. Oui, ils s'étaient éclatés, et Lucy en récoltait maintenant le prix. Après sa deuxième margarita, Lucy décida que la poste était le meilleur moyen pour communiquer la nouvelle à Christian. Les réseaux sociaux étaient beaucoup trop impersonnels. Elle en profiterait pour lui envoyer l'ordonnance en même temps. Mais qu'allait-elle écrire dans cette damnée lettre? Après sa troisième margarita, les mots vinrent tout seuls. Lucy relut son mot avant de le cacheter:

Cher Christian,

Tu as une chlamydia. C'est toi qui me l'as donnée et mon médecin me l'a dit. Voici ton ordonnance. Bonne chance.

Voilà! Tout était dit. Elle aurait pu ajouter un flot de bêtises, mais à quoi bon. Elle avait aussi sa part de négligences dans l'affaire. Elle inséra l'ordonnance dans l'enveloppe, chercha l'adresse de Christian sur Canada 411, apposa un timbre, revêtit ses bottes et son manteau, et se dirigea vers la boîte aux lettres la plus proche. Elle tituba un peu en chemin, ce qui alerta Marilou, qui s'était garée devant chez elle. Voyant que sa mère ne la rappelait pas, cette dernière, inquiète, avait profité de son heure de dîner pour venir aux nouvelles. Marilou savait reconnaître quand sa mère avait bu, et là, elle était carrément ivre.

— Maman, cria-t-elle, que fais-tu ?

— Rien, ma grande, retourne chez toi. Je ne veux parler à personne, *hic* !

Bon, ça y était, elle avait le hoquet. Marilou, n'écoutant pas les conseils de sa mère, la suivit dans les escaliers, voulant s'assurer que cette dernière se rendait à bon port. Elle était de plus en plus inquiète. Quelle nouvelle le médecin avait-il bien pu lui annoncer pour qu'elle se mette dans un état pareil ? Elle entra dans l'appartement de sa mère, se déshabilla et prit le téléphone. Elle appela son patron pour lui dire qu'une urgence familiale la retenait, elle ne retournerait pas au travail l'après-midi même. Il fut conciliant et lui souhaita bonne chance. Ensuite, Marilou pénétra dans la cuisine, où sa mère était littéralement effondrée contre la bouteille de tequila. La jeune femme lui arracha la bouteille des mains et lui prépara un petit en-cas. Elle attendit que sa mère se confie à elle, mais cette dernière resta étrangement silencieuse. Une fois assise devant Lucy, Marilou essaya de lui tirer les vers du nez.

— J'ai le goût d'une cigarette, commença Lucy. Il me faut une cigarette…

— Maman, que se passe-t-il ? Tu sais que tu peux tout me dire. As-tu… – elle hésita – un cancer ?

Lucy, encore sous l'effet de l'alcool, se mit à rire.

— Non, s'esclaffa-t-elle, ce serait encore moins humiliant…

— Humiliant? Allez, maman, dis-moi ce qu'il se passe.

— À mon âge, soixante-trois ans, j'ai accompli une chose que je n'avais jamais faite encore.

Oh! là! Pour que sa mère parle ouvertement de son âge, la situation était grave. Marilou s'attendait au pire.

— J'ai attrapé une ITS. Voilà! Une belle chlamydia, juste pour moi.

— Quoi? Mais voyons, avec qui as-tu couché?

L'espace d'un instant, l'alcool fit moins son effet et Lucy, plus lucide, réfléchit à l'effet que pourrait avoir cette annonce sur sa fille. Marilou avait eu un béguin immense pour Christian et avait même mis sa mère à la porte à cause de lui. Quel effet cela aurait-il sur elle lorsqu'elle apprendrait que sa mère avait finalement fait l'amour avec l'homme qui n'avait jamais daigné lui lancer un regard du temps où elle habitait à Québec?

— Je ne peux pas te le dire, tu vas être fâchée.

— À part si tu as couché avec Francis, maman, je ne vois pas pourquoi je serais fâchée. Ce n'est pas Denis, tout de même? demanda-t-elle, suspicieuse.

— Non, ce n'est pas Denis.

Lucy tâta le terrain, peut-être Marilou ne se souvenait-elle plus de Christian…

— Tu te rappelles quand nous habitions à Québec, j'ai fait quelques rencontres là-bas. J'ai revu un de ces hommes et, après ma spectaculaire métamorphose, nous sommes passés à l'acte. Voilà tout. Tu n'as pas besoin d'en savoir davantage.

— Jo, c'est Jo, j'en suis sûre !

Marilou faisait référence à l'homme que sa mère avait invité la première soirée où elle s'était installée chez Sophie. Jo était marié, bedonnant et sans intérêt. Mais que Marilou croie qu'il était responsable de sa chlamydia faisait bien son affaire. Elle ne répondit ni par l'affirmative ni par la négative, et laissa Marilou élaborer son propre scénario.

— Au fond, peu importe de qui il s'agit, dit Lucy, penaude. Je suis prise avec cette cochonnerie… Je me sens sale et trahie.

— Ne t'inquiète pas, maman, la rassura Marilou, oubliant l'espace d'un instant l'homme à l'origine de l'ITS de sa mère.

La jeune femme fut un peu ébranlée par la nouvelle, mais tout de même soulagée. Elle avait eu presque peur que sa mère soit atteinte d'un cancer ou de toute autre maladie incurable. Le fait que sa mère soit active sexuellement la troublait aussi. Elle avait hâte de raconter cela à son mari. Cette situation hors du commun diminuerait sans doute l'impact de sa propre histoire au poste de police – qu'elle n'avait pas eu le temps de lui conter encore –, du moins, l'espérait-elle. Lucy, que l'alcool et la mauvaise nouvelle avaient abrutie, ronflait maintenant sur la table de la cuisine. Marilou hésita entre la laisser là et retourner au travail ou la reconduire dans sa chambre. Elle décida de l'abandonner couchée sur la table. Elle lui écrivit un mot et regagna le bureau. Son urgence familiale ne fut pas si longue finalement!

Quelques heures plus tard, Lucy se réveilla en sursaut. Un regard à la pendule lui apprit qu'elle avait dormi presque trois heures dans sa cuisine. Elle se demanda pourquoi, puis se remémora la raison. Ce salaud de Christian! Lucy fut tentée de lui écrire un message visible par tous les utilisateurs de son compte Facebook, mais se ravisa. Une telle vengeance ne mènerait à rien. Peut-être n'était-il pas au courant qu'il avait une chlamydia? Il le serait bientôt, en tout cas. Chassant de sa tête les dernières images de leur nuit ensemble, Lucy décida d'oublier Christian pour toujours. À vouloir rester jeune, on commet les mêmes erreurs qu'eux...

Conseil nº 11

C'est connu, les voyages forment la jeunesse. Vous n'êtes pas intéressés par un voyage humanitaire? Pas de problème! Un simple voyage dans le Sud fera l'affaire. Assurez-vous de connaître la dernière danse à la mode et de vous tenir au bar dans la piscine. Votre profil vieillissant passera incognito. Entraînez-vous quelques semaines avant, histoire de sortir votre plus beau bikini. Votre bronzage fera sensation!

Plus Lucy avançait dans ses chroniques, plus elle voyait leur non-sens. Mais où allait-elle exactement avec ses idées? Qui réussirait-elle à convaincre? Son patron ne semblait pas s'en formaliser. Il l'avait même félicitée pour ses conseils. Les ventes du journal montaient en flèche. Lisait-il ce qu'elle écrivait? La journaliste commençait à manquer d'inspiration. Elle espérait que son voyage à Punta Cana lui fournirait du nouveau contenu. Marion avait promis de l'aider, mais cette promesse était aussi futile que ses conseils dans sa chronique. La jeune femme était beaucoup trop occupée à être jalouse de la vie familiale de son «amoureux» pour faire quoi que ce soit d'autre. Heureusement, leur voyage arrivait à grands pas, et Lucy était de plus en plus fébrile. Comme elle avait plus de temps libre, elle s'inscrivit au gym dans l'espoir de pouvoir revêtir son plus beau bikini. Elle visita aussi quelques salons de bronzage, afin de ne pas être blanche comme un cachet d'aspirine à son arrivée en

République dominicaine. Lucy fit officiellement un trait sur son voyage au Nicaragua. Elle rencontra son groupe et annonça aux participants qu'en raison de la grossesse de sa fille, elle ne pouvait quitter le pays aux dates prévues. Quel bon prétexte! Ses compagnons lui souhaitèrent bonne chance et la félici-tèrent pour son nouveau statut de grand-maman. Elle accepta leurs belles paroles les dents serrées. Jamais elle ne s'habituerait à se faire appeler de la sorte. Lucy, en compagnie de Denis, régla les détails du *shower* de bébé, tout était presque prêt pour la fête à leur retour. En ce qui concernait sa mésaventure de Québec, Lucy se concentra sur les aspects positifs – sa superbe métamorphose – et essaya d'oublier le négatif. Elle n'entendit plus parler de Christian, mais elle sut que sa lettre était parve-nue à destination, car il la raya de ses contacts sur le réseau social. Un autre volet était clos.

Deux semaines avant le grand départ, quelques événe-ments inattendus vinrent chambouler les plans des voyageuses. Premièrement, Marilou fit une crise monumentale à Francis. Le jeune couple habitait toujours l'appartement, mais s'apprê-tait à déménager le mois suivant dans leur nouvelle maison. Ne voulant pas que sa «bien-aimée future maman» lève le petit doigt dans le processus de déménagement, Francis engagea une entreprise qui s'occupait de tout, sans exception. Chaque jour, quelques employés se présentaient au domicile de Marilou et Francis, et vidaient peu à peu leur petit logis dans des boîtes de différentes grosseurs. Marilou, qui était en retrait préventif à son travail en raison du nombre d'heures qu'elle devait passer debout, regardait les employés mexicains faire ses propres boîtes, c'était là la seule occupation de ses journées. Au départ, elle tenta de superviser l'affaire, mais elle y renonça rapidement. Ils lui souriaient comme à une enfant et n'en faisaient qu'à leur tête. Après quelques jours de ce régime, Marilou, n'en pouvant plus de vivre comme une étrangère dans son propre logement, décida que, tant qu'à regarder des Mexicains chez elle, elle pouvait aussi bien aller regarder des Dominicains sur une plage en compagnie de sa mère et de Marion. Francis, qui n'était pas d'accord que sa femme voyage à près de six mois de grossesse, refusa qu'elle quitte le nid familial. C'est là que la crise éclata. Le jeune homme ne saisit pas tout de suite ce qu'il avait fait de mal. Après tout, il avait embauché ces gens pour aider sa femme, et non pour se faire réprimander de la sorte. Lui qui pensait bien faire se retrouvait encore dans une situation étrange. Décidément, il ne comprendrait jamais les hormones de grossesse. Il laissa la crise passer et, quand Marilou eut épuisé sa panoplie d'arguments, il lui demanda de vérifier auprès de son médecin si elle était en état de voyager. Si oui, elle avait sa bénédiction pour partir en voyage avec sa mère et son amie. La bénédiction, elle l'avait déjà. Elle avait vu son médecin le matin même et il lui avait assuré qu'elle pouvait partir sans problème; tout en suivant quelques recommandations. Francis, stupéfait, regarda sa femme courir vers le téléphone pour annoncer la bonne nouvelle à sa meilleure amie. Quand Marilou reviendrait de voyage, sa nouvelle maison serait toute prête à l'accueillir, il ne manquerait que le bébé !

Lucy et Marion accueillirent la nouvelle voyageuse avec joie, mais une difficulté s'imposa. Comment allait-on séparer les chambres ? Au départ, il était prévu que Marion et Lucy partagent leur chambre. Où allait-on «caser» Marilou ? La solution surgit à leur esprit sans qu'elles aient à trop réfléchir. Un quatrième membre s'ajouta au petit groupe : Denis.

Depuis quelques semaines, Denis vivait des moments difficiles. Il tentait désespérément de rencontrer une nouvelle femme, mais les membres de son site de rencontre n'étaient pas du tout à la hauteur de ses attentes. Il ressassait sans cesse l'idée d'une brève idylle avec la jeune Émilie, et chaque jour il se promettait de ne plus y penser. Un vrai *junkie* ! Il avait besoin d'un changement, d'une coupure dans sa vie. Quoi de mieux qu'un voyage pour se changer les idées ? L'idée lui vint un soir où il était seul chez lui. Une annonce de compagnie d'aviation passait en boucle à chacune des pauses publicitaires de son émission. Sans plus réfléchir, il prit le téléphone et contacta Lucy. Il lui annonça tout bonnement : «Je pars avec vous, s'il reste des billets.»

Le fait que Denis parte en voyage avec sa femme ne plut pas du tout à Francis. Tout le monde savait, maintenant, ce qu'il s'était passé la dernière fois que ces deux-là s'étaient retrouvés dans un tout-compris. Heureusement, il fit contre mauvaise fortune bon cœur. De toute façon, Marilou n'allait sûrement pas consommer d'alcool… Il l'espérait vraiment.

Tout excitée du départ, Marilou dut affronter un problème de taille (le mot était d'ailleurs très juste) : aucun de ses vêtements d'été ne lui allait. Elle n'avait pas prévu le coup, elle ne planifiait pas être enceinte durant les grandes chaleurs d'été. À deux jours du départ, elle courut dans le magasin de maternité le plus proche, mais comme c'était l'hiver, il n'y avait pas grand-chose dans les rayons. Elle trouva quelques jaquettes qui pourraient toujours faire office de vêtement de plage, mais le contenu global de sa valise n'était pas très concluant. Au moins, son maillot de bain lui seyait encore.

— Pourquoi n'y a-t-il que des chaussures et des sous-vêtements dans ta valise ? lui demanda Francis la veille du départ.

Il n'en fallut pas plus pour que la jeune femme fonde en larmes. Entre deux hoquets, Francis comprit les mots « vêtements », « grosse » et « baleine échouée sur la plage ». Il tenta du mieux qu'il put de réconforter sa femme, mais ne trouva pas les mots justes. Il lui proposa même d'annuler son escapade, mais il n'était pas sûr que son assurance annulation couvre les cas de « femmes enceintes prises au dépourvu par leur garde-robe vide ». Il la consola en lui disant que, de toute façon, le plus important de sa valise était son maillot de bain. L'avait-elle déjà vu faire sa valise pour un voyage? Lui, il ne mettait que son maillot et le tour était joué! Marilou rit, car c'était un fait que Francis oubliait d'habitude des articles essentiels lorsqu'il partait en vacances.

— Pense au plaisir que tu auras plutôt qu'aux vêtements que tu n'as pas. À ton retour, nous déménagerons dans notre belle maison, dit Francis.

— Sans les employés mexicains?

— Sans les employés mexicains, promit-il. Ils me coûtent déjà assez cher comme ça; en plus, je dois payer un voyage à ma femme...

Mais ça faisait plaisir à Francis de rendre Marilou heureuse.

La veille du grand départ, il restait un problème à régler: le partage des chambres. Ce casse-tête fut résolu à la dernière minute. Il était hors de question que Marilou se retrouve dans la même chambre que Denis, et Marion ne souhaitait pas vraiment dormir dans celle de son père. Denis, lui, désirait faire des rencontres sur la plage – son dernier voyage avait été bénéfique sur ce plan, toutefois il ne s'autorisait plus à y penser –, mais le fait de faire chambre commune avec Lucy le bloquerait peut-être dans ses conquêtes. En effet, ces dernières pourraient penser que Lucy est sa femme. Lucy, elle, se moquait bien de la personne avec qui elle allait partager sa chambre. Tant qu'il y avait de la tequila, elle était heureuse. Elle ne le confia à personne, mais elle se sentait trahie par Christian. La petite histoire de la chlamydia n'était pas si banale, finalement. Denis décida donc de louer une suite avec plusieurs chambres séparées. Tous auraient leur intimité et ils partageraient les espaces communs. L'idée fut accueillie chaleureusement par les voyageurs. Ce fut Francis qui reconduisit le joyeux groupe à l'aéroport. À la dernière minute, il regretta même de ne pas être de la partie. Il se consola en se disant qu'une semaine de « célibataire » était un luxe qu'il ne pourrait plus se payer après l'arrivée du bébé. Il embrassa sa femme tendrement, sourit rapidement à Marion, serra la main de Denis en lui lançant un regard qui, selon lui, disait clairement « Tu ne touches pas à un cheveu de Marilou ! », et fit un câlin à Lucy. Toute la bande se dirigea vers le guichet de Sunwing. Une belle semaine les attendait !

Outre le fait que Marilou vomit pendant tout le vol – elle avait le mal des transports et son état ne s'améliorait pas à cause de sa grossesse, de son manque de sommeil et de son appétit féroce jamais comblé –, le trajet se déroula sans encombre. Lorsque le groupe mit pied à terre à Punta Cana, l'humidité et la chaleur laissèrent présager des jours heureux. Le soleil aussi était au rendez-vous. L'aéroport, plein à craquer, leur parut une véritable jungle. Heureusement, Denis était en terrain connu et il les guida à bon port. Il s'en fallut de peu pour qu'ils manquent la navette, mais le petit groupe arriva juste à temps. À bord, un jeune Dominicain s'occupa de divertir les touristes jusqu'à l'hôtel. Même après avoir regardé les brochures pendant plusieurs heures, Lucy ne s'attendait pas à tant de luxe. Marion avait choisi un véritable palace. Dès qu'ils descendirent de l'autobus, on leur servit un cocktail de bienvenue et des bouchées. Marilou se goinfra littéralement – elle s'était bien vidée dans l'avion. Lucy prit une coupe de mousseux et savoura la boisson bon marché qui coulait à flots. *Oui*, se dit-elle, *je pourrais m'y habituer rapidement!* Après l'enregistrement, on les conduisit à leur suite, qui était encore plus magnifique que le hall d'entrée. Tous revêtirent leur maillot et décidèrent d'aller faire une petite trempette dans la mer. Le décor était féérique. Une heure après leur arrivée, Marilou ronflait déjà sur la plage, Denis avait engagé la conversation avec une quarantenaire au bar et Marion discutait paisiblement sur la plage en compagnie de Lucy.

— Alors, demanda Marion, c'est comme tu l'imaginais ?

— Encore mieux, répondit Lucy.

Il s'agissait de son premier voyage dans un tout-compris du genre. Elle avait bien fait plusieurs croisières, mais l'ambiance n'était pas du tout la même. Elles papotèrent encore un peu, burent plusieurs margaritas et la journée s'écoula tranquillement. Manger, boire, dormir, se baigner, voilà à quoi elles aspiraient. Ce soir-là, alors que Denis, Marion et Lucy voulaient aller manger au restaurant italien, Marilou refusa obstinément de sortir de la chambre.

— Allez-y sans moi, dit-elle. Je me ferai venir un plat ici. Ou encore mieux, passez donc au buffet pour moi. Ce sera une belle surprise !

— Marilou, pourquoi ne veux-tu pas venir avec nous ? demanda Lucy. On ne s'est presque pas vues de la journée, tu as ronflé tout l'après-midi sur la plage… Viens, on va bien s'amuser.

— J'ai envie d'être seule. C'est ça le plaisir d'être en vacances, faire ce que l'on a envie de faire. Partez, j'ai un bon livre à lire.

Marion et Lucy insistèrent encore un peu. Puis Denis décida d'intervenir.

— Les filles, si elle ne veut pas venir, laissez-la faire. Au pire, elle viendra nous rejoindre. Allons-y, j'ai faim, moi, et un bon verre de rouge nous attend.

Après une dernière tentative, le trio sortit et se dirigea vers le restaurant choisi. Comme l'heure de la réservation n'avait pas encore sonné, ils patientèrent dans le lobby en prenant un verre au bar où les places assises se faisaient plutôt rares. Ils sirotèrent donc leur apéro debout. Denis salua la femme qui lui avait tenu compagnie au bar tout l'après-midi et ils bavardèrent à nouveau. Lucy examina les gens autour et se figea. Non, ce n'était pas possible ! Elle regarda Marion et vit que son amie avait remarqué la même chose qu'elle. Toutefois, elle ne semblait pas surprise le moins du monde. Lucy regarda à nouveau pour s'assurer qu'elle avait bien observé la scène et que tout cela n'était pas le fruit de son imagination. Mais non, elle vit bien Mathieu, l'amant – ou tout ce qu'il pouvait être d'autre – de Marion en compagnie de sa petite famille. Son épouse, bien jolie, portait une robe très seyante et avait l'air parfaitement heureuse. On aurait dit le portrait familial par excellence. D'ailleurs, dans ce magnifique portrait, une personne était pétrifiée : Mathieu qui venait d'apercevoir Marion. Sa femme, trouvant son attitude étrange, se tourna pour voir qui pouvait bien causer cet émoi à son mari. Marion, vite comme l'éclair, plongea derrière Denis, si bien que l'épouse en question n'aperçut qu'une vieille femme qui dévisageait Mathieu. En effet, Lucy ne pouvait s'empêcher de fixer le couple. Mathieu, partiellement remis de ses émotions, expliqua à sa conjointe qu'il était certain d'avoir déjà vu cette dame à l'université. Chose pas tout à fait fausse, car il avait effectivement déjà rencontré Lucy. Il la salua brièvement, prit les mains de ses fillettes et se dirigea à vive allure vers le restaurant. Lucy agrippa Marion et Denis par la main et, sans un mot de plus, les tira sans ménagement vers la suite, planta là la nouvelle amie de Denis qui les regardait partir, interloquée. Arrivée à la chambre, Lucy poussa Denis et Marion à l'intérieur, entra et claqua la porte, ce qui attira immédiatement Marilou.

— Je savais qu'il y avait un piège, cria Lucy. Il s'agit d'un guet-apens.

— Voyons, Lucy, dit Marion, tu ne sais même pas ce que veut dire le mot « guet-apens »…

— Oh que oui! Je l'ai appris dans mon cours de sciences sociales. Mais là n'est pas la question. Tu nous as tous entourloupés.

— Que se passe-t-il exactement? interrogea Denis. Je suis là à jaser doucement et je me fais accrocher par une furie qui me traîne jusqu'ici sans explication.

— Demande à ta fille…

Marion resta étrangement silencieuse.

— Très bien, renchérit Lucy, je vais vous expliquer, moi, ce qu'il se passe. Imaginez-vous donc que notre fameux séjour ici n'est pas du tout le fruit du hasard. Marion n'est pas tombée «comme par magie» sur cet hôtel fabuleux. Elle le connaissait déjà.

Denis et Marilou dévisagèrent Marion, mais ils ne comprenaient pas encore quelle faute elle avait commise.

— Vous ne devinez pas? demanda Lucy.

— Bon, accouche, maman. On veut savoir, s'énerva Marilou qui avait été interrompue pendant une scène d'amour passionnante dans son roman.

— C'est ici que Mathieu a amené sa famille en vacances. Je l'ai aperçu tantôt dans le lobby. Il nous a aussi vues, d'ailleurs.

Lucy attendit que la nouvelle fasse son chemin, mais cela n'eut pas l'effet escompté. Denis eut l'air de s'en moquer. En fait, il pensait encore à la femme qu'il avait abandonnée au bar. Il espérait la recroiser dans la soirée. Marilou, elle, n'était pas très surprise. C'était totalement le genre de son amie de manigancer un plan pareil. Seule Lucy paraissait trouver la situation tout à fait scandaleuse. Toutefois, elle vit bien que les autres ne semblaient pas choqués outre mesure. Elle fit la morale quelques minutes à Marion, affirmant qu'il n'était pas très éthique de suivre les gens et que ce n'était pas en agissant de la sorte qu'elle gagnerait le cœur de Mathieu. À bout d'arguments, elle laissa finalement Marion s'expliquer, bien que ce ne fût pas vraiment nécessaire.

— J'avoue, dit celle-ci, que je t'ai un peu embobinée. Mais j'ai bien vu que tu avais besoin de vacances et je ne voulais pas venir seule. Avoir su que Marilou était prédisposée à voyager, je l'aurais invitée avant toi. Pas que je ne veux pas voyager avec toi, Lucy, se reprit-elle, mais je connais bien ton point de vue sur ma relation avec Mathieu. Je n'irai pas lui parler et je ferai comme si je ne le connaissais pas. Je voulais juste voir l'expression de son visage quand il allait me voir. Vraiment, ça valait le coût du voyage, termina-t-elle en riant.

Lucy n'avait pas toujours été fidèle en couple, mais elle ne s'était jamais immiscée dans la vie privée de ses amants. Elle préférait faire comme si «l'autre» n'existait pas. Elle n'approuvait pas l'idée de Marion, car la vengeance n'était pas la meilleure arme, selon elle. Mais il était vrai que l'expression de Mathieu avait valu amplement le détour.

— Le site est grand, conclut Marion, nous ne le verrons pas de la semaine.

— D'accord, dit Lucy, mais je trouve que tu mérites une bonne punition, jeune fille…

Denis, Marion et Marilou pouffèrent de rire. L'idée que Lucy punisse Marion était très drôle.

— Tu as raison, je demanderai à Mathieu de me punir comme il se doit, répondit Marion, avec un clin d'œil.

— Bon, assez parlé, dit Denis, allons-y, sinon nous perdrons notre réservation.

Lucy était encore fâchée que Marion lui ait caché le but ultime du voyage. Elle bouda une bonne partie du souper, mais la consommation de margaritas aida son humeur. Ils décidèrent de terminer la soirée dans l'un des bars de l'hôtel. Le petit groupe fit un crochet vers la chambre pour inviter Marilou à se joindre à eux, mais cette dernière dormait déjà. Elle ronflait, le livre sur la bedaine. Ils dansèrent et burent amplement. Denis, fort content, recroisa la femme de la plage et passa une bonne partie de la soirée à danser avec elle. Marion dansa avec plusieurs hommes, Mathieu n'était pas dans les alentours; il était sans doute déjà couché avec sa petite famille.

Le lendemain, la levée du corps fut difficile pour tout le monde, sauf pour Marilou. Elle cogna aux portes vers neuf heures, prétextant qu'il était l'heure d'aller déjeuner au buffet. En maugréant, chacun se leva, s'empressa de se doucher et rejoignit la jeune femme qui engouffrait déjà du bacon et des crêpes à volonté. Denis bougonnait dans sa tasse de café. Son front était ridé, signe qu'il avait un mal de tête assez intense. Lucy avait gardé ses lunettes de soleil, la lumière lui faisait mal aux yeux. Marion bâillait sans fin devant son jus d'orange et Marilou papotait sans arrêt. Un instant, elle parlait des vagues magnifiques qui s'écrasaient sur la plage, l'instant d'après elle entretenait le petit groupe de l'intrigue incroyable que l'auteur de son roman avait bâtie. L'histoire l'avait tenue en haleine jusqu'à tard dans la nuit. En vérité, lorsque la bande était passée à neuf heures, elle dormait à poings fermés, mais personne ne lui en fit la remarque. Tous l'écoutaient poliment. Au moins, pendant que Marilou faisait les frais de la conversation, ils pouvaient se concentrer sur leurs petits bobos dus à l'excédent d'alcool. Marion, Denis et Lucy se consolèrent en se disant que le plan de la journée convenait parfaitement à leur état. Ils s'écraseraient tout simplement sur la plage et admireraient le paysage en somnolant.

Bien installées sur leurs chaises longues, sous un parasol garni de paille, Lucy, Marion et Marilou sirotaient un petit *drink* sans alcool. Marion raconta à son amie leur soirée de la veille, alors que Lucy repensait à la situation dans laquelle Marion les avait mis. Bon, ce n'était pas la fin du monde, mais cette histoire la mettait mal à l'aise. Heureusement que le site de l'hôtel était grand. Comme si quelqu'un lisait dans ses pensées, la femme de Mathieu s'installa directement à côté d'elle, sur la dernière chaise de plage libre. Ses deux fillettes la suivaient. Une fois que la maman eut déposé ses affaires sur la chaise longue, elle donna la permission aux filles d'aller jouer sur le bord de la mer. Les petites coururent, folles de joie, vers l'étendue d'eau. Leur maman se créma, s'allongea, mit ses lunettes de soleil et soupira, tout cela sous le regard ahuri de Lucy et de Marion. Aussitôt, cette dernière s'éclipsa, Marilou la suivit. Lucy resta donc seule à côté de l'une des deux personnes qu'elle ne souhaitait pas vraiment croiser. *Bon*, se dit-elle, *quelles sont les chances qu'elle t'adresse la parole? Après tout, elle ne sait pas que tu parles français…*

— Je voulais m'excuser de vous avoir dévisagée hier, commença la femme à côté d'elle.

Ah non! Elle n'eut pas le choix de répondre. Mieux valait feindre l'innocence.

— Pardon? dit Lucy.

— J'ai dit que je m'excusais de vous avoir dévisagée. C'était grossier, mais je me demandais pourquoi mon mari vous regardait de la sorte. Il a dit qu'il vous avait déjà vue. Vous fréquentez l'université?

— Ah… oui, répondit Lucy. Oui, oui, répéta-t-elle, je fréquente l'université. Mais je ne crois pas connaître votre mari, mentit-elle.

— Ah bon, c'est rare que les femmes ne le remarquent pas, continua la femme de Mathieu en riant. Toutes ses étudiantes craquent pour lui, c'est évident. Parfois, pendant la session, je vais m'asseoir en catimini dans son cours. Je vois bien qu'elles sont toutes pâmées devant lui, confia-t-elle.

— Hum, je n'avais pas noté, il faut dire qu'il est un peu plus jeune que moi, dit Lucy.

— Oui, bon, tous les goûts sont dans la nature… Je m'appelle Elsa, enchantée !

Elsa lui tendit la main que Lucy serra en se présentant. La femme de Mathieu la questionna sur sa présence à Punta Cana. Elle se montra très curieuse et parut trouver leur petit groupe hétéroclite un peu rigolo. La conversation s'acheva quand les fillettes vinrent demander à leur mère à quel moment elles pourraient manger.

— Mes petites gourmandes, dit Elsa, dès que papa revient du golf, nous mangerons. Allons l'attendre dans le *lobby* !

Elle ramassa les articles de plage, salua Lucy et prit la direction du *lobby* avec ses filles qui faisaient de grands au revoir à Lucy, comme si elles la connaissaient depuis toujours. Le malaise de Lucy grandit à mesure qu'Elsa et ses filles s'éloignaient. Elle avait trouvé Elsa sympathique et gentille à souhait. Elle ne méritait pas que son mari la quitte pour une autre femme…

Voyant que la voie était libre, Marion et Marilou reprirent leur place près de Lucy. Denis prit la chaise laissée vacante par Elsa. Les trois braquèrent les yeux sur Lucy et attendirent le résumé de la conversation.

— Je n'ai rien à vous dire, fit Lucy.

— Ben voyons, renchérit Marion, tu as parlé avec elle vingt minutes et vous ne vous êtes rien dit. Me semble… Elle était comment?

— Gentille, très gentille même.

— Bien sûr, pourquoi ne le serait-elle pas? demanda Marion.

— Tu sais, quand un homme dit qu'il ne souhaite plus rester avec sa femme, on imagine toujours que la femme en question est méchante, égoïste, laide et castrante… Elsa n'est rien de tout cela, expliqua Lucy.

— Elsa? Lucy, tu tombes dans le sentimentalisme. Comment peux-tu te faire une image aussi précise d'une personne avec qui tu n'as parlé que vingt minutes? Elle est peut-être en train de parler dans ton dos à Mathieu à l'heure qu'il est.

Marilou et Denis écoutaient la conversation, mais ne soufflèrent mot. C'était entre Marion et Lucy.

— Écoute, Marion, je ne suis pas à l'aise du tout avec cette histoire. C'est ta vie et tu peux la mener comme bon te semble, mais je ne veux pas être mêlée à tout cela. Ça passait encore quand je ne connaissais pas Elsa et ses filles, mais là, je ne peux pas jouer à ce jeu. Tu as dit hier soir que le site était assez grand pour qu'on ne les croise pas et la première chose qui arrive, c'est qu'on tombe sur eux, justement. Imagine quand Mathieu sera là ! Je ne pourrai même pas le regarder en face. Tu dois régler la situation, sinon les vacances seront gâchées.

Marion croisa les bras en signe de refus. Elle se tourna vers Denis et Marilou, mais ils baissèrent les yeux. Ils avaient trouvé la situation cocasse au départ, mais Lucy avait raison. Marion n'aurait jamais dû les traîner dans cette aventure.

— D'accord, je vais coincer Mathieu sans sa femme et je vais lui parler. Je vais m'assurer qu'ils se tiennent loin de nous cette semaine, quitte à lui faire un horaire détaillé de nos allées et venues, lança-t-elle un peu à la blague.

Marion commençait à regretter sa décision. L'idée lui était venue sur un coup de tête et lui avait semblé bonne de prime abord. Mais une fois arrivée à destination, elle n'était plus sûre que son idée « de génie » fût géniale à ce point. Ça avait été encore pire lorsqu'elle avait vu Mathieu en compagnie de sa femme et de ses enfants. La jalousie lui crevait le cœur. Elle dut admettre, comme Lucy, que l'idée de connaître la femme de Mathieu ne lui plaisait pas à elle non plus. Lucy avait raison quand elle disait qu'il était plus facile de détester une personne lorsqu'on ne la connaît pas. En revanche, le site était grand, donc il serait possible pour eux de ne pas se croiser. En attendant, elle parlerait à Mathieu. Marion soupira et abandonna ses amis pour aller à la recherche de l'être aimé.

Conseil n° 12

Une astuce facile pour rester jeune, portez des talons très hauts, au risque de tomber et de vous casser une hanche… Les talons hauts donnent assurément une démarche sexy, bien plus que les souliers beiges lacés. Vous n'aimez plus vos jambes, faites-vous faire un traitement contre les varices et les varicosités. Vous retrouverez les jambes de vos vingt ans et… vous pourrez porter vos talons hauts !

Lucy écrivit sa chronique pour s'en débarrasser. Elle voulait passer sous la douche et se préparer pour la soirée. Cette première journée complète avait été riche en émotions, un bon souper et un spectacle lui feraient le plus grand bien. Malheureusement, personne ne l'accompagnerait ce soir. Denis soupait avec sa nouvelle flamme, Monique, la femme avec qui il discutait sans cesse depuis leur arrivée. Marion avait réussi à coincer Mathieu, mais ils n'avaient pas pu se parler longtemps. Le jeune homme était dans une furieuse colère – avec raison – et ils avaient convenu d'un rendez-vous le soir même, lorsque sa rage serait un peu retombée et que sa femme et ses filles seraient couchées. Marion aurait pu accompagner Lucy pour le souper, mais elle restait introuvable depuis quelques heures. Marilou, encore une fois, refusa de sortir de sa chambre. Elle était passée à la cantine en revenant de la plage et avait pratiquement fait de la suite un buffet tant elle avait rapporté de nourriture. La jeune femme enceinte grignotait un peu de tout en continuant la lecture de son fameux livre. Au rythme où elle avançait dans son roman, elle risquait de se tourner bientôt les pouces. Lucy espérait pour elle qu'elle en avait apporté d'autres.

— Tu es sûre que tu ne veux pas m'accompagner ? demanda Lucy une dernière fois en retouchant son rouge à lèvres. Tu n'es pas venue ici pour rester dans ta chambre, il me semble.

— Non, merci, je m'amuse beaucoup. Après mon petit festin, je vais aller lire sur la terrasse. La vue est magnifique. On voit les vagues qui se brisent, et le bruit de l'eau me donne envie…

— De faire pipi ?

— Non, franchement, me donne envie de dormir comme un bébé dans l'utérus de sa maman.

Les comparaisons de sa fille n'étant pas franchement très poétiques, Lucy décida qu'une soirée toute seule ne lui ferait peut-être pas de mal. Mais aussitôt assise seule à la table, elle regretta son choix. Tous les gens étaient accompagnés, soit de leur conjoint, soit de leur famille. Lucy comprit que le cœur n'y était pas et qu'elle aurait davantage de bonheur à grignoter avec sa fille. Elle héla le garçon pour lui remettre la carte et, du même coup, frappa, avec son menu, un homme qui passait.

— Oh, je suis désolée, *I'm sorry*, dit Lucy, ne sachant trop si la personne qu'elle avait heurtée parlait français ou anglais.

— Pas de mal, répondit l'homme en français.

Ils se regardèrent tous les deux, il leur fallut un moment pour faire le lien.

— Lucy, s'exclama l'homme, mais quelle surprise !

— James ? Mais que fais-tu ici ?

Lucy prit une minute pour reconnaître son professeur d'université, peu habituée à le voir sans son éternel veston-cravate. Les vacances lui allaient bien. Son teint était déjà hâlé, signe qu'il était arrivé depuis quelques jours déjà, et il avait l'air en grande forme. Lucy jeta un bref regard circulaire, mais personne ne semblait l'accompagner. Comme s'il lisait dans ses pensées, il lui demanda si elle était seule.

— Oui, malheureusement. Tous mes amis m'ont abandonnée ce soir, les ingrats, ajouta-t-elle à la blague.

— Je suis seul aussi, puis-je me joindre à toi ?

— Bien sûr ! Plus on est de fous, plus on rit.

Elle se traita d'idiote. Comment une expression aussi banale pouvait-elle impressionner un professeur d'université ? Mais il sourit et s'installa face à elle.

— Comment peut-on abandonner une belle femme comme toi ? lança-t-il en prenant le menu que le serveur lui tendait.

Le compliment de James lui fit très plaisir. Il la trouvait belle, génial! Elle lui conta en gros comment chacun s'était trouvé des plans plus palpitants, passant sous silence le bout concernant Mathieu, c'était le collègue de James après tout. Ce dernier l'écouta attentivement, pigeant dans la corbeille de pain en même temps. Quand le serveur se présenta, James commanda en espagnol et discuta un peu avec le jeune homme dans la même langue. Lucy fut fort impressionnée. Elle avait tenté d'apprendre l'espagnol pendant cinq mois – bon, elle ne s'était pas beaucoup investie, mais tout de même – et elle n'arrivait pas à comprendre un traître mot de ce qu'ils disaient.

— Où as-tu appris l'espagnol? demanda-t-elle lorsque le serveur quitta la table, leur commande en main.

— Quand j'étais jeune, j'ai vécu longtemps en Espagne avec mes parents. Mon père était militaire, nous avons beaucoup voyagé ma famille et moi. Je parle aussi un peu l'allemand et le portugais, mais le mandarin me pose encore beaucoup problème, dit-il en riant.

Lucy fut très éblouie. En plus d'être cultivé et drôle, il était polyglotte (elle adorait ce mot et avait parfois donné ce qualificatif aux hommes avec qui elle avait eu des aventures, bien que ce ne fût pas dans le même sens).

— Et comment es-tu devenu professeur d'université? interrogea-t-elle par la suite.

— Ahh! Ça, c'est une drôle d'histoire. J'ai commencé par faire mon bac en sociologie. Ensuite, comme je ne trouvais pas d'emploi, j'ai fait ma maîtrise en sociologie. Et qu'est-ce qu'on fait quand on a une maîtrise en chômage? On enseigne aux étudiants qui veulent suivre le même chemin sans avenir que nous.

Lucy éclata de rire, se rappelant le commentaire de Francis sur le baccalauréat en chômage. James savait que son histoire faisait rire les gens en général, mais il n'avait jamais vu personne s'esclaffer de la sorte. Cela l'intrigua, et Lucy lui conta l'anecdote liée à son inscription à l'université.

— Il a bien raison, ce Francis, répliqua James. Sans blague, le module dans lequel j'enseigne regorge de professeurs motivés et très qualifiés. Il est populaire auprès des jeunes, mais il faut avouer que les débouchés sont peu nombreux. J'ai souvent vu des étudiants obtenir leur diplôme et passer des années à travailler au salaire minimum, faute d'emploi décent dans leur domaine. C'est assez décevant. C'est pourquoi j'essaie de convaincre mes étudiants de suivre des cours complémentaires dans des branches différentes, histoire de s'ouvrir d'autres portes.

Lucy le trouva très dévoué. Sa compagnie lui plaisait de plus en plus. Ils avaient soupé tout en discutant de leur vie, et le temps passait vite. Le restaurant se vidait, les gens quittant l'endroit pour faire la tournée des bars ou pour voir le spectacle quotidien du complexe hôtelier. Lucy lui demanda, après tout

187

ce temps, comment il s'était retrouvé dans cet hôtel. Planifiait-il son voyage depuis longtemps ? James eut l'air mal à l'aise un court instant. Puis il répondit que la place lui avait été recommandée par l'un de ses collègues qui était aussi en vacances avec sa famille. Lucy n'eut pas à s'informer s'il s'agissait de Mathieu, elle le devina aisément, mais préféra ne pas s'aventurer sur le sujet. Elle pensa soudainement à Marion. La jeune femme avait-elle rencontré Mathieu comme prévu ? Voyant que sa compagne semblait songeuse, James décida qu'il était temps pour lui de retourner à sa chambre. Il était tard, ils avaient bu, et la chaleur de la journée et l'alcool étaient un cocktail explosif : il était carrément épuisé. Lucy avoua qu'elle-même avait sommeil, la soirée de la veille ayant hypothéqué sa forme.

— C'est fou, ajouta James en se levant, on dirait que plus je me repose sur la plage, plus je suis fatigué.

— Tu as raison, une bonne nuit de sommeil nous fera du bien. Nous nous croiserons peut-être de nouveau sur la plage, dit Lucy.

— Bien sûr, il y a de fortes chances. Mais je repars dans deux jours. Je suis ici depuis plus longtemps que toi.

— Ah ! Comment le sais-tu ? Je ne t'ai même pas dit à quel moment je suis arrivée…

— Euh… je me suis fié à ton bronzage. Est-ce que je me trompe ?

Un serveur bouscula malencontreusement Lucy et renversa plusieurs verres d'eau sur elle, ce qui mit un terme à la conversation. Il s'excusa pendant de longues secondes, essayant même d'éponger sa robe, jusqu'à ce que James lui dise gentiment en espagnol de retourner à son travail, il s'occuperait du reste. Le jeune serveur, à l'évidence, se sentait mal. Lucy, toute trempée, conclut qu'elle devait rentrer sans tarder. Malgré ce moment délicieux et intime passé ensemble, le simple fait de sortir du restaurant brisa la magie de cet instant; ils s'observèrent quelques secondes, un peu gênés. Puis James embrassa Lucy sur la joue, la remercia pour la belle soirée et prit la direction de sa chambre. Lucy, un peu déçue, le regarda partir, se disant qu'il s'agissait là d'une très belle coïncidence.

De retour à sa chambre, Lucy enleva sa robe mouillée et revêtit son pyjama. Marilou dormait, évidemment, Denis n'était pas rentré et Marion était effondrée sur le sofa. Lucy comprit que cette dernière avait bel et bien discuté avec Mathieu. Elle empoigna un sac de croustilles – sans doute rapporté du casse-croûte par Marilou – et s'installa près de Marion, attendant que la jeune femme lui confie son chagrin. Marion vola quelques croustilles à son amie avant de commencer à raconter son histoire.

— J'ai finalement parlé à Mathieu, annonça-t-elle. Il était très fâché contre moi.

— Avec raison, commenta Lucy.

— Il m'a dit que je n'avais aucun respect pour sa vie privée et qu'il trouvait que je faisais une folle de moi en le suivant jusqu'ici.

— Il n'a pas la langue dans sa poche, ton Mathieu.

— Tu me connais, je ne me laisse pas parler de la sorte sans rien dire. Je lui ai rétorqué que c'était moi, maintenant, sa vie privée. Et qu'il fait un fou de lui en amenant sa femme ici alors qu'il souhaite rompre avec elle. J'ai aussi dit que je valais bien mieux que tout ce qu'il m'offrait en ce moment.

— Et il a répondu quoi?

— Que c'était tout ce qu'il pouvait m'offrir, qu'il ne quitterait pas sa femme… elle est enceinte.

— Quoi! Le salaud! Il a mis sa femme enceinte en plus. C'est vrai que tu m'as dit que vous ne couchiez pas ensemble, mais…

Marion baissa la tête, ne voulant pas que son regard croise celui de Lucy, mais son geste la trahit.

— Vous avez couché ensemble? Je le savais, pourquoi tu m'as menti?

— Je suis désolée, je ne voulais pas te mentir, j'avais peur que tu me juges.

— Quoi? C'est insensé ce que tu dis là. Tu as peur que je te juge parce que tu couches avec un homme marié, alors tu ne me dis rien. Mais à la première minute, tu m'embarques dans un voyage bidon pour espionner le même homme. Et tu n'as pas peur que je te juge pour ça? Ton raisonnement est un peu illogique, non?

— Hum… tu as raison. Je devrai revoir mes arguments pour convaincre mon père. Une chance que tu es là. Mais bon, tout ça pour dire que c'est fini avec Mathieu.

— Je suis étonnée que tu ne sois pas plus peinée que ça.

— Eh bien, j'ai de la peine, c'est sûr, mais le fait de le voir ici avec sa famille m'a ouvert les yeux. Il est bien mieux avec elle. Je ne veux pas briser son petit ménage. En plus, sa femme est encore enceinte. S'il couche avec elle, il doit avoir des sentiments pour elle, non?

— Tu raisonnes comme une vraie fille, les hommes ne pensent pas comme ça. Ils pensent uniquement à leur propre plaisir. Je ne serais pas étonnée que ton Mathieu se fasse une autre blonde au prochain semestre.

— Je suis désolée, Lucy, de t'avoir embarquée dans cette histoire. Essayons de nous amuser pour le reste du voyage. Mathieu a promis de se tenir loin. Manifestement, Marilou et Denis sont hors course pour se divertir avec nous. Donc c'est toi et moi, comme dans le plan initial!

Lucy fut surprise de voir Marion aussi sereine, compte tenu de la situation. La jeune femme devenait sans doute plus mature, et s'endurcissait de relation en relation. Elle fut tentée de lui parler de James Roussel, mais son amie bâilla et annonça qu'une bonne nuit de sommeil serait la bienvenue. Elles auraient du temps pour en discuter le lendemain sur la plage.

Comme la veille, Marilou réveilla tout son beau monde très tôt dans la matinée. Denis manquait à l'appel. Il fut d'ailleurs l'objet de leurs taquineries lorsqu'il se joignit aux filles un peu plus tard dans la journée. Marilou se montra un peu plus investie dans le voyage et accepta même de faire une balade sur la plage. Elle participa aussi à une activité d'aquaforme dans la piscine principale. Malgré ses occupations multiples, Lucy tenta de repérer James sur la plage, en vain. Elle fut un peu déçue, mais se dit qu'une coïncidence comme celle de la veille ne pouvait pas arriver tous les jours. Le lendemain, même scénario. Elle ne vit pas plus James que Marion ne vit Mathieu. Denis aussi manquait à l'appel. Il passait ses journées avec la belle Monique et les deux tourtereaux ne se quittaient plus d'une semelle. La femme soupa même avec le petit groupe – sans Marilou, qui prétexta avoir à parler à Francis sur Skype ce soir-là – et tous la trouvèrent très sympathique. Entre les sorties à la plage entre filles et les bons soupers (toujours sans Marilou), la semaine se déroula à la vitesse de l'éclair et, bientôt, les voyageurs remplirent leur valise en vue du retour au bercail. Marilou, toute bronzée, rangeait tranquillement ses effets personnels quand Lucy fit irruption dans sa chambre. Elle vit rapidement qu'il ne restait à sa fille qu'à mettre sa trousse de maquillage dans son bagage avant d'être prête à partir, mais elle trouva bizarre de voir le contenu de la valise de Marilou.

— Où sont donc tous tes vêtements, ma grande? demanda-t-elle.

— Ils sont dans ma valise, pourquoi?

— C'est tout ce que tu avais pour la semaine?

Marilou se balança d'un pied sur l'autre, gênée.

— Oui, avoua-t-elle d'une petite voix, c'est tout ce que j'ai pu trouver pour venir en vacances.

— Ah, ma chouette, c'est pour ça que tu ne venais jamais souper avec nous?

— Oui et non, c'est vrai que j'apprécie la solitude, et la vue de la terrasse est magnifique, mais…

— Mais pourquoi n'as-tu rien dit? Nous aurions soupé ici avec toi plutôt que de t'abandonner toute seule.

— Ce n'est pas grave, maman, je me suis bien amusée quand même. Ne t'inquiète pas pour moi, je ne regrette rien de ce voyage. Allez, va finir de te préparer, nous partons bientôt!

Lucy sortit de la chambre de sa fille. Elle se sentit émotive et déçue. Pourquoi sa propre fille hésitait-elle toujours à se confier à elle ? Marion n'hésitait jamais à lui demander conseil, mais Marilou était si discrète. Cela lui fit beaucoup de peine. Lucy espéra secrètement qu'avec l'arrivée du bébé, sa fille se montre plus ouverte avec elle.

Une dernière situation embarrassante se produisit avant la fin de ce voyage, qui ne fut pas aussi exceptionnel qu'escompté. Marilou, Marion et Lucy attendaient la navette, appuyées sur leurs valises respectives. Elles ne contemplaient pas le magnifique paysage dans le but d'en mémoriser chaque détail, mais observaient plutôt Denis qui avait une discussion orageuse avec Monique. En effet, entiché de sa nouvelle flamme, il lui avait proposé de rallonger son voyage d'une semaine pour profiter du temps supplémentaire avec elle. Elle lui avait souri, l'avait embrassé, puis avait décliné son offre. Ne comprenant pas ce refus, Denis la questionna ; elle lui déclara tout bonnement que son mari venait la rejoindre pour cette deuxième semaine. Ils fêteraient leur vingtième anniversaire de mariage dans ce palace. Denis fut abasourdi. Ils venaient de vivre une semaine extraordinaire, et elle lui annonçait soudain qu'elle était mariée et qu'elle ne comptait nullement quitter son mari. Tout cela assez fort pour que le petit public ne manque pas une miette de la conversation.

— Tel père, telle fille ! grommela Lucy.

Mais un regard de Marilou la dissuada de répéter ce commentaire en compagnie des deux personnes concernées. Ahuri devant ce revirement de situation, Denis décida de quitter les lieux sans plus de détours. De toute façon, la navette arrivait et il ne pouvait se permettre le luxe de manquer l'avion, maintenant que plus rien ne le retenait ici. Tout au long du trajet, Denis tempêta et fit même quelques commentaires dégradants envers les femmes, mais s'excusa tout de suite auprès des voyageuses. Ses trois compagnes restèrent silencieuses, contemplant le paysage féérique défiler par la fenêtre. Ce voyage avait été plaisant, mais pas autant que prévu pour chacun d'entre eux. Dans l'avion, Marion prit place près de son père et tous deux discutèrent pendant tout le vol des points négatifs de leur voyage. Une fois arrivés à destination, ils parvinrent à la conclusion que les personnes mariées n'étaient décidément pas de bons prospects en amour et que plus jamais on ne les y reprendrait.

De retour chez elle, Lucy défit sa valise sans se presser puis s'installa sur son sofa. Un regard vers son répondeur lui confirma qu'elle n'avait aucun nouveau message. Décevant, surtout après s'être absentée une semaine complète. Elle n'osa se l'avouer, mais elle espérait un appel de James Roussel. Ils ne s'étaient pas revus en voyage et elle trouvait cela étrange. L'avait-elle effrayé ? Il semblait qu'ils s'étaient bien amusés tous les deux. Elle profita de son retour à la solitude pour faire le point sur sa vie. Âgée de soixante-trois ans, presque soixante-quatre, elle se demanda ce qui l'attendait dans les années à venir. La perspective de la retraite n'était pas encore envisageable et son emploi au journal du quartier lui plaisait, mais elle n'était pas certaine d'aimer la formule de sa nouvelle chronique. Peut-être devrait-elle revenir à la section Horoscope ? Elle se promit d'y penser et d'en parler à son patron. En attendant, elle devait encore écrire quelques rubriques et elle manquait cruellement d'inspiration. Qui pourrait bien la conseiller ?

Conseil nº 13

Pour rester jeune, il faut d'abord arriver à se convaincre qu'on est jeune. Si vous n'y parvenez pas, vous pouvez envisager des solutions de rechange telles que la thérapie ou même l'hypnose. Une bonne séance d'hypnose pourra confondre même les plus sceptiques que la jeunesse réside au plus profond de nous. Messmer est en ville, profitez-en!

Son patron fut content. Messmer était effectivement en ville et une vaste section de promotion y était consacrée dans le journal. La chronique de Lucy augmenterait indubitablement les ventes de billets. En fait, l'idée lui était venue alors qu'elle regardait la télévision. Un spécial sur Messmer passait sur les ondes et Lucy fut subjuguée par ses pouvoirs extraordinaires. Elle pouvait se permettre de croire au surnaturel et à la superstition. Après tout, ne rédigeait-elle pas les horoscopes? Dans l'émission qu'elle visionna, les invités s'endormaient dès que l'hypnotiseur disait le mot-clé. C'était hallucinant! Elle devait acheter des billets pour participer au spectacle. Peut-être serait-elle invitée sur la scène? Elle se demanda si Denis souhaiterait l'accompagner. Elle l'appela et lui laissa un message. Puis elle sortit faire quelques courses. Ses journées étaient beaucoup moins chargées depuis qu'elle n'allait plus à l'université. À partir des vacances de Noël, le temps avait filé à vive allure. Elle avait participé à son émission, était partie en voyage… maintenant que tout était plus tranquille, les journées semblaient bien mornes. Et l'hiver qui n'en finissait plus. En faisant ses courses, Lucy réalisa que, depuis une semaine environ, soit depuis le retour des vacances, elle n'avait pas eu de nouvelles de ses compagnons de voyage. Un petit souper d'amis s'imposait. Elle acheta tous les ingrédients en vue d'un repas amical et planifia un menu typiquement mexicain, histoire de se remettre dans l'ambiance, même s'ils étaient allés en République dominicaine. Elle était certaine que tout le monde serait content d'être de la partie !

Lucy réussit à joindre tout son beau monde, et la date du souper fut déterminée pour le samedi suivant. Denis se montra enthousiaste à l'idée d'aller voir Messmer, mais quand vint le temps d'acheter les billets, il n'en restait plus. Déçue, Lucy conclut que son heure d'hypnose n'était pas arrivée. Elle demanda à Marion et Denis de se présenter un peu plus tôt avant le souper, ils discuteraient des derniers détails pour le *shower* de Marilou, qui aurait lieu très bientôt. Ils devaient s'entendre sur quelques formalités et, comme Marilou devait se tenir loin des magasins Toys"R"Us, ils compléteraient la liste de cadeaux à sa place. Après leur souper, ils iraient tous visiter la future maison de Francis et Marilou. Ils avaient la clé, mais les objets principaux n'étaient pas encore déménagés. Le tout se concrétiserait sous peu.

Le soir du souper, Denis fut le premier à passer la porte. Même s'il était tôt en fin d'après-midi, il semblait avoir déjà bu. Il avait l'air fatigué et harassé. En fait, il avait le même air que quand il avait découvert que Jacinthe, son ex-blonde, l'avait trompé avec le mari de sa fille. Décidément, les relations amoureuses ne constituaient pas son point fort. Comment avait-il réussi à passer dix-huit ans avec la mère de Marion ? Lucy se posait vraiment la question. Elle lui proposa une bière, mais il demanda quelque chose de plus fort. Ensuite, il s'assit sur le sofa et s'enferma dans un mutisme profond. Même l'arrivée de sa fille ne le dérida pas. Lucy se dit que, tant qu'à ignorer les autres, il aurait dû rester chez lui. Mais l'attitude de son père eut l'air d'inquiéter Marion et elle s'installa près de lui sur le sofa. Elle posa sa main sur celle de Denis et il lui fit un petit sourire. Cette dernière se remettait assez bien de sa rupture avec Mathieu. Ils ne s'étaient pas reparlé, sauf quand ils avaient discuté de certains éléments concernant son cours universitaire. En effet, le jeune homme lui avait assuré qu'elle réussirait son cours même si elle ne se présentait pas en classe. Autrement dit, il ne voulait plus la voir et lui donnerait un peu plus que la note de passage. Ce n'était pas très éthique, mais c'était peu cher payé pour ne plus la revoir. La jeune femme avait accepté, bien sûr, et profitait de son temps libre pour chercher un nouvel emploi même si ses études n'étaient pas encore terminées. Marion et Lucy s'entretinrent des derniers détails pour la fête de Marilou, pendant que Denis buvait dans son coin. Tout fut réglé en un tournemain, ce qui n'empêcha pas le père de Marion d'écluser quelques verres entre-temps. Quand Francis et Marilou arrivèrent, le jeune homme questionna le petit groupe sur le voyage, n'ayant eu que la version de sa femme, qui contenait essentiellement des détails sur la chambre et la vue sur la mer. Mais les voyageurs se montrèrent étonnamment discrets. Il avait eu vent de la tentative d'espionnage de Marion et de l'histoire d'amour avortée de Denis, mais il aurait vraiment voulu en connaître les détails croustillants. Il interrogerait Lucy le temps venu. Après le souper, plus silencieux que d'habitude, le petit groupe alla visiter la nouvelle maison de Francis et de Marilou comme prévu. Seul Denis décida de ne pas venir. Il resta chez Lucy et fit la vaisselle. Personne ne s'en formalisa. La nouvelle maison des futurs parents était tout près de l'appartement de Lucy. Comme la température était douce pour un mois de mars, ils y allèrent à pied. Dès qu'ils furent devant la propriété, l'endroit plut immédiatement à Lucy. La demeure était grande et pourvue d'un garage, ce qui était très pratique. Ils entrèrent. L'entrée était spacieuse, la cuisine grande et éclairée avec des armoires qui montaient jusqu'au plafond. En haut, il y avait trois grandes chambres et une belle salle de bain moderne. Tout était neuf et beau. Francis avait très bien choisi. Lucy comprenait pourquoi il avait eu un coup de cœur pour la maison. Le fait qu'il l'ait achetée seul ne semblait pas trop incommoder Marilou, qui ne soupçonnait pas l'ampleur du portefeuille de son mari. De toute façon, elle ne l'avait pas épousé pour son argent. La dernière pièce qu'ils visitèrent fut la chambre du futur enfant. Comme une grosse dispute avait éclaté le jour de l'échographie, ils ne connaissaient toujours pas le sexe du petit poupon. Marilou bouillait d'impatience à l'idée de connaître le sexe du bébé. Elle était limitée dans ses achats.

— J'ai une idée pour découvrir le sexe du bébé, déclara Marion.

— Ah oui! Laquelle? Parce que j'ai déjà tout essayé, dit Marilou.

— On va aller consulter une voyante. Elle te le dira.

Francis leva les yeux au ciel pour montrer toute la crédibilité qu'il accordait aux gens qui exerçaient ce métier. Sa femme s'était occupée de la rédaction de l'horoscope pendant des années et il était bien placé pour savoir que c'était un peu n'importe quoi. Mais bon, si elle souhaitait y aller, qui était-il pour l'en empêcher?

— Allez! insista Marion. Ça va être drôle. Et j'ai besoin de me faire orienter un peu dans la vie.

— Pourquoi tu ne vas pas voir une conseillère en orientation dans une école secondaire? blagua Francis.

— Très drôle, renchérit-elle. Nous pourrions y aller toutes les trois, continua-t-elle, incluant Lucy dans son plan loufoque. J'ai une amie qui en consulte une bonne plusieurs fois par année. Mon amie dit qu'elle a souvent raison et qu'elle l'aide vraiment quand elle a des décisions difficiles à prendre.

Encore une fois, Francis leva les yeux au ciel. Comment les filles pouvaient-elles croire à toutes ces sornettes?

— Pourquoi pas, dit Marilou. Elle a une chance sur deux d'avoir raison concernant le bébé!

— Parfait! Je m'occupe de prendre le rendez-vous! Comme nous sommes les trois en congé, ce sera facile.

Ils achevèrent la visite de la maison et retournèrent chez Lucy, où ils trouvèrent Denis qui ronflait sur le sofa. D'un commun accord, ils décidèrent de ne pas le réveiller. Ce fut au tour de Lucy d'héberger son ami.

Le lendemain, le réveil se fit en douceur. Denis et Lucy déjeunèrent, mais passèrent sous silence le fait que Denis s'était endormi sur le sofa, trop ivre pour regagner son chez-lui. Lucy le connaissait assez bien pour savoir qu'il avait besoin d'un laps de temps pour faire la paix avec la situation qu'il avait vécue. Ensuite, il redeviendrait lui-même. Elle lui parla de la maison qu'ils avaient visitée la veille et lui exposa même leur plan d'aller voir une cartomancienne pour mieux «s'orienter dans l'avenir». Denis trouva l'idée intéressante, mais pas au point de se joindre au petit groupe comme il l'avait fait pour le voyage à Punta Cana. Avant qu'il ne rentre chez lui, Denis soupira et posa la question qui lui déchirait le cœur.

— Lucy, crois-tu que je vais finir par rencontrer quelqu'un de bien?

Lucy prit le temps de réfléchir à ses paroles. Bien sûr qu'elle était persuadée qu'il allait rencontrer quelqu'un, mais c'était facile de lui balancer ce qu'il souhaitait entendre. Elle préféra peser ses mots.

— Tu sais, Denis, je comprends que tu trouves la situation difficile. Tu as vécu un deuil avec ton épouse, tu as été floué à deux reprises par des femmes qui t'ont trompé et tu as vécu une aventure sans lendemain avec ma fille. Tous ces échecs t'ont brisé le cœur, je le vois bien. Mais pense à la relation que tu as eue avec ta défunte femme. Si ça a déjà existé, ça peut encore arriver.

À défaut de dire quelque chose, Denis enlaça Lucy et lui fit un gros câlin.

— Merci, mon amie, dit-il avant de fermer la porte derrière lui.

Lucy espéra qu'il réussirait à rencontrer quelqu'un. Elle souhaita qu'il en soit de même pour elle. Peut-être que la voyante lui prédirait quelque chose dans ce sens ?

Bien que Lily la cartomancienne fût une femme très courue, elle trouva rapidement un trou dans son horaire pour accueillir ses trois nouvelles clientes. Moyennant des frais de 50 $ par personne, elle consacrerait une heure complète à prédire les moindres détails du futur sous toutes ses coutures. Très excitées, les trois filles se présentèrent en même temps, mais devraient passer individuellement l'une après l'autre, puisque la cartomancienne ne pouvait lire les cartes si plus d'une personne se trouvait dans la pièce. En effet, elle expliqua aux trois candidates qu'elles étaient en permanence accompagnées de «guides» – Marilou regarda autour d'elle, comme si quelqu'un allait apparaître subitement – et que ces «guides» ne pouvaient lui donner l'information voulue s'ils étaient mélangés à d'autres de leurs sujets. Lucy se demanda si la femme n'était pas tombée sur la tête à la naissance, mais comme elle avait déjà payé ses 50 $, elle s'abstint de tout commentaire. Puis s'amorça le jeu de l'attente. Ce fut la première heure qui parut la plus longue. Pendant les autres heures qui suivirent, les filles purent commenter allègrement leur expérience. La première à passer fut Marion. La cartomancienne fumait dans la pièce, donc la jeune femme eut tout de suite les yeux irrités par l'exhalaison de nicotine.

— Bien, Marion, commença Lily, peux-tu me donner ta date de naissance et la couleur de tes yeux, s'il te plaît?

— Je suis née le sept avril 1986, j'ai les yeux bruns.

— Parfait, merci. As-tu un homme dans ta vie, ma belle Marion?

— Pas pour l'instant.

— Tes guides me disent que tu as vécu plusieurs ruptures dans les dernières années, dont une récemment. Avec un homme aux yeux bruns.

Incroyable, se dit Marion. Mathieu avait effectivement les yeux bruns. Comme la moitié de la population, se raisonna-t-elle ensuite. Mais bon, elle avait payé, autant essayer d'y croire.

— Un homme marié, enchaîna Lily. Qui t'avait promis le divorce, mais qui n'a jamais eu l'intention de quitter sa femme, si j'en crois tes guides.

Encore là, il s'agissait d'une situation assez courante, mais Marion sentait que cela les mènerait quelque part d'intéressant. La cartomancienne entreprit une description assez juste de Mathieu.

— C'est un homme éduqué et très beau. Les femmes tournent beaucoup autour de lui. Tu n'es pas la première à qui il offre son cœur même s'il est marié. Oublie-le, il ne quittera jamais sa femme. Et en plus, il te causera beaucoup de problèmes.

Marion fut un peu déçue. Même si elle proclamait le contraire, une petite partie d'elle désirait encore que Mathieu frappe à sa porte et lui annonce qu'il avait laissé sa femme. Parfois, dans son fantasme, elle en arrivait même à le traiter de salaud. Quel homme osait abandonner sa femme enceinte? Elle avait vécu pareille expérience dans le passé lorsque Jean l'avait quittée et elle ne souhaitait à personne, même à sa pire ennemie, de vivre une mésaventure semblable. Il sembla à Marion que Lily avait passé vite la partie «amoureuse», et elle était maintenant rendue à lui parler de sa carrière.

— Je vois beaucoup d'ambivalence dans ta carrière. Tu n'es pas très certaine de ton avenir. En fait, tu ne le seras jamais. Mais je vois beaucoup de papier autour de toi, ce qui signifie que tu étudieras encore un moment ou que tu travailleras dans un domaine où il y a des livres, de l'étude et de la lecture.

Mon Dieu, se dit Marion, *comme tout cela est loin de mes champs d'intérêt*. Cette femme se trompait, c'était certain. La cartomancienne lui parla d'une de ses amies enceinte – assez évident, Marilou était dans la salle –, mais elle lui dit qu'elle lui ferait un cadeau exceptionnel. À la fin de la rencontre, Lily lui demanda si elle avait des questions.

— Oui, j'en ai une. Vais-je rencontrer l'homme de ma vie bientôt ?

La cartomancienne hésita et cette hésitation ne plut pas à Marion. Pas qu'elle croyait tout ce qu'il s'était dit dans cette salle, mais quelle femme ne cherche pas à savoir si elle rencontrera l'homme de ses rêves ?

— Il faudra encore du temps, précisa Lily. Mais ne te décourage pas. Le processus s'enclenchera quand tu amorceras ta nouvelle carrière. Tu rencontreras un homme facilement identifiable, car il aura une carte d'identité visible en tout temps sur lui.

— Bon, je vous remercie.

— Une dernière chose, ajouta Lily, aie l'œil sur ton père, il est vulnérable et a besoin de toi.

Cette allusion à son père ne tomba pas dans l'oreille d'une sourde. Comme tout le monde, Marion avait remarqué que Denis filait un mauvais coton. Elle n'était pas encore intervenue, pensant qu'un peu de temps réglerait le tout, mais elle agirait bientôt, quitte à le pousser de force dans le bureau d'un psychologue... ou dans celui de Lily la cartomancienne. Pourquoi pas ?

Ce fut ensuite au tour de Marilou de rencontrer la voyante. Pendant ce temps, Marion eut la lourde tâche de rapporter tous les détails entendus dans le bureau. Elle constata qu'il ne s'était pas dit grand-chose qu'elle ne savait pas déjà. La partie sur la carrière la taraudait un peu, elle-même ne sachant pas vraiment ce qu'elle souhaitait faire dans la vie. Elle confia à Lucy sa déception concernant la rencontre de l'homme de sa vie. Elle aurait aimé que cela se produise plus vite. La trentaine se présentait sous peu et Marion aspirait à plus qu'à une aventure d'un soir. Voir son amie enceinte la rendait un peu envieuse. Si sa vie avec Jean s'était déroulée comme prévu, elle aurait un enfant déjà âgé de presque trois ans, peut-être même un deuxième. Peut-être serait-elle allée en vacances avec sa petite famille plutôt qu'avec son père et ses amies. Cela faisait beaucoup de peut-être et peu de réponses. Lucy vit bien qu'elle était pensive et la laissa à ses réflexions. Elle avait hâte d'entendre ce que Marilou aurait à lui dire. Elle espérait connaître le sexe du bébé. Sa fille sortit du bureau, l'air surprise.

— Alors, demanda Marion tout excitée, t'a-t-elle révélé le sexe du bébé?

— Non, elle m'a dit que, dans mon cœur, je connaissais la réponse. Franchement, je viens de me faire voler littéralement 50$.

— Elle t'a parlé quand même pendant une heure, dit Lucy. Que t'a-t-elle dit d'autre?

Mais la porte s'ouvrit et Lily invita sa dernière cliente à pénétrer dans la pièce. Lucy hésita. Tout cela valait-il vraiment la peine?

— Vas-y, Lucy, c'est à ton tour, insista Marion.

La porte se referma derrière Lucy. Elle s'installa devant la femme qui s'allumait une énième cigarette. Elle eut le goût de fumer, mais s'abstint. Depuis trois mois déjà, elle ne fumait plus et ne souhaitait pas rechuter, elle qui avait fumé pendant environ vingt ans. La fumée de la cigarette lui piqua les yeux et lui gratouilla rapidement la gorge. C'était bon signe, elle se désensibilisait de sa dépendance.

— Vous avez bien fait d'arrêter de fumer, dit Lily, cela vous aurait tuée.

— C'est ce que mes «guides» vous disent?

— Non, tout le monde sait que la cigarette tue à long terme…

208

— Ah, dit-elle, un peu déçue. Bon, qu'avez-vous d'intéressant à me dire ?

— Eh bien, ma chère, on peut dire que les hommes vous tournent autour. C'est presque triste pour votre amie qui n'a pas beaucoup de chance en amour malgré son jeune âge.

— Les hommes ?

— J'en vois deux, oui. Un qui vous veut du bien et l'autre… – elle hésita – l'autre qui ne sait pas trop ce qu'il vous veut. Mais il surgira dans votre vie sans que vous vous y attendiez.

— Vous me faites presque peur.

Lily ne dit rien, se contentant de tirer une bouffée de cigarette. Elle enchaîna en lui parlant de sa carrière.

— Je vois encore beaucoup de papier autour de vous, des crayons aussi. Vous continuerez à écrire, c'est sûr, mais vous réorienterez votre style vers quelque chose de plus classique.

Encore là, Lucy ne fut pas certaine de bien comprendre.

— Prenez soin de votre ami, dit Lily.

— Quel ami ? Denis ? Pourquoi ?

— Il ne va pas bien et a besoin d'aide. Il aura besoin de tout le soutien possible autour de lui.

— D'accord.

— Avez-vous des questions ?

— Oui, je me demandais, à propos des deux hommes…

— Je n'ai rien de plus à ajouter sur le sujet, vos guides ne m'en disent pas davantage.

Lucy la remercia et se leva pour sortir de la pièce.

— Oh ! Lucy, une dernière recommandation. Si on sonne à votre porte et que personne ne s'est annoncé, ne répondez pas. Cela ne vous apportera que des tracas.

— Euh, d'accord, merci.

Mon Dieu, mais quelle rencontre ! Lucy était presque saisie d'effroi. Elle retrouva les deux filles qui l'attendaient encore dans le vestibule et se dit qu'elle aurait mieux fait d'investir cet argent dans un bon repas, au restaurant. Pourquoi pas avec Denis ? Il avait besoin de soutien. Quoi de mieux pour se soutenir qu'un repas très copieux !

Sur la route du retour, les trois femmes discutèrent des propos de la cartomancienne.

— Elle m'a dit de prendre soin de mon père, qu'il ne va pas bien, dit Marion.

— Hein ! Moi aussi elle m'a dit ça, annonça Marilou.

— Moi aussi, dit Lucy. Elle manque cruellement d'originalité, cette femme.

— Elle m'a dit que j'avais une amie enceinte. Franchement, elle n'avait qu'à jeter un œil dans le corridor pour le savoir, continua Marion.

— Et moi, je dois regarder dans mon cœur pour connaître le sexe de mon bébé. Comme si je pouvais deviner selon mon impression. Chaque jour, je change d'impression. Ce n'est pas très scientifique, tout ça. Quelle rencontre bidon! Elle ne sait rien, au fond.

Lucy rigola bien avec les filles, mais passa sous silence la partie concernant les deux hommes. Cela l'effrayait un peu. Toutefois, elle ne souhaita pas en faire un cas. De retour chez Lucy, d'un commun accord, elles invitèrent Denis à souper pour bien prendre soin de lui. Francis se joignit à eux et ils commandèrent de la pizza. Finalement, ce fut les deux hommes qui payèrent, les femmes ayant assez dépensé pour la journée. Ils éclusèrent quelques bouteilles de vin, l'ambiance fut agréable et Marilou, la conductrice désignée, raccompagna tout ce beau monde. Une grosse journée les attendait le lendemain, c'était le *shower* de Marilou.

Pour l'occasion, les nouveaux propriétaires étrennaient leur maison. La fête se déroulait dans la demeure encore dépourvue de meubles, ce qui faciliterait la circulation. Des chaises seraient apportées afin que chacun ait une place assise pour regarder la future maman déballer chaque cadeau. Lucy était contente que sa fille ait droit à une fête semblable, mais, pour sa part, elle trouvait ce genre d'événement ennuyant. Comme elle n'était pas très friande à l'idée de se faire appeler grand-maman, la concrétisation de la réception-cadeau de sa fille ne faisait que confirmer que son nouveau statut serait en vigueur sous peu. Mais bon. Marilou était heureuse, tout le reste était secondaire. Marion et Lucy tergiversèrent longtemps sur le côté technique de la réception. Les enfants et les conjoints seraient-ils les bienvenus? Servirait-on de l'alcool aux invités? Y aurait-il un buffet? Des jeux? Tout cela engendra de grandes discussions. Finalement, trouvant elle-même l'événement sans intérêt, Lucy décida de ne pas imposer un tel fardeau aux conjoints des amies de Marilou – ils lui en furent tous sans doute reconnaissants –, mais les enfants furent les bienvenus. Marion s'occupa d'organiser des petits jeux pour ces derniers, ainsi que quelques divertissements pour les plus grands. Francis, en tant que seul homme admissible à participer à la fête, fit faire un gâteau pour l'occasion. L'œuvre d'art en question n'était nulle autre qu'une feuille de chou dans laquelle on voyait un petit bébé. Un chef-d'œuvre de beauté. Toutes les filles se pâmèrent devant le gâteau et se promirent que ce serait bientôt à leur tour d'avoir une réception dans le genre. La future maman fit son entrée quelques minutes après l'installation des invitées. Pour l'occasion, elle revêtit une très belle robe. En l'enfilant, elle repensa à sa valise vide à Punta Cana et se dit que, si la température l'avait permis, cette robe aurait été très appropriée pour un beau souper au restaurant. Elle rit, car sa robe, en laine, aurait totalement détonné dans le décor. Elle serait bien morte de chaleur si elle l'avait mise.

Marilou développa une tonne de cadeaux et s'exclama devant tous les mini-articles qui, mine de rien, prendraient énormément de place dans la chambre du bébé. Lucy lui offrit une chaise haute, et la mère de Francis, un peu plus fortunée, offrit aux futurs parents l'ameublement de la chambre d'enfant. Comme il était impossible d'exposer le tout dans le salon, tous les invités furent conviés à monter admirer les meubles qui occupaient déjà la chambre. Marilou, surprise, fut réticente à gravir l'escalier, car elle avait peur de ne pas aimer le choix de sa belle-mère. Elle regarda Francis, stressée, et ce dernier tenta de la rassurer.

— Ne t'inquiète pas, lui dit-il. Elle m'a quand même consulté avant de faire ses achats. Ne t'ai-je pas prouvé, en achetant la maison, que j'ai un goût extraordinaire ?

— Oui, c'est vrai, mais comme je n'ai pas choisi cette maison, le minimum aurait été que je puisse au moins choisir les meubles de notre enfant…

Cette remarque jeta un froid entre Francis et Marilou, mais ce dernier dut se rendre à l'évidence que sa femme avait raison. Il se prépara à lui présenter ses excuses lorsqu'il l'entendit s'exclamer sur le pas de la porte.

— Wow, c'est magnifique. Oh mon Dieu, c'est tellement beau ! C'est exactement ça que je voulais !

Fiou ! se dit Francis, *une autre dispute évitée.* Mais il ferait attention à l'avenir de ne pas prendre toutes les décisions seul.

Le bon côté des choses fut que les deux jeunes parents n'eurent pas à transporter tous leurs cadeaux. Ils en avaient reçu une tonne. Le clou du spectacle fut sans nul doute le choix des meubles fait par la mère de Francis, mais un autre événement surprit le petit groupe qui fêtait la venue du bébé. Marion fut la dernière à offrir son cadeau à Marilou. Elle déposa un grand sac-cadeau sur les genoux de son amie, qui trouvait que ce cadeau n'était pas utile. Après tout, n'avait-elle pas organisé toute la fête avec sa mère? Mais Marion insista. Son cadeau était unique. Curieuse, Marilou l'ouvrit et eut la stupéfaction de découvrir dans le paquet son fameux sac à couches griffé. Elle le regarda sous toutes les coutures. Oui, c'était bien celui qu'elle avait tenté d'acheter au Toys"R"Us. Elle observa son amie qui était incontestablement fière de sa surprise.

— Mais où l'as-tu trouvé? demanda Marilou, heureuse. Il n'y en avait qu'un au Québec, j'ai vérifié sur le site du designer. J'étais tellement triste quand j'ai su que je devrais y renoncer…

— Tu me connais, je suis toujours à l'affût de la mode et des nouveautés. Lucy m'a parlé de ton incartade au Toys"R"Us.

Les invités, qui n'étaient pas au courant de l'aventure, voulurent des détails et s'esclaffèrent en entendant l'histoire de Marilou. Lucy conta aussi la partie qui la concernait. Tous rirent de bon cœur, mais Marilou attendait encore la réponse de son amie. Comment avait-elle mis la main sur le sac?

— C'est simple, expliqua Marion, je l'ai trouvé sur Kijiji.

— Comment ça?

— Quand je suis allée au magasin pour compléter ta liste, j'ai discuté avec la vendeuse. Il s'avère qu'elle était présente lorsque tu t'es battue pour le sac et que tu as assommé l'autre femme. C'est elle qui a appelé la police, d'ailleurs.

— La maudite, grommela Marilou.

— Bref, continua Marion, elle m'a dit qu'elle regrettait son geste. Et qu'elle trouvait son gérant débile d'avoir donné le sac à l'autre femme. Ça a l'air que cette femme vient au magasin depuis plusieurs années et qu'elle fait exprès de faire de la chicane avec d'autres futures mamans. Apparemment, tout ne tourne pas rond dans sa petite tête. Bref, ce n'est pas la première fois qu'elle s'arrange pour se faire donner des articles par le magasin.

— Non, c'est pas vrai. Mais elle est folle, cette fille.

— Finalement, la vendeuse m'a dit qu'une fois qu'on lui a donné ce qu'elle veut, elle met souvent les objets à vendre sur Kijiji. Il semble que c'est la cliente que tu as attaquée elle-même qui le lui a dit. Donc, quand je suis revenue chez moi, j'ai fait une recherche sur Kijiji et il ne m'a pas fallu beaucoup de temps pour retrouver le sac.

— Wow, tu es la meilleure des amies!

— Mais attends, l'histoire n'est pas finie. La fille vendait son sac à un prix de fou. J'ai communiqué avec elle et j'ai tenté de négocier, mais elle ne voulait rien savoir. Je lui ai donc dit que j'étais au courant qu'elle faisait exprès de créer des conflits dans les magasins et que j'avais même des vidéos qui le prouvaient. Bon ce n'était pas vrai, mais elle le méritait bien. Je l'ai menacée de retourner au poste de police. Elle a craqué et m'a donné le sac à couches. On peut dire que cette fille-là n'est pas une lumière. Elle est bonne pour inventer des scénarios, mais elle ne connaît rien à la vie en général. Une vraie folle!

— Je n'en reviens pas, dit Marilou. Tu as fait tout ça pour moi. Merci, Marion. Je suis vraiment contente.

— Tout ça pour un sac à couches, ajouta l'une de leurs amies. Il fallait vraiment que tu l'aimes…

Lucy fut d'avis qu'il était vraiment beau. De là à se battre et à faire des menaces? Peut-être pas. Mais pour la deuxième fois de la journée, elle se fit la remarque suivante: *Si ma fille est heureuse, je suis contente moi aussi!* On rit bien de la mésaventure de Marilou et l'on félicita la ténacité de Marion, qui avait su surprendre son amie de toujours. Quand les dernières invitées prirent congé, Marilou était fatiguée, mais comblée. Elle alla se bercer quelques instants dans la chambre du bébé pendant que Marion, Francis et Lucy firent un peu de ménage. Soudain, ils entendirent Marilou s'exclamer à l'étage. Ils se regardèrent et montèrent voir ce qui avait tant surpris la future maman.

— Ça y est, dit-elle, j'ai découvert dans mon cœur la clé! C'est un garçon, j'en suis sûre.

— Qu'est-ce qui te fait dire ça, chérie? demanda Francis.

— Je parlais au bébé en me berçant. Je l'ai appelé Albert et il m'a donné un coup de pied. Alors que, quand je dis le prénom Emma, il ne réagit jamais. Je suis persuadée que c'est un garçon. Quelle bonne nouvelle! Notre petit Albert. Il sera mignon comme tout, j'en suis certaine.

Marion, Lucy et Francis échangèrent un regard sceptique, mais ne commentèrent pas la situation. Pour la troisième fois de la journée, Lucy se dit: *Si ça rend Marilou heureuse, je suis heureuse pour elle.*

La semaine après le *shower* passa à la vitesse de l'éclair. Lucy n'entendit pas parler beaucoup de Marilou. Cette dernière était occupée à emménager dans sa nouvelle maison et à plier ses nouveaux vêtements de bébé. Elle avait harcelé Francis pendant une bonne semaine pour qu'il peigne la chambre du bébé en bleu, persuadée que ce qu'elle avait senti dans son «cœur» représentait la réalité. Le jeune homme n'avait pas cédé à la pression et Marilou avait finalement lâché prise, se promettant d'acheter un gallon de peinture bleue dès que Francis aurait le dos tourné. Elle saurait convaincre Denis ou Lucy de l'aider à étaler ladite peinture, elle en était sûre.

Marion, de son côté, prit son père en main et l'emmena de force consulter un psychologue. En fait, il s'agissait plutôt d'une psychologue qui fut charmée par l'homme dès la première rencontre. Elle suspendit leurs séances et l'invita à prendre un verre. Cela augurait bien pour Denis. En plus de jouir d'une thérapie gratuite, il profitait de la présence d'une belle jeune femme. En ce qui concernait Marion, toujours seule, elle pensait beaucoup à ce que la voyante lui avait dit à propos de sa carrière et de son futur. Le plan était simple. Plus vite elle se décidait dans son choix de carrière, plus vite elle rencontrerait l'homme de sa vie. Elle s'était donc mise à envoyer des CV de façon massive dans tous les organismes qui prenaient la peine de publier dans le journal. Elle attendait qu'on communique avec elle, et les appels se faisaient plutôt rares, mais elle ne désespérait pas.

Lucy, de son côté, continuait à rédiger ses conseils. Elle avait aussi repris la rubrique Horoscope, ce qui lui assurait un meilleur salaire et qui lui permettait d'être un peu plus occupée. Elle s'ennuyait ferme depuis son retour de vacances. Un beau samedi d'avril, alors qu'elle s'apprêtait à s'installer devant un bon film, on cogna à sa porte. Surprise, elle éteignit la télévision et attendit. L'appartement était si mal isolé que parfois, quand les gens cognaient aux portes voisines, elle avait l'impression que le coup était donné chez elle. On frappa une deuxième fois. Sa première réaction fut de ne pas répondre. Après tout, la voyante l'avait mise en garde concernant les visites inattendues. Personne ne devait lui rendre visite. Elle se traita ensuite d'idiote. *Comme si une cartomancienne avait raison*, pensa-t-elle. Elle alla donc ouvrir et resta figée. Elle regretta d'avoir répondu et se dit que Lily avait décidément un pouvoir plus grand qu'elle ne l'imaginait.

Sur le pas de la porte se tenait Christian. Lucy l'avait vu trois mois plus tôt, mais il avait beaucoup changé depuis. Il avait maigri et ses joues s'étaient creusées. Il ne semblait pas bien aller, lui qui, pourtant, pétait le feu lors de leur rencontre à Québec. Il parut plus surpris qu'elle de la voir, c'est à croire qu'il avait espéré qu'elle n'ouvrirait pas. Mais comme il avait fait cinq heures de route pour arriver jusque-là, il ne pouvait pas se décourager devant le fait accompli. Finalement, ce fut Lucy qui parla en premier.

— Christian ! Quelle surprise, dit-elle, d'un ton froid. Je ne pensais plus avoir de tes nouvelles. En fait, je ne voulais plus de tes nouvelles.

— Bonjour, Lucy, prit-il le temps de dire malgré l'accueil. Puis-je entrer ? Je ne te dérangerai pas longtemps, je veux te parler quelques minutes seulement.

Lucy hésita. Elle se remettait tout juste de son histoire de chlamydia et voilà qu'elle laisserait entrer l'auteur de sa peine dans son salon… En bonne âme charitable, elle décida de lui laisser la chance de s'expliquer. Il était vrai qu'elle avait été un peu rude dans sa lettre lorsqu'elle lui avait annoncé qu'il avait une infection transmise sexuellement, mais les euphémismes et les tournures de phrases poétiques n'étaient pas du tout son genre, surtout dans un cas semblable. Elle l'invita donc à entrer et ils passèrent au salon. Elle poussa même son sens de l'hospitalité jusqu'à lui offrir un breuvage, qu'il refusa. Il garda son manteau lorsqu'il s'installa sur le divan. Lucy prit place dans un fauteuil. L'envie de fumer la torturait, comme chaque fois qu'elle vivait une situation stressante ou déplaisante. Christian prit une grande inspiration et se lança.

— Si je suis ici aujourd'hui, c'est pour compléter une démarche très personnelle. J'en ai besoin pour accéder à un cycle supérieur de bien-être.

Lucy eut la vague impression d'être en compagnie d'un témoin de Jéhovah qui tentait de la convertir à la bonne nouvelle. Elle s'assura même que Christian n'avait pas quelques dépliants sur le sujet en main, mais elle le laissa tout de même continuer.

— J'ai commencé une thérapie très spéciale depuis que j'ai reçu ta lettre. Je suis en processus de purification corporelle complète.

Cela expliqua la perte de poids flagrante. À la base, Christian ne présentait aucun surpoids, mais là, il était manifestement trop maigre.

— Quand j'ai reçu ta lettre, ça m'a donné un véritable coup dans le ventre. Je me suis demandé comment cela avait pu nous arriver.

— Nous arriver? Je ne vois pas d'où vient le «nous» là-dedans. C'est clairement toi qui m'as transmis cette saleté.

— Lucy, il faut faire la paix avec la situation, peu importe qui est le coupable, n'es-tu pas d'accord?

— Pas vraiment, non. Je suis dans la catégorie de gens qui aiment trouver un coupable et l'ostraciser jusqu'à la mort. Je suis plus du genre Ponce Pilate que Jésus, si tu vois ce que je veux dire.

La «zénitude» de Christian commençait à lui taper sur les nerfs. Lui qui se montrait si dynamique et enthousiaste quelques mois plus tôt semblait assommé par des calmants, tellement il s'exprimait lentement et de façon concise. Constatant qu'elle ne ressentait plus rien du tout pour Christian et que son discours sur la paix intérieure avait le don de l'énerver au plus haut point, Lucy décida de prendre le taureau par les cornes. Après tout, elle avait un film à regarder.

— Christian, pourquoi es-tu venu? Que veux-tu me dire exactement?

— Je pense qu'il est important que l'on chemine ensemble dans la maladie. En faisant le processus purificateur comme je le fais, notre corps éliminera l'infection de lui-même s'il décide que nous le méritons.

— Quoi ? Tu n'as pas pris l'ordonnance que je t'ai envoyée ? Tu es fou ! Tu connais les effets secondaires de la chlamydia, tu pourrais devenir stérile à long terme.

— Je n'ai pas peur des effets secondaires. De toute façon, ma petite fille remplit bien ma vie, je ne veux pas d'autres enfants. Mais toi, j'aimerais t'avoir dans ma vie. Ce que nous avons vécu était très bien. Et nous sommes maintenant liés d'une nouvelle façon, propre à notre couple.

Lucy se demanda si Christian n'était pas tombé sur la tête. Elle réalisa aussi qu'elle ne le connaissait pas très bien. Il était très différent du Christian qu'elle avait idéalisé dans les dernières années et qu'elle avait revu à Québec.

— Que se passe-t-il avec toi, Christian, je ne te reconnais plus ? Tu es méconnaissable. Quand nous nous sommes vus à Québec, tu ne semblais pas la même personne.

— Hélas, dit celui-ci, j'étais dans une mauvaise passe.

Pourtant, il avait dit à Lucy que sa vie allait très bien, et son caractère dynamique en témoignait à ce moment-là.

— Vois-tu, Lucy, je consommais beaucoup d'alcool il y a quelques mois. Quand nous avons eu notre aventure, j'étais rendu au fond du baril. Je buvais chaque jour plusieurs consommations. Ça me rendait euphorique. Quand j'ai reçu ta lettre, j'ai décidé qu'il était temps pour moi d'arrêter l'alcool. J'ai adhéré à un groupe de soutien, et l'un des membres m'a introduit à son groupe de prière et de purification. Ma vie a changé ! Je suis un nouvel homme. Je voulais te proposer de te joindre à nous pour commencer une nouvelle vie, mais tu ne sembles pas intéressée par le projet que je te soumets. Si tu changes d'avis, je te donne mes nouvelles coordonnées. C'est un numéro de téléavertisseur. Dans mon groupe, nous n'utilisons pas de médias sociaux, et les cellulaires ne sont pas permis ; à cause des ondes qui sont mauvaises pour le cerveau.

Lucy prit la carte, la déposa sur sa table et se demanda ensuite comment un homme aussi intelligent que Christian pouvait changer de façon aussi radicale. Quand ils s'étaient vus à Québec, jamais elle n'aurait pu soupçonner qu'il avait une dépendance à l'alcool. Ils avaient bu quelques verres, bien sûr, mais il s'agissait d'une occasion spéciale. Évidemment, c'était l'alcool qui les avait poussés dans les bras l'un de l'autre, acte qu'elle regrettait maintenant amèrement.

— Au cas où tu déciderais de ne pas te joindre à nous, ma belle Lucy, je tiens aussi à m'excuser. J'aurais dû faire les tests nécessaires avant d'avoir une relation sexuelle non protégée avec toi.

Bon, voilà qui était mieux, se dit Lucy. Au moins, elle avait droit à des excuses, mais il n'était pas le seul fautif…

— Je te dois des excuses, moi aussi, dit-elle. Ce n'était pas très responsable de ma part. J'ai passé des années à répéter à ma fille et à ses amies de se protéger et, à la première occasion, je fais l'inverse de ce que je dis.

— Tu as raison. Nous sortirons grandis de cette expérience ! Je prierai pour ta fille et toi.

Après quelques bénédictions vraiment trop superflues, Christian annonça qu'il était temps pour lui de prendre congé. Il devait retourner à Québec faire le suivi de cette rencontre avec son groupe de soutien. Lucy lui souhaita bonne chance et espéra intérieurement (elle n'alla pas jusqu'à prier, quand même) qu'elle ne verrait plus jamais cet homme. Alors qu'elle le saluait dans l'entrée – ou le chassait, cela dépendait des points de vue –, Marilou arriva dans le cadre de porte et buta contre Christian. Elle leva les yeux et reconnut celui qui l'avait tant intriguée quelques années plus tôt.

Trois ans plus tôt, alors que Marilou avait quitté Francis pour partir en quête de l'homme parfait – mission impossible, puisqu'elle l'avait déjà rencontré –, Marilou avait séjourné brièvement dans la ville de Québec. Elle y avait croisé Christian à quelques reprises et avait eu un gros béguin pour lui, bien qu'ils ne se fussent parlé qu'une ou deux fois, et toujours dans un contexte étrange. Même s'ils se percutèrent – au sens littéral – plusieurs fois, le jeune homme ne sembla jamais la reconnaître à chacune de leur rencontre. Comme si le visage de Marilou ne s'imprimait pas dans sa mémoire. Toutefois, Christian avait remarqué sa mère, chose qui chicotait toujours Marilou, même des années plus tard. D'ailleurs, le fait de voir le jeune homme dans le cadre de porte de sa mère perturba la future maman. En plus, encore une fois, Christian ne la reconnut même pas.

— Bonjour, la salua-t-il. Je vous laisse la place, je m'en allais justement.

Marilou eut à peine le temps de balbutier une réponse quelconque qu'il était déjà parti. Ce serait sans doute la dernière fois qu'elle le voyait et elle n'avait pas encore réussi à échanger deux mots avec lui. Elle regarda sa mère qui tenta d'ignorer ce regard qui disait : « Toi, tu as des choses à me raconter. » Sans attendre d'invitation, Marilou entra, enleva son manteau et, comme Christian un peu plus tôt, s'assit sur le sofa et attendit que Lucy s'installe dans le fauteuil. La différence de gabarit entre les deux personnes qui avaient pris place dans son salon ce jour-là sauta aux yeux de Lucy, mais elle s'abstint de tout commentaire. Marilou attendit que sa mère prenne la parole.

— Veux-tu quelque chose à boire, ma chouette ?

— Qu'est-ce que Christian faisait ici ? demanda d'emblée Marilou.

Elle ne souhaitait pas tourner autour du pot. Cet homme était la raison pour laquelle elle avait jeté sa mère à la rue à Québec. Mais en y réfléchissant bien, c'était aussi un peu grâce à lui que

225

Lucy et Marilou étaient si proches maintenant. Gérard, l'ex de sa mère, l'avait mise à la porte après son histoire avortée avec Christian. Lucy avait trouvé refuge chez sa fille et leur relation s'était beaucoup améliorée après cet événement.

— C'est simple, répondit Lucy, nous nous sommes revus quand je suis allée à Québec pour ma métamorphose.

— Quoi ? Mais je pensais que tu avais vu Jo. C'est bien ce que tu m'as dit, non ?

— Non, je ne t'ai rien dit. Je ne voulais pas te faire de peine, ma chouette. Nous nous sommes déjà chicanés à cause de Christian et je ne voulais pas que ça arrive encore, tu comprends ?

— Tu veux dire que tu as finalement couché avec Christian ? Comment as-tu réussi ton coup ? Il a quoi, trente ans de moins que toi ?

— Plutôt vingt-cinq.

— Berk ! c'est lui qui t'a refilé la chlamydia ? Le salaud. Tu aurais dû le chasser à coups de pied dans le derrière. Tu as été bien trop charitable de le laisser entrer dans ta maison.

De savoir que Christian avait contracté une ITS et qu'il l'avait transmise à sa mère enleva toute jalousie possible à Marilou. Elle eut plutôt de la peine pour Lucy, qui était la victime dans cette histoire. Comme sa fille semblait ouverte à la discussion, Lucy lui fit part de ses inquiétudes pour le jeune homme.

— Je dois t'avouer qu'il m'a paru étrange. Je crois qu'il est dans une secte ou un truc du genre. Il m'a parlé d'un groupe de prière et de purification. Il m'a même invitée à commencer «une nouvelle vie» avec lui. C'est bizarre toute cette histoire.

Elle se leva, prit la carte laissée par Christian et la déchira en morceaux qu'elle balança dans la poubelle. Le volet Christian était maintenant clos.

— J'avoue que c'est spécial, dit Marilou. Je parle souvent à sa sœur, Évelyne. Je vais m'assurer qu'elle est au courant de la situation et qu'elle fera le suivi nécessaire.

L'idée qu'un membre de la famille du jeune homme prenne le relais dans l'affaire soulagea Lucy. Elle s'inquiétait, mais souhaitait en même temps oublier cette histoire. Ce fut une bonne chose, finalement, que Marilou apprenne la vérité. D'ailleurs, quel bon vent l'amenait ici ?

— J'ai une mauvaise nouvelle, annonça Marilou.

— Est-ce que le bébé va bien ? Avec Francis, tout est OK ?

— Oui oui, ça ne me concerne pas, c'est Marion.

— Quoi Marion ? Elle n'est pas capable de rester tranquille deux minutes, celle-là. Elle s'est trouvé un autre homme à espionner ? Ne me dis pas que ça va me coûter un autre voyage…

— Non, ce n'est pas ça. En fait, oui, ça a un lien. Mathieu l'a appelée, hier. Sa femme a perdu son bébé.

— Hon, pauvre femme. Au moins, elle sait qu'elle peut avoir d'autres enfants, après tout, elle en a déjà deux.

— Mais ce n'est pas tout. Mathieu a proposé à Marion de quitter sa femme pour elle. Il lui a dit qu'il ne pouvait plus vivre sans elle, que sa vie était un enfer, qu'il s'excusait pour tout le mal qu'il lui avait fait.

— Elle est bien bonne, celle-là. Et qu'a répondu Marion ?

— Qu'elle ne voulait plus perdre de temps avec lui. Que tant qu'il ne quittait pas sa femme officiellement, elle n'entreprendrait rien.

— Ça, c'est bien dit, affirma Lucy.

— Et tu sais ce qu'il lui a rétorqué, ce salaud ?

— Non, mon Dieu, qu'a-t-il dit ? s'exclama Lucy.

— Que si elle n'acceptait pas de reprendre la relation là où ils l'avaient arrêtée, il allait déclarer au module de l'université qu'il était victime d'intimidation de sa part. Et qu'il a été forcé à lui donner la note de passage parce que Marion lui faisait du chantage en lien avec sa famille.

— Mais il est fou, ce gars-là. Il s'imagine que Marion va vouloir reprendre avec lui après toutes ces menaces ? Il est tombé sur la tête.

— Oui, je suis bien d'accord, mais Marion ne sait plus sur quel pied danser. Elle ne veut pas en parler à son père, il recommence à peine à aller mieux, et tu sais ce qu'il pense de cette relation. Elle ne peut pas se plaindre au module, après tout, les dires de Mathieu sont vérifiables. Elle n'a pas été là de presque toute la session et elle a réussi son cours. En plus, elle est allée en voyage dans le même hôtel que lui. Avoue que ça paraît louche tout ça...

— Tu as raison, ma grande. Mais pourquoi tu me contes tout ça ?

— Je ne sais pas trop. Je voulais en parler à quelqu'un, et Francis n'est pas la personne la mieux indiquée pour avoir de l'empathie envers Marion, si tu vois ce que je veux dire...

— C'est bien vrai. Tu as bien fait de m'en parler. J'ai peut-être une solution, mais je ne suis pas certaine que ça fonctionnera, annonça Lucy.

— Ah oui ! Laquelle ? Marion et moi, nous avons fait le tour des solutions et nous n'en avons trouvé aucune. À part en discuter avec la femme de Mathieu, mais la pauvre. Elle ne mérite pas ça.

— Tu as raison. Mon idée était d'en discuter avec James. Il pourra peut-être parler avec Mathieu. Je sais qu'ils se connaissent bien.

— Qui ?

— James!

— C'est qui, James?

— Ah! C'est vrai, je ne t'en ai pas parlé. C'est mon professeur d'université. Il est très gentil.

— Ah oui! Et à quel moment est-il passé de Monsieur à James, ce prof?

Lucy vit la lueur taquine dans les yeux de sa fille. Elle n'avait parlé de James à personne. Elle-même n'avait pas eu de ses nouvelles depuis un bail. Elle avait enfin une bonne raison de l'appeler.

— Quand nous nous sommes vus, en voyage, il m'a dit qu'il connaissait bien Mathieu, qu'il le considérait même comme un fils. Je suis sûre qu'il pourra le raisonner.

— Attends, attends, James était en voyage avec nous? C'est quoi, cette histoire?

— C'est une coïncidence.

— Voyons, maman, tu crois aux coïncidences, toi? Crois-tu aussi à ce que la voyante nous a dit, tant qu'à y être?

Après les événements de la journée, Lucy commençait à y croire.

— Regarde l'autre qui parle, miss «la réponse vient du fond de mon cœur». Tu es ici pourquoi exactement ? Tu voulais que je peigne la chambre du bébé en bleu, hein ? Avoue que c'est ça. Je le sais, Denis m'a dit que tu lui avais demandé et qu'il avait refusé.

Marilou rougit, son plan diabolique ne fonctionnait pas finalement. Personne ne voulait l'aider à peinturer la chambre en bleu. Comme elle était nulle en peinture, elle devrait attendre la venue du bébé.

— Là n'est pas la question, dit Marilou. Tu ne trouves pas ça étrange qu'un homme qui t'enseigne choisisse comme par magie le même hôtel que toi, dans un pays où il y a un hôtel au mètre carré ? Admets que c'est bizarre.

— Pas tant que ça, après tout, nous nous sommes retrouvés au même hôtel que Mathieu…

— Oui, mais ça, c'était planifié.

En y réfléchissant bien, Lucy conclut que c'était effectivement hors du commun. Mais pas impossible. James avait-il fait exprès de se retrouver dans le même hôtel qu'elle ? Ses informations de voyage étaient du domaine public, elle avait publié le tout sur sa page Facebook et James était son ami. Mais s'il souhaitait vraiment faire le même voyage qu'elle, pourquoi ne s'était-il pas manifesté plus tôt ? Et pourquoi avait-il quitté l'endroit sans la saluer ? Tout cela ne tenait pas debout.

— Je ne crois pas qu'il s'agisse d'une coïncidence, conclut-elle. Il a sûrement choisi cet hôtel parce que Mathieu y allait avec sa famille. C'est moi qui suis arrivée comme un cheveu sur la soupe.

— Alors, demanda Marilou curieuse, il est comment, le beau James ?

— Il est…

Quelle qualité lui venait en tête en premier : gentil ? sympathique ? avenant ? drôle ?

— Il est vieux.

— Hein ? Il a quel âge ?

— Dans la soixantaine.

— Il n'est pas si âgé, alors. Vous avez presque le même âge.

Mais Marilou repensa à Christian et à l'aventure qu'il avait eue avec sa mère. Lucy pouvait-elle refuser de fréquenter un homme parce qu'il n'était pas jeune ? La jeune femme espéra que non. Le penchant excessif de sa mère pour la jeunesse l'énervait maintenant de plus en plus. Elle allait être grand-mère sous peu et devait commencer à se comporter de la sorte.

— Tu devrais l'appeler, suggéra Marilou.

— Mais c'est ce que je vais faire. Je vais lui parler de Mathieu.

— Oui, mais tu pourrais aussi l'inviter à sortir. Il a l'air charmant.

— Marilou, franchement. La seule chose que je t'ai dite à son sujet est qu'il est vieux, et toi tu le trouves charmant. Il pourrait être obèse et avoir des verrues sur le nez. Qu'en sais-tu?

— J'ai vu ton regard et je te connais. Ce James ne te laisse pas indifférente, ça paraît. Ce n'est peut-être pas une si bonne idée que tu lui parles de Mathieu, finalement. Tu devrais lui parler de toi à la place. Il faut mettre toutes les chances de ton côté.

— Mouais… je vais y réfléchir, d'accord? Mais pour Marion…

— Ne t'occupe pas de Marion. Occupe-toi de tes affaires, pour une fois. Je vais essayer de trouver une solution. Au pire, on consultera un avocat.

— Je ne pensais pas que Mathieu pouvait être aussi contrôlant.

— Tu connais Marion, toujours à dénicher des gars qui ne lui conviennent pas, déclara Marilou.

Au moins, se dit-elle en retournant vers sa voiture, *Francis non plus ne convenait pas à Marion.* C'était excellent pour Marilou!

Conseil nº 14

Il n'existe pas de conseil précis pour trouver la fontaine de Jouvence, mais voici une liste d'activités ou d'idées que vous pouvez utiliser pour paraître plus jeune et plus actuelle :

Se faire tatouer dans le bas du dos, jouer au jeu Just Dance avec des amies, porter des vêtements à motifs d'animaux, acheter des bijoux Caroline Néron, envoyer des photos drôles grâce à l'application Snapchat. Choisissez-en une et amusez-vous.

Lucy prit quelques jours pour rédiger sa chronique. La tête n'y était pas. Elle n'arrivait pas à se concentrer, sachant qu'elle devait appeler James Roussel. Habituellement, elle avait la langue bien pendue et n'était pas gênée, mais cet appel la rendait anxieuse. Elle ne pourrait passer sous silence leur rencontre en voyage, et elle se demandait pourquoi James n'avait pas communiqué avec elle depuis leur retour. Bien sûr, ils ne s'étaient rien promis, mais ils avaient vécu une belle camaraderie. Lucy serait prête à le revoir pour passer du bon temps en sa compagnie. De plus, Marilou avait semé le doute dans son esprit. Était-ce vraiment une coïncidence qu'il se trouve par hasard dans le même hôtel qu'elle ? Mais comme elle avait dit à sa fille qu'elle appellerait James et que, en plus, il s'agissait de son idée, elle n'eut d'autre choix que de s'exécuter. Lucy décrocha donc le combiné après trois jours de tergiversation. Elle composa le numéro qui figurait sur le plan de cours qu'il leur avait remis pendant qu'elle étudiait encore. Elle espéra qu'il était encore valide. On répondit à la deuxième sonnerie. Lucy reconnut immédiatement la voix de James. Elle eut pour tout réflexe de raccrocher précipitamment.

— Quelle nouille! se dit-elle. J'ai l'air de quoi, soixante-trois ans et je ne suis même pas capable d'appeler quelqu'un. J'espère qu'il n'a pas d'afficheur.

La sonnerie du téléphone coupa sa réflexion. Oups, il avait un afficheur. Devait-elle répondre? Après tout, c'était elle qui avait tenté de communiquer avec lui. Le répondeur s'enclencha. Merde! James ne laissa pas de message. Que devait-elle faire? Le rappeler? Lui faire croire qu'elle avait composé son numéro par inadvertance? Franchement, il avait un doctorat, c'est sûr qu'il ne croirait pas une excuse aussi bidon. Elle reprit le téléphone, inspira et recomposa. Il décrocha à la première sonnerie.

— Bonjour, James, c'est Lucy. Lucy Tremblay.

— Bonjour, Lucy, on dirait que nous avons des problèmes de communication, dit-il en riant.

Entendre son ton jovial réconforta Lucy.

— Oui, excuse-moi, je dois changer mes téléphones, ils coupent une fois sur deux, c'est très dérangeant.

Quelle mauvaise excuse! La croirait-il?

— Oui, je comprends, j'ai vécu la même chose il y a quelques années. J'ai changé mes combinés et tout est rentré dans l'ordre.

— Ah! Et quelle marque as-tu choisie? demanda Lucy.

Encore une fois, elle se traita d'idiote. Mais où donc mènerait cette conversation? À l'achat d'un nouvel appareil, peut-être. James lui parla de ses nouveaux appareils pendant quelques minutes, comme si c'était tout naturel que son ancienne étudiante l'appelle pour discuter de téléphone sans fil. Puis, un silence s'installa. Lucy lui avoua donc la raison réelle de son appel.

— Ça va te sembler étrange, dit-elle, mais j'aurais besoin de te parler d'un problème personnel. Aurais-tu un peu de temps libre?

— Bien sûr, la session est enfin terminée. Ça a été le pire semestre de ma carrière. Je t'expliquerai. Veux-tu qu'on se voie ce soir pour un verre? Je connais un petit bistro très sympathique que je fréquente souvent. On pourrait s'y rencontrer.

Lucy fut un peu mal à l'aise. Elle ne pensait pas se trouver face à James pour lui conter toute l'histoire. Mais l'idée de le revoir lui plut. Elle accepta donc son invitation et promit de le rejoindre le soir même.

— J'en profiterai pour te raconter ce qu'il s'est passé à la fin de mes vacances, dit James. À ce soir, Lucy, j'ai bien hâte de te voir.

— Oui, merci !

Merci, franchement. Elle aurait pu trouver mieux. Bon, elle se reprendrait dans la soirée. Que diable allait-il lui raconter ?

L'après-midi passa en un éclair. Lucy soupa légèrement et prit beaucoup de temps pour se préparer à son rendez-vous. Elle chercha longtemps la tenue adéquate et décréta que l'important était de se sentir à l'aise dans ce qu'elle portait. Elle choisit donc l'une des tenues que Jean Airoldi avait sélectionnées pour elle durant sa métamorphose. C'était un *kit* gagnant. L'heure du départ sonna, Lucy avait des papillons dans le ventre. Même si c'était elle qui avait été l'instigatrice de la rencontre, après tout, elle avait appelé James de son plein gré, elle se demandait si l'idée était bonne. Elle aurait préféré prendre un verre avec lui pour parler de choses et d'autres, pas pour ternir la réputation de Mathieu. Mais bon ! Il était trop tard pour reculer, et elle avait fait une promesse à sa fille. Comme elle montait dans son véhicule, son téléphone cellulaire sonna. L'afficheur lui annonça qu'il s'agissait de Francis. C'était étrange, mais peut-être que l'appareil de Marilou était déchargé.

— Allô ?

— Lucy, c'est Francis. Ne t'énerve pas, mais nous sommes en route pour l'hôpital.

— Déjà, mais c'est beaucoup trop tôt, le bébé n'est pas attendu avant un bon mois…

— Je sais, mais Marilou a de fortes contractions, elle se tord de douleur. C'est un peu alarmant, je préfère me rendre avec elle à la maternité pour nous assurer que tout va bien.

Lucy entendait clairement sa fille crier : « Ça fait mal ! »

— Nous avons quitté la maison très rapidement, continua Francis. S'il s'avère que nous devions rester à l'hôpital, peux-tu aller à la maison préparer une valise pour Marilou et le bébé. Il y a une liste des effets à apporter déjà prête dans la chambre du bébé, nous n'avons tout simplement pas eu encore le temps de faire le sac.

— Oui, oui, c'est sûr que je vais y aller. Mais…

— Merci, Lucy. Nous arrivons à l'hôpital. Je te tiens au courant.

Et il raccrocha sans que Lucy ait pu rajouter un mot de plus. Très inquiète pour sa fille, Lucy démarra sa voiture et prit le chemin de l'hôpital. Elle ne voulut pas attendre des nouvelles de Francis, elle décida d'aller directement à la source. En chemin, elle tenta de joindre James, mais elle n'avait que son numéro de téléphone à la maison. Elle laissa un message, mais il était sans doute déjà parti la rejoindre au petit bar. *Tant pis*, se dit Lucy. Étant lui-même père, il comprendra l'urgence. Elle espéra tout de même qu'il n'était pas du genre à se froisser pour un événement semblable. C'était un cas exceptionnel. En arrivant à l'hôpital, elle essaya une dernière fois de le joindre. Toujours pas de réponse. Elle ferma son cellulaire avant d'entrer dans l'édifice et de se diriger vers la maternité. L'endroit n'avait pas changé beaucoup depuis la dernière fois où elle y avait mis les pieds, soit trois ans plus tôt, alors que Marion faisait une fausse couche. Lucy souhaita que tout se passe pour le mieux avec sa fille. Les bébés prématurés s'en sortaient assez bien en général, mais il était toujours préférable que le poupon reste le plus longtemps possible bien au chaud dans le ventre de sa maman. Cela lui rappela son propre accouchement, vingt-neuf ans plus tôt. Ça avait été tellement long et difficile. Elle avait même failli y rester. C'est pourquoi Marilou était enfant unique. Lucy n'avait pas voulu prendre de risques inutiles une deuxième fois. Elle réalisa qu'elle n'avait jamais conté cette histoire à Marilou et espéra aussi que les complications liées à l'enfantement n'étaient pas génétiques. Elle se présenta au comptoir et demanda à voir sa fille. L'infirmière refusa, l'endroit étant trop petit pour accueillir des visiteurs en plus de la future maman et du papa. Mais Lucy insista. Après une conversation un peu houleuse, l'infirmière céda, mais ne lui laissa que quinze minutes de visite. Elle mandata une préposée pour conduire Lucy auprès de leur patiente. Marilou était allongée dans une petite salle entourée de rideaux, on lui avait installé un moniteur autour du ventre et celui-ci calculait les fréquences cardiaques du bébé. La jeune femme semblait calme et discutait paisiblement avec Francis. Ils furent tous les deux surpris de voir Lucy débarquer sans s'être annoncée.

— Lucy, dit Francis. Quelle surprise! Je m'apprêtais à t'appeler.

— Maman, que fais-tu ici?

— Comment ça «qu'est-ce que je fais ici?» Vous m'avez appelée en panique il y a moins d'une heure. Vous ne m'avez donné aucun détail. Et je devrais rester chez moi à me morfondre et à attendre que le téléphone sonne? Non, merci. Je suis venue directement. Est-ce que le bébé va bien, au moins? Et toi ma chouette, pas trop de douleurs?

Marilou et Francis échangèrent un regard gêné. Lequel des deux conterait l'histoire en détail? Comme Lucy était la mère de Marilou, Francis décida de s'éclipser pour faire un appel, laissant sa femme en compagnie de Lucy.

— Je vais appeler ma mère pour la rassurer, annonça-t-il. Je vais avertir l'infirmière que tu restes ici en compagnie de Marilou. Elle ne te jettera pas à la porte, comme ça.

— Peux-tu aller me chercher un petit quelque chose à grignoter, chéri, s'il te plaît? Je meurs de faim, se plaignit Marilou.

— Bien sûr! À tantôt vous deux.

Francis donna un baiser à sa femme et embrassa même son bedon, ce qui fit rire la future maman. Une fois que Francis eut quitté la pièce, Lucy jeta un regard interrogateur à sa fille.

— Je peux savoir ce qu'il se passe ?

— En fait, c'est une histoire assez comique. J'étais en train de faire l'amour avec Francis. Tu sais, à ce stade de la grossesse, nous sommes assez limités dans les positions… bon je t'épargne les détails. Mais quand la «fin» a été proche, j'ai eu un orgasme d'enfer, tout mon corps s'est contracté et j'ai ressenti une espèce de barre dans le ventre. Un peu comme si le pénis de Francis avait touché un muscle et que ce muscle s'était saisi. Comprends-tu ce que je veux dire ?

— Pas vraiment, non, mais continue, c'est intéressant…

— Bon alors j'ai roulé sur le lit et j'étais incapable de bouger. Ça faisait tellement mal que j'étais sûre que je commençais mon travail. Ça a duré une bonne demi-heure et la douleur ne diminuait pas. On a sauté dans la voiture, de peine et de misère, et on s'est rendus à l'hôpital.

— Et puis, est-ce que ton travail est commencé, finalement ?

— Bien, le temps qu'on trouve un fauteuil roulant pour monter jusqu'ici, que l'ascenseur se libère et que l'infirmière prenne ma carte de l'hôpital, la douleur avait eu le temps de diminuer.

— Donc, tout va bien alors ? Mais pourquoi le moniteur ?

— Ah, ils voulaient juste s'assurer que le bébé allait bien. Ils vont me garder en observation une autre heure, mais si je n'ai pas de contractions, je vais pouvoir retourner chez moi. Je suis désolée de t'avoir affolée. Mais j'étais vraiment sûre que c'était des contractions. Un peu intenses pour un début de travail, mais quand même…

— Crois-moi, ma fille, quand tes contractions vont commencer, tu vas le savoir, ajouta Lucy, un peu plus légère. Bon, je suis contente que le bébé et toi alliez bien. Ça me rassure.

— Mais tu es toute belle ! Où allais-tu comme ça ?

— J'avais un rendez-vous, mais rien de plus urgent que ma fille, ça va de soi.

— Ahhh ! Non ! s'exclama Marilou. Et à cause de nous, tu as manqué ça. Je suis vraiment désolée, maman. C'était avec qui ? Ah ! Laisse-moi deviner. Pas le beau James ?

— Euh oui, je voulais lui parler de Mathieu, justement. Ce n'est que partie remise.

— Vas-y, il est peut-être encore là-bas à t'attendre. Tu lui expliqueras que ta fille a eu un orgasme fulgurant. Je suis sûre qu'il se montrera compréhensif, blagua Marilou.

Lucy rit et en profita pour regarder sa montre. Elle aurait un peu plus d'une heure de retard, mais il était possible que James fût toujours au bar. Elle pourrait y faire un crochet. Elle avait une bonne excuse…

— Mais je ne veux pas te laisser toute seule, ma grande.

— Mais non, maman, je ne suis pas toute seule, Albert est avec moi ! Et Francis reviendra sous peu.

Albert, quel drôle de prénom pour un petit garçon. Lucy espéra que Marilou attendait une petite fille. La future maman insista pour qu'elle aille à son rendez-vous. Après lui avoir fait promettre de l'appeler si jamais le travail se déclenchait pour de vrai, Lucy quitta finalement l'hôpital pour tenter de rejoindre James au bar.

Elle jeta un dernier regard à sa fille avant de disparaître de la pièce. Marilou caressait son ventre et murmurait des paroles douces, comme si son bébé était dans ses bras. Lucy repensa à sa drôle d'histoire et sourit. *Pauvre Francis*, se dit-elle. *En voilà un qui n'est pas près de refaire l'amour avec une femme enceinte !*

En sortant de l'hôpital, elle vérifia son cellulaire, mais elle n'avait aucun nouveau message. Elle sauta dans sa voiture et prit la direction du pub, espérant que James l'y attendrait encore. La place était assez bondée ; il lui fallut quelques minutes pour le repérer dans la foule. Il était assis au bar, un tabouret libre à ses côtés, et il sirotait un cognac. Il discutait avec le barman qu'il semblait bien connaître. Il était totalement à son aise dans cet endroit. Lucy se fraya un chemin jusqu'à lui.

— Est-ce que cette place est occupée? demanda-t-elle aimablement.

Il se tourna vers elle et lui sourit.

— Elle était réservée pour une très jolie femme, mais vous faites l'affaire aussi, répondit-il à la blague.

Lucy s'installa en souriant et commanda une margarita avant d'entamer la conversation sur une note d'excuse. Elle vit le regard bienveillant de James et sut tout de suite que son retard ne l'avait pas froissé. Elle lui conta donc toute l'histoire, sans omettre aucun détail. Cela le fit bien rire. Il ajouta qu'une situation semblable s'était produite lorsque sa propre fille était enceinte. En fait, cette dernière avait tout simplement crevé ses eaux pendant une relation sexuelle. Il lui avait fallu des mois avant de se sentir à l'aise de raconter cette histoire à son entourage. Aujourd'hui, ils en riaient ouvertement. Mais son gendre refusait de faire l'amour avec sa femme lorsqu'elle était enceinte de plus de neuf mois.

— Pourtant, ajouta-t-il, il semble que ce soit le meilleur remède pour déclencher le travail…

— Ça a trop bien marché pour ta fille au premier coup, renchérit Lucy. Elle ne voulait pas tenter le diable une autre fois.

Ils rirent de bon cœur, prirent quelques verres et la discussion alla bon train, comme la fois où ils avaient soupé ensemble pendant les vacances. Il fallut du temps avant qu'ils n'abordent les points chauds de leur rencontre, la conversation étant naturelle entre eux. Chacun devait quelques explications à l'autre. C'est ainsi que Lucy apprit pourquoi elle n'avait pas reçu de nouvelles de James depuis son retour des vacances.

Le lendemain de leur rencontre inopinée, James s'était fait réveiller par une voix espagnole qui lui annonça que son vol de retour avait été devancé d'une journée, en raison d'une tempête de neige qui ferait rage dans les prochaines heures. Le voyageur dut faire ses bagages en vitesse, car la navette viendrait le chercher dans l'heure qui suivait. Il eut à peine le temps de boucler ses valises, et de chiper un petit quelque chose à manger au buffet, avant de prendre l'autobus jusqu'à l'aéroport où commença le long jeu de l'attente. Premièrement, bien qu'on lui eût imposé un retour précipité, il dut lui-même faire ses changements de vol, ce qui occasionna plusieurs désagréments, car les places restantes sur son vol de retour ne correspondaient en rien à celle qu'il avait réservée et payée de sa poche. De plus, il apprit que l'avion ferait une escale à Québec, ce qui rallongerait le voyage de plusieurs heures. Bref, ce jour-là, James se promit de ne plus jamais planifier de vacances avec cette compagnie d'aviation. Au moins, cela fut un mal pour un bien, car à son retour, il apprit que sa petite-fille était atteinte d'une très vilaine grippe qui s'était transformée en bronchite. Cela nécessita une hospitalisation d'urgence et James dut relayer sa fille à l'hôpital pendant près d'une semaine, les congés de cette dernière étant limités. Lucy l'écouta d'une oreille compatissante. Il semblait être un grand-père très investi dans la vie de ses petits-enfants.

— En plus, pour couronner le tout, ajouta-t-il, un de mes collègues a démissionné en plein milieu de la session universitaire et j'ai repris sa tâche pour que les étudiants ne soient pas pénalisés. Il s'agissait d'un cours intensif de trois semaines, mais je donnais trois cours par semaine. Ce fut très ardu. Je comprends mon collègue d'avoir démissionné. Tout cela ajouté à ma charge de travail habituel. Le semestre vient de se terminer et je suis littéralement essoufflé. J'aurais besoin d'une autre semaine de vacances pour m'en remettre, blagua-t-il.

— Je te comprends, dit Lucy qui, au fond, ne pouvait ressentir d'empathie. En effet, lors des dernières semaines, le temps lui avait semblé long et monotone.

— Mais je suis content que tu aies appelé, Lucy. Ça me fait plaisir de te voir ce soir. Tu m'as dit au téléphone que tu souhaitais me parler d'une problématique particulière. Puis-je t'être utile d'une façon ou d'une autre ?

Lucy se sentit mal. Elle avait la certitude que le fait de parler de Mathieu gâcherait l'ambiance de la soirée. Une promesse était une promesse, toutefois.

— Je voulais te parler de ton collègue Mathieu.

James fronça les sourcils, que diable Mathieu pouvait-il bien avoir à faire dans l'histoire? Au fur et à mesure que Lucy lui exposa les détails du problème, elle vit les traits de son visage changer. Elle put lire de la colère, du dégoût et même de la déception dans le regard de l'enseignant. Lucy lui exprima son malaise devant la situation. Elle comprenait que ce qu'elle lui demandait était très délicat, mais elle ne savait pas trop vers qui se tourner.

— Tu as bien fait de m'en parler, dit James. Ce n'est malheureusement pas la première fois que j'entends ce type d'histoire de la part de Mathieu... Je suis très déçu et je m'interroge à propos de moi, à savoir si je n'ai pas manqué de jugement à l'époque.

— Je ne comprends pas...

James soupira et se frotta les yeux. Il proposa à sa compagne un dernier verre pour accompagner l'histoire. Le barman déposa devant eux un bol d'arachides qu'ils grignotèrent sans se soucier du fait que plusieurs personnes avaient déjà laissé traîner leurs doigts dans le même bol.

— Il y a de cela quelques années, commença James, une de mes étudiantes est venue me raconter qu'elle vivait une idylle avec un membre du corps enseignant de l'université. À l'époque, les règles concernant les relations professeur-étudiant étaient moins strictes. Elle me confia qu'elle avait profité des avantages de cette relation, qu'elle avait peu assisté à ses cours et que son professeur – son amant – lui avait promis la note de passage sans qu'elle ait à lever le petit doigt. Mais voilà. La session s'achevait et mon étudiante commençait à trouver cette relation un peu étouffante. Je ne dis pas que je prends le parti complet de cette fille, rectifia James, elle a sa part de torts dans l'histoire, mais c'est le comportement du professeur que je considérais comme inacceptable.

— C'était Mathieu ?

— Oui, c'était Mathieu. Il était nouveau à l'université, je le trouvais sympathique et je ne voulais pas que sa carrière soit gâchée à cause d'une brève relation.

— Mais qu'a-t-il dit à ton étudiante ?

— La même chose qu'à ton amie, que si elle rompait avec lui, il la dénoncerait au conseil du module, qu'il ferait une plainte de harcèlement, etc. Je ne me souviens pas de tous les détails, mais ça ressemble à ce que tu me racontes.

— Mais quel a été ton rôle exact là-dedans ? demanda Lucy.

— J'ai suggéré à mon étudiante de faire un changement de programme, d'abandonner son cours officiellement pour ne plus avoir affaire avec Mathieu. Et même de changer d'université. Je sais que j'aurais dû parler à Mathieu, tenter de le raisonner, mais je ne l'ai pas fait.

— Et l'étudiante, a-t-elle écouté tes conseils ?

— Non.

— Mais, qu'est-elle devenue?

— Eh bien, tu la connais. C'est Elsa, la femme de Mathieu.

— Quoi? Elle a épousé ce salaud qui la menaçait? Ça ne tourne pas rond dans sa tête, cette fille…

— C'était un peu plus compliqué que ça. Entre-temps, elle a réalisé qu'elle était enceinte. Elle a donc changé sa vision des choses et a renoncé à rompre avec Mathieu. Tu sais, Lucy, Mathieu n'est pas un homme foncièrement méchant. Oui, il est manipulateur et conscient de son pouvoir de séduction, mais il sait gâter la femme qu'il aime. Je ne crois pas qu'Elsa soit si malheureuse avec lui.

— Mais là, il veut la quitter. Et c'est Marion qui est dans sa mire.

— Eh bien, je vais faire ce que j'aurais dû faire il y a plusieurs années: lui parler. Je sais qu'il a eu quelques relations extra-conjugales, mais je ne croyais pas qu'il s'attachait à ces femmes. Je sais qu'il aime profondément sa femme, bien qu'il ne le montre pas toujours.

— Drôle de bonhomme…

— Oui, mais il reste mon ami quand même.

— Oh oui, je m'excuse, je ne voulais pas le juger.

— Non, non, ne t'en fais pas. Laisse-moi quelques jours et je discuterai avec lui.

James demanda l'addition, mettant ainsi fin à leur moment d'intimité. Lucy regretta de lui avoir parlé de Mathieu. Elle eut l'impression d'avoir gâché quelque chose. Elle lui sourit et il répondit à son sourire.

— J'ai passé une très belle soirée, dit Lucy. Je suis encore désolée pour mon retard. La famille avant tout, hein?

— Oui, tu as bien raison, acquiesça-t-il. Je t'appelle très bientôt.

Il l'embrassa sur la joue, mais sa main s'attarda quelques instants sur son épaule. Puis, la laissant à son véhicule, il se dirigea vers le sien et y grimpa sans un regard vers elle. Lucy pensa qu'elle avait commis une grosse erreur en se mêlant des affaires des autres…

Troisième partie

Montebello, le 22 mai 2014

Chère Madame Tremblay,

Au nom de toute l'équipe de Frédéric Clément, illusionniste et mentaliste, nous vous remercions d'être venue assister au spectacle de monsieur Clément récemment. Contrairement à ce que vous pensez, et comme vous nous l'avez exposé dans votre dernière lettre, monsieur Clément ne fait pas de recherche sur les spectateurs avant le début de sa prestation. Cela relève de l'impossible, étant donné qu'aucun nom n'est associé à la vente des billets. Il ne fait pas non plus d'hypnose lorsque vous vous trouvez sur scène, comme vous semblez le penser. Tout ce qui se passe sur le podium se déroule en temps réel. Je vous confirme donc que tout ce que vous avez fait sur scène et tout ce qui vous a été dit par monsieur Clément étaient authentiques.

Merci de nous avoir fait part de vos commentaires.

Au plaisir de vous compter parmi nos spectatrices à nouveau.

Jeanne Benoît
Responsable du marketing
Équipe Illusion-Frédéric Clément

Lucy relut la lettre une deuxième fois avant de la déposer sur son petit bureau, déçue. Elle avait espéré qu'en écrivant à l'équipe Marketing, elle aurait eu une réponse qui la soulagerait, mais cela n'arrangeait aucun problème. Elle n'avait aucune excuse. Elle était bel et bien responsable de ses agissements.

Comment pourrait-elle regarder à nouveau James en face ? Tout cela à cause de Marion et de ses drôles d'idées. Toujours aussi gênée par son comportement, elle repensa à l'événement.

Quelques semaines plus tôt, comme promis, James parla à Mathieu et réussit à le raisonner. Il ne confia jamais à Lucy par quels mots il parvint à lui faire entendre raison. Le jeune homme décida de ne pas quitter sa femme, mais Marion dut se réinscrire au cours qu'elle n'avait finalement pas suivi. Heureusement pour elle, ce n'était pas Mathieu qui le donnerait à la session suivante, mais James. Toutefois, Marion se questionnait beaucoup sur son cheminement scolaire et était réticente à l'idée de se réinscrire à l'université. Elle redoutait aussi de croiser Mathieu dans l'établissement. Tout se termina passablement bien, mais Marion se promit, encore une fois, de ne plus sortir avec des enseignants. Décidément, les hommes qui œuvraient dans le milieu scolaire ne lui convenaient pas. Heureuse du dénouement, Lucy sentit tout de même un froid s'installer dans sa relation avec James. Elle l'invita à quelques reprises à prendre un verre, mais un empêchement le retenait toujours. Après plusieurs essais infructueux, elle lâcha prise et se tourna plutôt vers son petit groupe d'amis qui, lui, était toujours présent. Comme il y avait longtemps qu'ils avaient fait une activité de groupe, Marion arriva un soir avec une proposition alors qu'ils soupaient tous ensemble.

— J'ai quelque chose à vous suggérer et vous n'avez pas le droit de refuser parce qu'il est trop tard, j'ai déjà tout acheté.

— Pourquoi nous parles-tu de proposition si tout est déjà décidé? Avoir su que je n'aurais pas le choix, je ne me serais pas creusé la tête pendant une grosse minute pour trouver une excuse toute prête pour refuser, commenta Francis.

Marion lui lança un regard menaçant, mais elle continua tout de même son petit discours.

— Je suis allée à l'université, aujourd'hui, pour la journée «carrière». J'ai vu James, d'ailleurs, dit-elle en regardant Lucy. Il te salue.

— Une minute, l'arrêta Lucy, comment ça «tu as vu James»? Je ne t'ai même jamais parlé de lui. Tu ne sais pas c'est qui…

— Ah, hum! C'est moi, maman, qui lui en ai parlé, avoua Marilou.

— Je voulais seulement le remercier de sa démarche auprès de Mathieu, c'est tout, continua Marion. Bref, je disais que j'étais à la journée «carrière» et il y avait une vente toute spéciale de billets pour un spectacle de Frédéric Clément. Vous savez, l'illusionniste ou le mentaliste, en tout cas, peu importe, je nous ai tous acheté des billets. Nous allons le voir samedi prochain! Ah oui, vous me devez chacun 45 $.

— Quoi! s'exclamèrent-ils tous.

— Mais non, je blague. C'est moi qui invite. Je veux me faire pardonner de vous avoir embarqués dans mes plans fous de voyage et d'espionnage. Vous n'avez pas le choix de dire oui, puisque c'est moi qui paie, conclut-elle, d'un petit air satisfait.

— Pourquoi pas, dit Lucy. Ça nous fera du bien, un spectacle. J'ai entendu dire qu'il était très bon et que son numéro était inédit.

— C'est une très bonne idée, Marion, renchérit Marilou. Quand le bébé sera né, nous n'aurons plus beaucoup l'occasion de sortir en groupe. Il faudra trouver une gardienne et tout. Profitons du temps qu'il nous reste. En plus, le spectacle est à Montebello, je crois. Nous pourrions arriver plus tôt et souper dans un restaurant là-bas. S'il fait beau, nous aurons peut-être la chance de nous asseoir à une terrasse.

L'entrain de Marilou contamina tout le petit groupe. Même Francis sembla aimer la surprise, finalement.

— Mais je ne suis pas d'accord que tu payes les billets de tout le monde, dit Denis, pour mettre son grain de sel. Je pense que nous pouvons tous contribuer un peu…

— Ah, ne vous inquiétez pas, les billets étaient à moitié prix, je blaguais tantôt avec mon 45 $. À ce prix-là, j'ai eu deux billets et demi ! Non, ça me fait plaisir. C'était fou, les gens se lançaient pratiquement sur les billets. Je crois même que tout le corps enseignant en a acheté. J'espère que Mathieu ne sera pas là, dit-elle, un peu plus pour elle-même que pour les autres.

Le samedi suivant, ils s'entassèrent tous dans la voiture de Francis, direction Montebello. Heureusement, la petite bourgade n'était qu'à environ une heure de leur domicile. Ils s'amusèrent bien pendant le trajet, discutant des commentaires qu'ils avaient entendus sur le spectacle qu'ils s'apprêtaient à voir. L'illusionniste avait établi son théâtre dans une vieille église, ce qui ajoutait au mystère de sa prestation. Le beau temps était avec eux et, comme le souhaitait Marilou, ils soupèrent sur une terrasse très sympathique qui surplombait la rue principale. La pauvre future maman avait les pieds tellement enflés qu'elle ne pouvait chausser que des *gougounes*. Elle souleva ses pieds pendant toute la durée du repas et chacun se relaya pour les lui masser. Ce fut très agréable pour elle. Vers vingt heures, ils prirent place dans l'église pour le spectacle. Marilou grimaça lorsqu'elle s'installa sur le banc de bois, près de l'allée centrale. Son dos la faisait horriblement souffrir. Le bébé lui martelait les côtes et elle avait de la difficulté à rester en position assise bien longtemps. Elle n'avait pas considéré ce facteur avant d'accepter l'invitation de Marion. Le billet ne portait pas cette mention : «Venez souffrir sur un banc de bois pendant la magnifique et longue prestation de Frédéric Clément!»

Heureusement que Francis connaissait bien sa femme.

— Ne t'inquiète pas, lui chuchota-t-il à l'oreille, si tu souffres trop, nous nous éclipserons et irons nous promener en attendant la fin du spectacle.

— D'accord. Merci, chéri !

La salle était comble, Lucy reconnut quelques visages qu'elle avait déjà vus à l'université. Les lumières s'éteignirent avant qu'elle n'ait pu jeter un regard circulaire dans l'assistance. Frédéric Clément apparut sur scène dans une prestidigitation extraordinaire, de quoi couper le souffle au public. Marilou oublia bien vite son mal de dos. Après cette entrée en scène spectaculaire, il prit le temps de saluer son auditoire et donna quelques règles concernant ses « pouvoirs ».

— Mon spectacle exige énormément de concentration de ma part, expliqua-t-il aux spectateurs. Il est donc essentiel que vous gardiez le silence, surtout pendant que les gens viendront me voir sur scène dans la deuxième partie de ma prestation. Merci à tous et bon spectacle.

— Il y a des gens qui monteront sur scène ? Génial ! s'excita Marion. J'espère que je serai choisie !

S'ensuivit une bonne heure de tours et d'illusions. Francis, plus sceptique, était certain que tout était truqué, mais il ne dit rien par égard pour sa femme dont les yeux brillaient tant elle était fascinée. Lucy, elle, avait toute une envie de faire pipi. Elle courut aux toilettes dès que le rideau tomba pour l'entracte.

Malheureusement, elle ne fut pas la seule à devoir soulager sa vessie. Elle revint juste à temps pour le début de la deuxième partie.

— Maintenant, annonça Frédéric Clément, il est temps de faire participer la foule. Vous avez tous devant vous un petit papier et un crayon, ainsi qu'une enveloppe.

— J'en ai un! J'en ai un! cria Marion, tout excitée.

— Tout le monde en a un, Marion, dit Francis. Calme-toi donc.

— C'est moi qu'il va choisir, j'en suis sûre, dit-elle sans tenir compte du commentaire du jeune homme.

Marilou espéra elle aussi être choisie; elle était prête à tout pour ne plus occuper ce banc de bois de malheur.

— Vous devez remplir le petit papier avec les informations suivantes, continua l'animateur. Votre prénom, votre signe du zodiaque et votre date de naissance.

— C'est certain que c'est truqué, dit Francis.

— Quoi, tu penses qu'il va faire une recherche sur toi dans Google juste avec l'aide de ton signe du zodiaque? répliqua Marion.

— Non, mais je suis sûr qu'il a un truc.

— C'est sûr qu'il a un truc, c'est un magicien, renchérit Marion.

— Taisez-vous, tous les deux, dit Denis. Je veux entendre la suite.

— Et ensuite, termina Frédéric Clément, vous écrivez une question. Je me charge de vous donner la réponse si vous êtes choisi.

— Tiens, Marilou, tu pourrais lui demander si tu attends un garçon ou une fille, suggéra Marion.

— Peut-être qu'il te dira de regarder dans ton cœur..., blagua Francis.

— Franchement, j'ai demandé autre chose que ça, mentit Marilou.

Bien sûr que c'était ce qu'elle avait écrit sur le papier. Maintenant, sa question était brûlée. Elle devait en trouver une autre. Elle jeta un coup d'œil à sa mère et cela lui donna de l'inspiration. Elle aurait bien pu chercher à savoir si elle réussirait un jour à publier son livre, mais comme ses chances d'être pigée étaient assez limitées, elle préféra s'amuser un peu. Comme le reste du public, elle mit son papier dans la petite enveloppe et déposa celle-ci dans un panier transporté par l'une des assistantes de l'illusionniste. Cette dernière sourit à la future maman et lui glissa à l'oreille : « Frédéric fait dire que ce sera un beau garçon... »

Francis put lire l'étonnement sur le visage de sa femme, mais n'eut pas le temps de lui demander de quoi il retournait. L'animateur s'apprêtait à appeler ses premiers candidats sur la scène. Durant les vingt minutes qui suivirent, des spectateurs se présentèrent face à Frédéric Clément, qui répondit à leurs questions et leur prédit des nouvelles incroyables. Marion ne tenait plus sur son banc tant elle voulait participer. Sa rencontre avec Lily la cartomancienne ne semblait pas avoir été satisfaisante ; elle voulait en connaître plus sur son avenir. Une participante quitta l'estrade en larmes, l'illusionniste venait de lui confirmer que les mois à venir seraient difficiles, car sa mère était en phase terminale. Cela jeta un froid dans l'assemblée. Lucy espéra que la personne suivante recevrait des prédictions plus joyeuses.

— Chers spectateurs et spectatrices, nous voilà déjà rendus à la fin de notre spectacle, annonça Frédéric Clément. Mais il me reste tout de même assez d'énergie pour inviter une dernière personne à venir me rencontrer.

Il se concentra comme il l'avait fait pour les numéros précédents.

— Il s'agit d'une femme, précisa-t-il. Son signe du zodiaque est Cancer.

— Ahh, dit Marion, déçue. Je voulais y aller, moi.

— Son prénom commence par la lettre L, continua le magicien. Lucy Tremblay, lève-toi et viens me rejoindre sur scène.

— Maman, c'est toi! s'exclama Marilou. Vite, dépêche-toi!

— Quoi? Mais non, je ne veux pas y aller…

Mais Francis et Denis la poussaient déjà en direction de la scène, où le prestidigitateur l'attendait patiemment. Lucy monta les marches, pensant défaillir, mais elle tint bon. Frédéric Clément lui sourit et l'invita à s'installer près de lui. Il lui posa une main sur le front, ferma les yeux et se concentra. Le silence se fit dans l'assistance. Lucy remarqua qu'il faisait une chaleur d'enfer sous les projecteurs. Elle ne voyait pas les spectateurs, trop aveuglée par la lumière. Elle focalisa donc son regard sur le magicien, qui semblait imperturbable. Il ouvrit finalement les yeux et la fixa intensément.

— Ma chère Lucy. Grosse année pour toi! Tu vas bientôt être grand-mère, félicitations!

La foule l'applaudit. Lucy tenta d'apercevoir sa fille enceinte de l'endroit où elle se tenait : impossible.

— Hum, continua Frédéric Clément. Il y a un homme autour de toi qui est vraiment très intéressé. Je crois même qu'il se trouve parmi nous ce soir!

— Ah oui! s'exclama Lucy, surprise.

Il y eut plusieurs sifflements dans la salle. Ne sachant trop quoi dire, Lucy annonça dans le micro :

— J'espère qu'il est jeune, parce que je n'aime pas trop les vieux. Ils sont trop ennuyants.

Le public s'esclaffa. Frédéric Clément sembla s'amuser de cette réplique, mais il ajouta quelque chose qui fit réfléchir Lucy.

— N'oublie jamais que l'on ne peut échapper à la vieillesse, c'est comme la mort et les taxes !

Quel sens de la répartie, ce Frédéric Clément ! Il lui recommanda d'ouvrir les yeux et de faire les bons choix, mais elle fut la seule à entendre ces paroles. Il lui souhaita bonne chance dans son rôle de grand-mère et lui dit même que sa fille accoucherait à la dernière mode. Elle ne comprit pas trop cette remarque et descendit de la scène, en sueur.

— Wow, Lucy ! Tu as été superbe, commenta Denis. C'est qui cet homme mystérieux qui s'intéresse à toi ? L'as-tu vu ce soir ?

— Chut, dit Marion, je veux entendre la fin du spectacle.

— Merci à tous d'être venus ce soir. Comme je vous l'ai mentionné au début de la soirée, je vous demanderais de ne pas venir me voir et de ne pas me poser des questions personnelles auxquelles vous souhaitez trouver une réponse sans tarder. Il m'a fallu beaucoup de concentration pour faire ma prestation de ce soir et je n'ai plus l'énergie qu'il faut pour lire adéquatement dans votre avenir. Mais je vous invite grandement à acheter mon CD qui s'intitule *Faire la paix intérieure.* Bonne soirée à tous !

Les spectateurs se levèrent pour applaudir et, malgré les recommandations de l'illusionniste, ils se lancèrent sur lui comme des mouches pour lui poser les questions les plus farfelues.

— Je parie qu'il a une oreillette et que quelqu'un lui dicte tout, dit Francis, toujours aussi sceptique.

— Arrête donc, répondit Marion. Je suis sûre que tu t'es bien amusé.

Il esquissa un sourire, mais n'affirma rien. Il aimait bien faire parler l'amie de sa femme, elle mordait toujours facilement à l'hameçon et était facile à mettre en colère.

— Je l'ai vu d'assez près, Francis, et je peux te garantir qu'il n'a pas d'oreillette, déclara Lucy.

— Quelle belle soirée ! ajouta Denis. Super spectacle, tu as eu une très bonne idée, Marion.

Tous approuvèrent. Lucy se remettait graduellement de sa prestation sur scène. Quel commentaire idiot… Tant qu'à avoir son heure de gloire, elle aurait pu se forcer et dire quelque chose d'intelligent, plutôt que d'annoncer à la ville entière qu'elle aimait les jeunes hommes. Le petit groupe se dirigea tranquillement vers la sortie. Le regard de Lucy croisa alors celui de James Roussel qui s'apprêtait, lui aussi, à quitter l'église.

— Comment ça tu savais qu'il serait là ? Tu n'as rien dit ! ?

Dans la voiture, alors qu'ils étaient sur le chemin du retour, Lucy tempêtait contre Marion. La jeune femme avait avoué, presque sous la torture, que James avait acheté une paire de billets pour le spectacle de Frédéric Clément.

— Je suis désolée, Lucy, je ne savais pas qu'il serait là ce soir. Je l'ai vu acheter des billets, bien sûr, j'étais avec lui dans la file. C'est même lui qui m'a donné l'idée de tous vous y emmener. Mais il y avait plusieurs soirs disponibles. Je ne pensais pas qu'on choisirait le même soir. Et qu'est-ce que ça change, qu'il ait été là ?

— Il y avait combien d'autres hommes dans la salle, d'après toi, qui auraient pu s'intéresser à moi ? Et moi, la folle, je vais crier sur scène que je préfère les petites jeunesses. Maudite épaisse…

— Je ne sais pas moi, peut-être que Denis s'intéresse à toi, mais que nous ne sommes pas au courant, suggéra Francis.

Mais personne ne fut d'humeur à rire de sa blague. Même pas Denis.

— Je ne pensais pas que tu avais à ce point un intérêt pour James, remarqua Marilou.

— Eh bien, moi non plus, dit Lucy. Maintenant, mes chances sont ruinées avec lui. Déjà que ça n'allait pas fort après l'histoire de Mathieu…

Les autres occupants gardèrent le silence jusqu'à ce qu'ils soient de retour chez eux. Francis fit descendre d'abord Marion et Denis. Il les remercia pour la belle soirée, il s'était tout de même bien amusé ! Marilou embrassa son amie et lui dit de ne pas s'en faire. Marion se sentait mal, elle aurait dû avertir Lucy de la présence possible de James, mais elle était si excitée qu'elle n'y avait pas pensé. Elle proposerait à Lucy de se racheter. Elle ne savait pas encore comment, mais elle trouverait bien une idée. Après tout, n'était-ce pas grâce à Lucy que ses problèmes avec Mathieu étaient réglés ?

— Est-ce que ça te tente de venir prendre un verre à la maison avant de retourner chez toi, maman ? suggéra Marilou.

— Non, merci. Je suis fatiguée. Mais il fait beau. Je crois que je vais marcher de chez toi jusque chez moi.

— Tu es sûre, maman ? On peut te déposer.

— Oui, je suis sûre. Je veux profiter un peu de la belle soirée. Et tout ce temps passé sur le banc de bois m'a donné mal au dos et aux fesses. J'ai le goût de me dégourdir un peu.

— Bonne idée! Si je n'avais pas les pieds aussi enflés, je t'accompagnerais.

Le trio se quitta sur le pas de la porte. Marcher fit du bien à Lucy. Cela lui permit de réfléchir au projet qu'elle avait entrepris au cours de la dernière année. Écrire une chronique de jeunesse. Quelle drôle d'idée elle avait eue! Et pourtant, son lectorat s'était agrandi, selon les dires de son patron. Elle repensa au commentaire de Frédéric Clément concernant la mort et les taxes. Pourquoi avait-elle si peur de vieillir? Elle ne pouvait y échapper, c'était vrai. Elle pensait pouvoir exercer un certain contrôle sur son vieillissement, mais encore là, elle avait peu de marge de manœuvre. Jean Airoldi lui avait dit qu'avoir l'air de son âge, ce n'est pas un crime. Il faut plutôt avoir l'air bien pour son âge. C'était ça l'important, être bien dans sa peau et avec soi-même. Prendre soin de sa personne et être satisfaite de son image. Elle se trouva bête d'avoir tant recherché le secret de la jeunesse au cours des dernières années. Elle était peut-être passée à côté de quelque chose d'extraordinaire, mais dans sa cupidité à vouloir toujours faire mieux et paraître telle qu'elle n'était pas, elle n'avait rien vu. Elle repensa à James. Elle n'était pas prête tout de suite à lui présenter ses excuses. Eh oui, elle était lâche. Une idée naquit dans sa tête. Peut-être avait-elle été manipulée par le prestidigitateur?

C'est comme ça que, quelques semaines plus tard, elle reçut la fameuse lettre de l'équipe de Frédéric Clément, qui stipulait qu'elle n'avait ni été hypnotisée ni été la cible d'un canular.

Elle était l'entière responsable de la situation. Elle aurait aimé montrer une lettre à James dans laquelle on lui confirmait qu'elle était sous l'emprise du mentaliste, à la limite saoule, quand elle avait clamé haut et fort qu'elle n'aimait pas les vieux. Maintenant, c'était à elle de jouer si elle voulait renouer avec «son vieux bonhomme».

Conseil n° 15

Pour rester jeune, rien de plus simple. Il suffit de miser sur l'électronique. Quel jeune ne se promène pas sans son iPad, iPhone, iPod, ou peu importe ce que c'est ? Achetez-vous l'un de ces appareils et tenez-le en tout temps au bout de votre bras, comme si votre vie en dépendait. Et surtout, misez sur la couleur lorsque vous choisirez les accessoires !

Lucy écrivit sa chronique sur sa toute nouvelle tablette. Son ordinateur avait rendu l'âme, et son patron lui avait fait cadeau d'un outil un peu plus technologique. C'était tout un pas pour elle. Lucy manquait d'entraînement, mais elle finirait bien par maîtriser l'écran tactile. C'était un problème réglé dans sa vie, mais elle en avait plusieurs autres. James ne lui avait pas donné signe de vie, elle non plus n'avait pas fait d'efforts en ce sens. Elle se sentait encore embarrassée par sa prestation lors du spectacle. Pour l'instant, une situation bien plus urgente méritait son attention. Son émission, diffusée à Canal Vie, serait bientôt en ondes. Pour l'occasion, la recherchiste de Jean Airoldi communiqua avec elle pour savoir s'il était possible qu'on la filme en direct lorsqu'elle visionnerait l'épisode auquel elle participait. C'était un tout nouveau concept, style téléréalité. L'idée plut modérément à Lucy, qui ne souhaitait pas nécessairement être devant la caméra pendant qu'elle se regarderait en direct. Mais avait-elle le choix ? On lui demanda aussi d'inviter quelques membres de sa famille à prendre part à l'événement. Elle convia donc son groupe habituel, soit Marilou, Francis, Marion et Denis. Sa fille fut très excitée à l'idée de rencontrer Jean Airoldi, mais Lucy mit fin à cette excitation en lui annonçant qu'il ne serait pas présent. Seule son équipe serait de la partie.

— Dommage, répondit Marilou, je lui aurais recommandé de commencer une collection de vêtements de maternité. Je n'en peux plus du linge qui semble sorti tout droit d'un magasin de grosses.

— Ne t'inquiète pas, tout cela sera bientôt derrière toi. J'ai hâte de lui voir la binette, à ce petit bébé-là! dit Lucy.

— Ça serait bien si j'avais accouché le jour de l'émission. Le bébé pourrait être en direct à la télévision. Ça nous ferait de belles images professionnelles.

Il ne restait que quelques semaines avant la date d'accouchement de Marilou et la future maman était de plus en plus impatiente. Tout était prêt pour la venue du bébé. Si tous les plans s'étaient déroulés comme prévu, Lucy aurait été au Nicaragua avec son groupe. Elle eut une pensée fugitive pour eux et remercia le ciel d'avoir annulé son voyage avant qu'il ne fût trop tard. Elle se serait mal vue dans la petite chaumière, coupée du monde «normal» et attendant avec impatience des nouvelles de sa fille enceinte. Quelle mouche l'avait piquée à l'époque? Elle avait grandement cheminé depuis quelques mois. Sa quête de jeunesse avait dévié vers quelque chose de plus sain, c'est-à-dire le rôle de grand-mère. À sa dernière visite chez Toys"R"Us, sans Marilou, bien entendu, elle s'était même équipée d'un parc et d'une chaise haute pour que sa fille n'ait pas à traîner tout son matériel lorsqu'elle viendrait lui rendre visite. Il ne manquait plus que le petit poupon pour combler son bonheur.

Quelques jours passèrent, et toujours aucun bébé à l'horizon. La future maman trouvait le temps long et visitait souvent sa mère. Elle espérait que la courte marche qui séparait leurs habitations lui ferait crever ses eaux. Mais toujours rien. Un matin, vers la fin de l'avant-midi, alors que Marilou se rendait chez sa mère, elle vit une tête blanche familière. Un homme se promenait près de chez Lucy et parut hésitant. Bien qu'elle ne le vît que brièvement, Marilou reconnut tout de suite James Roussel. Oserait-elle l'aborder ? Elle arriva près de lui, toujours hésitante. Il la regarda longuement et lui fit un sourire bienveillant.

— La fin semble proche, lui dit-il avec sollicitude.

Elle ne fut pas sûre qu'il la reconnaisse, mais décida quand même d'engager la conversation avec lui.

— Vous vous y connaissez en fin de grossesse ? demanda-t-elle gaiement.

— Bah! Disons que j'ai vu pas mal de femmes enceintes dans les dernières années : ma fille, ma bru, et ce, à plus d'une reprise. Je suis déjà grand-papa quatre fois, ajouta-t-il fièrement.

— Oh! C'est intéressant. Et êtes-vous du type grand-papa-gâteau?

— Oh oui! au grand dam de ma fille qui trouve que je gâte beaucoup trop mes petits-enfants. Mais je ne peux pas m'en empêcher. C'est un beau cadeau que nous fait la vie quand on nous offre la chance de connaître ces petites merveilles.

Il prit quelques minutes pour lui montrer des photos sur son téléphone. Il était assez à la mode comme grand-père. Marilou vit une photo de lui en camping avec les enfants, une autre au musée. Tous riaient aux éclats en compagnie de James.

— Mais je vous retiens, dit-il, vous alliez voir quelqu'un, je présume.

— Vous avez bien raison, mais vous ne me retardez pas du tout. En fait, je crois que vous devriez venir avec moi.

Elle lut la surprise dans son regard et en profita pour se présenter officiellement.

— Je suis Marilou, la fille de Lucy. Je suppose que si vous errez dans le quartier, c'est parce que vous cherchez une bonne excuse pour sonner chez elle.

— Je suis si prévisible ? C'est que je suis assez vieux jeu. Et je ne me suis pas montré très galant dans les dernières semaines, j'en ai bien peur.

— Ne vous inquiétez pas, je connais ma mère. Elle sera contente de vous voir. Allez, venez !

James lui emboîta le pas. Il avait trouvé l'adresse de Lucy sur Internet, mais il était ravi d'être tombé sur Marilou en chemin, car le numéro d'appartement de Lucy n'y figurait pas. Il espérait voir une indication quelconque une fois rendu devant l'immeuble. Ils gravirent les escaliers. Marilou semblait drôlement en forme pour une femme en fin de grossesse. Elle entra chez sa mère sans cogner. Lucy était installée à son bureau et travaillait sur sa chronique. Ce serait sa dernière. À compter du mois suivant, elle recommencerait uniquement à écrire l'horoscope.

— Salut, ma grande, dit Lucy sans se retourner.

Elle avait l'habitude que sa fille lui rende visite tous les jours presque à la même heure. Étrangement, cela concordait toujours avec l'heure du dîner. Lucy se faisait donc un plaisir de l'inviter à manger avec elle. Elles papotaient gaiement jusqu'à ce que l'heure de la sieste sonne pour la future maman. Parfois elle s'étendait sur le lit de sa mère, d'autres fois elle retournait chez elle se bercer avec joie dans la chambre du bébé, imaginant sa nouvelle vie avec le poupon.

— Salut, maman, je t'amène de la belle visite !

Lucy pensa que sa fille avait peut-être amené Denis, Marion ou même sa belle-mère, mais James ne figurait pas dans la liste des personnes qui traversa son esprit.

— James ! s'exclama-t-elle un peu trop fort à son goût – le salon n'était pas si grand quand même –, quelle surprise ! Mais entre, je t'en prie. Ne regarde pas mon ménage. Je le fais le jeudi, habituellement.

C'était inévitable. Chaque fois qu'elle le voyait, elle débitait des âneries. Cet homme lui faisait drôlement de l'effet. Elle invita James à s'asseoir au salon et lui offrit un café, qu'il accepta. Lucy entraîna Marilou avec elle dans la cuisine pour la questionner pendant que James s'installait près de la grande fenêtre. Dès que les deux femmes disparurent, il se leva et fit le tour du salon. Son regard s'attarda sur les papiers de Lucy qui traînaient sur sa table de travail. Il vit l'emblème du spectacle de Frédéric Clément et, curieux, lui qui en général ne fouinait jamais dans les affaires des autres, il prit la lettre et en lut le contenu. Pendant ce temps, à la cuisine, Lucy « cuisinait » sa fille.

— Où l'as-tu trouvé ? chuchota-t-elle en mesurant la dose de café à mettre dans la cafetière.

— Il poireautait devant la maison. Je l'ai tout de suite reconnu. Pourquoi dis-tu qu'il est vieux ? Moi, je le qualifierais de charmant, et même de sympathique ! En plus, il a ton âge…

— Oui, je sais bien. Et beau aussi, non ? dit-elle, d'un ton qu'elle voulait détaché.

Marilou ne dit rien, mais sourit à sa mère. Le trouble de cette dernière était agréable à voir. Enfin, elle s'intéressait à quelqu'un de son âge. La jeune femme avait hâte de raconter l'histoire à son mari le soir même.

— Je vais aller jaser un peu avec lui pendant que tu finis le café, dit Marilou. Prends ton temps !

— D'accord, occupe-le quelques minutes pendant que je me rafraîchis dans la salle de bain. Est-ce que je devrais me changer aussi ?

— Bien non, il t'a déjà vue. Pas besoin de sortir ton maquillage des grandes occasions. Et tu es très bien comme tu es. Si tu finis par sortir avec lui, aussi bien qu'il te voie au naturel, pour qu'il sache à quoi s'attendre, dit-elle en lui faisant un clin d'œil.

Pour une fois, Lucy fut d'accord avec sa fille. Cet excès de coquetterie était inutile. Après tout, il l'avait déjà vue dans son état «naturel». Elle décida de ne pas se changer, mais courut tout de même se mettre une petite touche de parfum. Quand elle revint au salon avec du café et des croissants, Marilou et James discutaient des programmes universitaires qui intéressaient la jeune femme. Elle souhaitait se réinscrire prochainement pour perfectionner son métier de bibliothécaire et ne savait pas trop dans quelle branche se diriger. Il prit le temps de tout lui expliquer en détail, mordant du même coup dans un petit croissant. La conversation allait bon train, mais Lucy commençait à avoir hâte que Marilou les laisse s'entretenir des vraies choses, à savoir quelle était la raison de ce silence prolongé. Remarquant l'impatience de sa mère, Marilou s'excusa finalement auprès de James et, prétextant une course très urgente à faire, s'éclipsa après avoir fait un clin d'œil très peu discret à sa mère. Après son départ, le silence tomba dans le salon. Lucy eut l'envie fugitive de passer la tête par la fenêtre pour appeler sa fille afin qu'elle revienne entretenir la conversation, mais elle changea d'idée lorsque James lui sourit gentiment. Il s'éclaircit la gorge, signe qu'il s'apprêtait à relancer la discussion.

— Elle est très gentille, ta fille.

— Marilou?

Comme si elle avait plus d'une fille…

— Oui, Marilou. Quel âge a-t-elle?

— Hum, vingt-sept ans ou vingt-huit? Attends, elle est née en 1985. Ah… elle va avoir vingt-neuf ans. Wow, le temps passe vite! s'exclama-t-elle.

James rit de bon cœur. Il la questionna sur sa vie en général et s'informa de ses projets. Lucy lui parla de sa chronique. Il démontra de l'intérêt pour son projet qu'il trouva très original. Il salua même son idée de s'être inscrite à l'université. Cela leur avait permis de se rencontrer.

— Justement, à ce sujet, je te dois quelques explications, annonça-t-il en déposant sa tasse de café.

Lucy déposa la sienne aussi, s'attendant au pire. Elle avait trouvé cette période de silence très pénible, mais pensait aussi avoir sa part de responsabilité dans l'affaire. Ce qu'il avait à dire sur le sujet l'intriguait.

— La dernière fois que nous nous sommes parlé, je t'ai dit que tout était réglé avec Mathieu. Eh bien, ce n'était pas tout à fait vrai. J'ai découvert que ton amie Marion n'était pas sa seule cible. J'ai dû passer devant le comité d'éthique de l'université, car différentes histoires sont parvenues aux oreilles du responsable du conseil de module. Je t'épargne les détails, mais une commission disciplinaire a été mise sur pied et j'ai dû y témoigner.

— Ah! Et tu as témoigné contre Mathieu?…

— Non, j'ai témoigné en sa faveur. C'est ça qui m'embêtait. Mathieu est mon ami depuis plusieurs années. Je ne peux pas dire que je suis d'accord avec ses agissements, au contraire, et j'ai pesé le pour et le contre avant de témoigner, mais l'amitié prime avant tout. Étant donné que tu es très proche de Marion et qu'elle est une victime dans l'histoire, je me sentais pris entre l'arbre et l'écorce. D'un côté, je souhaitais être avec toi, mais de l'autre, je voulais aider un ami.

— Pourquoi ne m'en as-tu pas parlé? Je suis une adulte, je peux comprendre. La façon dont tu me l'expliques est très claire et compréhensible.

— Eh bien… c'est que j'étais un peu fâché contre toi, avoua-t-il. Après ta prestation au spectacle de Frédéric Clément, quand tu as dit que tu n'aimais pas les vieux… Je me suis senti piqué par ta réplique.

— Mais je ne savais même pas que tu étais dans la salle, se défendit Lucy.

— Ah non? Pourtant, ton amie m'a vu acheter les billets. J'étais sûr qu'elle t'avait mise au courant, dit-il, surpris.

— Et ce que j'ai dit n'était même pas vrai, en plus, avoua Lucy. J'étais gênée et sous pression. Si tu savais à quel point c'est stressant de se trouver sur scène de la sorte.

— Oh que oui, je le sais! Quand j'étais jeune, je suis allé assister à un spectacle de Michel Louvain et il m'a invité à monter sur scène. Bon, je t'épargne les détails du pourquoi du comment, mais je me suis retrouvé à chanter une chanson à tue-tête dans le micro de Michel Louvain, moi qui chante comme un pied.

J'ai bien reçu quelques applaudissements de courtoisie, mais je sais que j'ai été épouvantable. Pourquoi j'ai chanté ce jour-là ? Je me le demande encore. La pression, comme tu dis.

Lucy le trouva très conciliant et rit même de son histoire.

— Mais ne t'inquiète pas pour cette histoire de Frédéric Clément. Il y avait au moins une chose vraie ce soir-là, annonça-t-il.

— Ah oui ? Laquelle.

— C'est vrai qu'il y avait un homme dans la salle qui s'intéressait à toi, dit-il en souriant.

Lucy lui sourit à son tour, son cœur battit la chamade, comme lorsqu'elle avait rencontré le père de Marilou trente-cinq ans plus tôt.

— Mais pour en finir avec l'histoire de Mathieu, continua James en interrompant le papillonnement dans son ventre, la commission a délibéré cette semaine. Le jugement final a été porté en sa faveur. Tant mieux pour lui. Mais le recteur l'a obligé à démissionner. Il lui offre une lettre de recommandation et va même parler au recteur d'une autre université qu'il connaît bien afin que ce dernier engage Mathieu. Il s'en sort bien malgré tout, grâce à moi.

— Donc, Mathieu va déménager ?

— Oui, et il m'a promis de ne plus communiquer avec les femmes qui ont porté plainte contre lui. Il va rester avec son épouse et commencer une nouvelle vie ailleurs. Il m'a aussi promis d'entreprendre une thérapie pour régler son « problème ».

— Mais je ne comprends toujours pas pourquoi tu ne voulais plus me parler, enchaîna Lucy.

— Toute cette histoire m'a mis mal à l'aise, comme je t'ai expliqué. Je me sens hypocrite à l'idée de côtoyer ton amie Marion, qui semble souvent en ta compagnie, après avoir âprement défendu Mathieu.

— Oui, je comprends. Et qu'est-ce qui t'a fait changer d'avis ?

— J'ai réalisé que la vie est trop courte pour passer à côté des opportunités qui nous sont offertes sur un plateau d'argent. Et… Marion m'a appelé. Cette fille n'a pas la langue dans sa poche.

— Quoi ? Bon, elle s'est encore occupée de ce qui ne la regarde pas – mais intérieurement, elle remercia la jeune femme de ne jamais se mêler de ses affaires. Que t'a-t-elle dit exactement ?

— Elle a tout de suite compris mon malaise. Mais elle a insisté pour que je continue à te voir. Elle respecte mon amitié avec Mathieu et croit que je ne devrais pas avoir à faire des choix qui me brisent le cœur à cause de ce « trou de cul ». Je tiens à dire que je cite là ses paroles.

— Elle est convaincante, hein !

Lucy s'esclaffa. Cette Marion, elle avait le tour ! Leur amitié était vraiment faite de donnant-donnant.

— Je suis contente que tu sois honnête avec moi, avoua Lucy. Je trouvais dommage de ne plus te parler. Je te trouve très sympathique et je dois avouer que tu me plais… pour un vieux, ajouta-t-elle à la blague.

Il rit et enchaîna.

— J'ai vu la lettre que tu as reçue de la responsable du marketing du spectacle de Frédéric Clément. C'est quoi, cette histoire d'hypnose ?

— Ah ! Eh bien, je ne pouvais pas croire que j'étais la seule responsable de mes agissements sur la scène. Je me suis dit que j'avais peut-être été hypnotisée avant d'y monter. Ou quelque chose du genre. Au fond, je cherchais une bonne raison d'aller te voir et de te prouver que je n'étais pas moi-même quand j'ai dit que j'aimais les jeunes plus que les vieux. Mais il semble que je doive prendre l'entière responsabilité de mes actes…

— Ah, ne t'inquiète pas pour ça. Comme je t'ai dit, j'ai été un peu insulté au départ, mais ma fille qui était avec moi m'a rappelé mon histoire du spectacle de Michel Louvain. Cela m'a permis de remettre mes pensées en perspective. D'ailleurs, elle a trouvé que tu avais l'air très sympathique et très bien mise… pour ton âge, déclara-t-il d'un air moqueur.

Lucy rit de bon cœur. Cette remarque sur son âge ne l'offusqua aucunement, ce qui l'étonna encore plus.

— Parlant d'honnêteté, je crois qu'il vaut mieux mettre cartes sur table pendant que la situation s'y prête, continua James.

— Quoi? Ne me dis pas que tu m'as fait réussir mon cours par pure charité. Parce que là, je ne suis pas sûre de pouvoir encaisser la nouvelle.

— Non, non, aucun rapport. Tu as réussi ton cours haut la main. Non, je voulais te parler du voyage en République dominicaine.

— Ah oui, quel hasard, n'est-ce pas?

— En fait, il ne s'agissait pas d'un hasard, confia James. Je savais que tu allais à cet endroit et… je t'ai suivie.

— … je suis sans voix, dit Lucy. Pourquoi?

— Eh bien, je voulais trouver une occasion de te rencontrer dans un milieu plus neutre.

— Et le bar du coin n'était pas assez neutre à ton goût? Il a fallu que tu te tapes cinq heures d'avion pour dénicher un endroit qui convenait…

— Non, j'avais aussi besoin de vacances. J'ai décidé de joindre l'utile à l'agréable. Je savais aussi que Mathieu et sa famille y allaient, donc j'en ai profité. Au moins, je n'étais pas seul pour toute la durée du voyage. Mon plan initial était de t'aborder sur la plage dans les premières journées. Mais, je me suis dégonflé quand je t'ai vue la première fois. Tu étais bien entourée et je ne voulais pas te déranger. Les journées ont passé rapidement et je ne me décidais toujours pas à t'interpeller. Finalement, j'ai pris mon courage à deux mains et je t'ai rencontrée «inopinément» au restaurant. Ça a été une très belle soirée et tu connais la suite de l'histoire.

— Oui, d'ailleurs, je me demande pourquoi elle est si compliquée, rajouta Lucy.

James sourit, mais ne répondit pas. Il était content d'avoir mis les choses au clair avec Lucy. Elle lui plaisait bien et il avait hâte d'apprendre à la connaître davantage.

— Comme toutes nos rencontres ont eu un caractère imprévisible jusqu'à maintenant, je te propose un rendez-vous en bonne et due forme. Qu'en penses-tu?

Lucy accepta l'invitation avec grand plaisir. Ils convinrent de se rencontrer la semaine suivante, après le tournage de l'émission relativement à la diffusion de sa métamorphose. Elle expliqua le concept à James, qui jura de l'écouter chez lui. Lucy hésita un instant, elle eut envie d'inviter James à participer au direct qui aurait lieu chez elle, mais elle décida en fin de compte qu'ils ne se connaissaient pas encore assez. Comme il avait pris une charge de cours à l'université pour la session d'été, il serait passablement occupé dans les semaines à venir, mais il lui promit qu'il aurait du temps à lui consacrer et qu'aucun problème ne viendrait s'immiscer entre eux. Avant de la quitter, il l'embrassa tendrement sur les deux joues. Lucy se sentit littéralement retomber en adolescence.

Comme l'appartement de Lucy n'était pas très beau ni très moderne, l'équipe technique venue faire du repérage avant le tournage de l'émission décréta qu'il fallait trouver un lieu plus «actuel» pour accueillir les caméramans. Après tout, il s'agissait d'une émission de mode, il fallait rester dans le thème. Le logement de Lucy, un peu démodé et ne faisant pas l'affaire puisqu'il nécessitait une bonne couche de peinture, il fut décidé que l'équipe de Jean Airoldi filmerait les mimiques de surprise de Lucy chez sa fille. En effet, la maison de Francis et de Marilou répondait davantage aux besoins de l'émission. Lucy proposa ironiquement à l'équipe technique de faire un *relooking* de son appartement, mais ses membres refusèrent, bien entendu. Ils avaient trouvé l'endroit qui convenait, plus question de changer. Marilou et Francis acceptèrent de bon cœur d'accueillir toute l'équipe, mais Lucy négocia la prise en charge des services d'une femme de ménage en retour. Pas question que sa fille enceinte jusqu'au cou fasse le ménage après le passage de tous ces gens. La responsable du marketing accepta sa demande et décida même de fournir un buffet pour l'occasion. Des maquilleuses et des coiffeuses seraient aussi sur place pour ceux qui souhaitaient en bénéficier. Il fut aussi prévu qu'une petite entrevue soit faite avec la famille de la participante. Marion, qui bien sûr faisait partie du lot, se montra très enthousiaste à l'idée de passer à la télévision, maquillée et peignée par une professionnelle en plus.

Denis fut un peu plus difficile à convaincre. Encore une fois, il se remettait d'une relation assez éphémère. Son idylle avec sa psychologue était déjà terminée. Il s'avéra que cette dernière n'exerçait pas ce métier pour rien. Elle-même aurait eu besoin d'une bonne thérapie. Il accepta d'être présent lors du tournage, mais préféra rester hors du champ des caméras. Francis sauta lui aussi sur cette idée, il ne tenait pas particulièrement à se trouver en direct sur les ondes de Canal Vie. Mais Lucy lui refusa ce passe-droit. Il fallait au moins qu'il y ait un homme avec eux, quand même. D'ailleurs, Marilou rétorqua à son mari qu'il n'avait pas le choix de se tenir à ses côtés. Elle ne voulait pas que les gens la voient enceinte à la télé et pensent qu'elle attendait un enfant « avec pas de mari ! ». N'ayant d'autre choix que de se plier à la volonté de sa femme et de sa belle-mère, il accepta de bon gré. Mais il refusa qu'on le maquille ou qu'on le peigne pour l'occasion. Ce qui arriva tout de même, malgré sa ferme opposition. *Au moins*, se dit-il alors que Denis riait de lui pendant qu'on lui appliquait du fond de teint, *la maquilleuse est jolie et je peux regarder dans son décolleté !*

Malheureusement, sa femme avait tout vu et un bref regard d'avertissement lui fit vite tourner les yeux.

Il y avait tout un chantier dans la maison de Marilou et de Francis. Les caméras, les fils et les différents types d'éclairage occupaient le salon entier. Quelques curieux tentaient de voir ce qu'il se passait à partir de la rue, mais un gros bonhomme qui portait un chandail noir sur lequel on pouvait lire le mot «Sécurité» les repoussa du regard. Lucy se demanda pourquoi ils avaient autant besoin de sécurité, elle n'était tout de même pas si populaire. Lorsqu'elle les questionna, les gens autour d'elle se montrèrent très évasifs. On la maquilla et on la peigna, ce qui la ramena quelques mois en arrière, alors que, pendant une semaine complète, ce type de plateau de tournage consti- tuait son quotidien. Elle jeta un regard à sa fille qui discutait avec la responsable du marketing. Elle était très jolie dans sa petite robe de maternité, et le maquillage appliqué par une professionnelle la mettait grandement en valeur. Marilou gesti- culait littéralement devant son interlocutrice, comme lorsqu'elle s'enflammait à propos d'un sujet qui lui tenait à cœur. Elle tentait sans doute de convaincre la dame d'investir dans la fabri- cation d'une collection de vêtements de maternité. Voyant sa fille tirer des deux mains sur un pan de son linge pour montrer le manque de qualité du tissu, sans doute, Lucy comprit qu'elle ne se trompait pas. Ce qui la surprit, par contre, ce fut la responsable qui écouta ses commentaires d'une oreille attentive et qui prit même des notes. Elle paraissait très enthousiasmée par les propos de Marilou. Peut-être que sa fille trouverait sa voie dans le monde de la mode pour femme enceinte ? Pourtant,

Marion semblait la plus experte des deux quand venait le temps de choisir les vêtements appropriés. Cette dernière, fidèle à ses habitudes, faisait déjà des yeux doux au caméraman qui tentait de lui expliquer comment fonctionneraient les différentes prises de vue. Marion, peu attentive, essayait de le convaincre de la filmer plus que les autres. Peut-être qu'une carrière devant les caméras serait une option envisageable pour elle ?

Quand tout le monde fut prêt, une dame, qu'ils ne connaissaient pas, mais qui se présenta comme la productrice, vint leur décrire le concept de l'émission. Celui-ci était assez simple. Lucy regarderait l'émission en compagnie de sa famille. Pendant qu'ils visionneraient l'épisode, l'équipe présente dans le salon filmerait ses réactions qui seraient montrées, en partie, dans le coin droit de la télévision. Donc, les spectateurs la verraient en direct tout au long de l'épisode. Lucy et sa famille n'avaient qu'à agir comme s'ils étaient seuls dans le salon. Chose assez difficile, puisque des fils striaient le plancher et qu'il y avait un caméraman au pouce carré, mais personne n'en fit la remarque. Une fois le tournage terminé, il y aurait un bref entretien avec tous les participants. Ils devraient répondre à la question : « Qu'avez-vous pensé de l'émission ? » en deux minutes maximum.

— Est-ce que tout est clair ? demanda la productrice.

Marilou leva la main, comme si elle était à la petite école. La dame lui donna le droit de parole.

— Je ne vois qu'un seul hic, dit-elle. Nous ne sommes pas abonnés à Canal Vie. Comment allons-nous capter l'émission ?

— Quoi ? s'écria la dame dont ils ne connaissaient toujours pas le nom.

Elle se tourna vers son équipe et lança un regard qui aurait pétrifié une statue de pierre.

— Comment se fait-il que personne n'ait pensé à vérifier ce détail avant le jour J ? cria-t-elle.

Chacun regarda le plancher d'un air coupable. Ce détail était tout de même crucial.

— Appelez le régisseur, cria encore la femme. Il nous faut trouver une solution au plus sacrant. L'émission sera en direct dans moins de dix minutes.

Marilou se sentit un peu bête de ne pas y avoir pensé avant. Sa mère la rassura du regard. Elle avait été assez gentille de prêter sa maison, elle ne devait pas se soucier des détails en plus. La dame vociféra dans son cellulaire jusqu'à ce que Francis l'interrompe.

— Tout est sous contrôle. J'ai changé mes postes avec Vidéotron à partir d'Internet. Nous avons maintenant Canal Vie. En haute définition, en plus !

La productrice l'observa comme s'il était un héros, lança quelques remarques déplaisantes à ses équipiers qui n'avaient même pas réfléchi à cette solution, et entreprit de placer tous les participants à des endroits stratégiques dans le salon. À la dernière minute, Denis, qui flirtait ouvertement avec la maquilleuse, fut tiré lui aussi dans le salon. Il manquait d'hommes dans le cadre. Sa présence équilibrerait le tout.

— Ha! Ha! dit Francis. Tu vas être pris à regarder Canal Vie avec moi, railla-t-il.

— Au moins, moi je ne serai pas pogné avec le poste pour le mois à venir. C'est sûr que Marilou va se brancher là-dessus. Tu vas revenir du travail et qu'est-ce qui va jouer à la télé? Canal Vie et ses drôles d'émissions pas du tout réservées aux hommes.

— Ce n'est pas si pire. Il y a aussi des émissions de rénovation qui pourraient me plaire.

— Comment tu sais tout ça, toi? Tu regardes ce poste en cachette?

— Chut! dit la productrice.

— Mais je croyais que nous devions agir naturellement, répondit Denis, mécontent d'être traîné devant les caméras contre son gré.

Il se tut devant le regard froid de la productrice.

— Bon, tout le monde est en place, annonça-t-elle.

Ils manquaient clairement tous de naturel, entassés sur le sofa, mais il ne restait plus beaucoup de temps avant le début de l'émission. Une voix masculine, reconnaissable entre toutes, se fit entendre dans le vestibule. Jean Airoldi fit son entrée dans le salon, sous le regard médusé de Marilou et de Marion.

— Qui est-ce? chuchota Denis à Francis.

— Aucune idée, répondit celui-ci. Mais les filles ont l'air de le connaître.

En effet, elles bavaient presque sur le plancher.

— Bonjour tout le monde, dit Jean Airoldi. Bonjour ma belle Lucy. Tu ne pensais tout de même pas que je manquerais ça!

Il l'embrassa chaleureusement sur les deux joues et fit la tournée des invités présents dans le salon. Les filles sautèrent sur leurs pieds pour répondre à ses baisers, au grand dam de la productrice, qui venait de terminer de placer toutes les personnes dans un ordre qu'elle jugeait enfin adéquat. Francis et Denis, eux, lui serrèrent la main, se demandant encore de qui il pouvait bien s'agir.

— Peut-être que si je m'abonnais à Canal Vie, j'en saurais un peu plus, ajouta Denis.

Francis rit, mais son regard fut attiré par Marilou qui se dandinait drôlement sur place. Cette dernière glissa à l'oreille de Marion : «Je suis tellement excitée par l'arrivée de Jean Airoldi que je crois que j'en ai fait pipi dans mes culottes.» En effet, l'entrejambe de la jeune femme était tout mouillé. Impossible de ne pas le remarquer.

— Euh, je crois plutôt, Marilou, que tu as crevé tes eaux, annonça Marion.

Il était vrai que la future maman était très humectée pour un petit pipi.

— Oh mon Dieu, Francis, je pense que je viens de crever mes eaux ! Vite, il faut aller à l'hôpital.

Et ce fut le branle-bas de combat dans le salon. La maquilleuse s'empressa de chercher des serviettes pour essuyer le sol. Marion, Denis, Lucy et Francis se tenaient près de Marilou, alors que la productrice leur criait de reprendre leur place. L'émission commencerait dans moins de deux minutes. Jean Airoldi, lui, se tenait en plein milieu du salon, décontenancé, ses pieds vêtus d'impeccables chaussures trempant dans le liquide amniotique. Il conserva tout de même son sourire. *Qu'il est sympathique !* se dit Lucy pendant un bref moment.

— D'accord, dit Lucy, tout le monde se calme. Il n'arrivera pas dans la minute, ce bébé.

— Vous avez raison, répliqua la productrice. Tout le monde reprend sa place !

— Pas question, répondit Lucy. Si ma famille n'est pas là, je ne veux pas faire l'émission.

Il ne restait plus beaucoup de temps pour discuter. Marilou et Francis avaient disparu à l'étage en compagnie de Marion. Cette dernière aidait la future maman à se changer pendant que Francis tentait de terminer les valises. Il ne restait que Lucy, Denis et Jean Airoldi, toujours au milieu du salon, attendant sans doute que quelqu'un propose d'essuyer ses chaussures. Il fut finalement décidé en hâte que l'on filmerait une seule prise de vue et que celle-ci serait présentée pendant le générique final de l'émission. Dans le cadre, on verrait seulement Lucy et Jean Airoldi qui regarderaient l'épisode ensemble. L'idée plut à Lucy. La prise de vue fut réalisée rapidement. Il y eut des « Oh ! » et des « Ah ! », et même quelques larmes de la part de Lucy, qui n'en revenait pas encore de voir à quoi elle avait ressemblé pendant toutes ces années. Encore une fois, elle fut très satisfaite d'avoir participé à l'émission. Elle eut une pensée fugitive pour Christian et espéra que sa sœur Évelyne avait fait les démarches appropriées pour lui venir en aide. Ensuite, l'accouchement imminent de sa fille revint au grand galop dans son esprit. Un autre dossier à gérer. Jean Airoldi l'embrassa, lui souhaita bonne chance, et toute l'équipe s'occupa ensuite de ranger la maison et le matériel. Il avait fallu plusieurs heures pour tout installer, tout cela pour à peine quelques secondes télévisuelles. Lucy soupira. En plus, la journée était loin d'être finie !

Conseil n° 16

Après une teinture, une nouvelle garde-robe, un maquillage parfait et des jambes rafraîchies (conseil n° 12), vous êtes satisfaite de votre image? Tant mieux, mais n'oubliez pas vos dents. Celles-ci ne mentent jamais. Vous êtes fumeuse? Achetez un traitement blanchissant pour les dents. Vous avez un dentier? Faites-en faire l'entretien. Votre image sera enfin parfaite!

Une fois que toute l'équipe eut plié bagage, Lucy s'occupa de fermer la maison. La future maman était déjà à l'hôpital, en compagnie de Marion et de Francis. Les deux comparses arriveraient-ils à s'endurer dans la petite chambre? Lucy en douta, mais elle espéra qu'ils feraient fi de leurs disputes habituelles pour aider Marilou à traverser cette période difficile. Elle-même hésita. Quelle conduite adopter? Serait-elle de trop à l'accouchement ou était-il préférable qu'elle attende les nouvelles chez elle. Pendant sa courte période de réflexion, elle vit Denis surgir de la cour.

— Que faisais-tu là? demanda-t-elle.

— Je cherchais la maquilleuse. Elle m'a dit qu'elle me rencontrerait dans la cour, après le tournage.

— Pourquoi?

Il ne dit rien, mais la réponse était évidente.

— Elle n'est pas venue ? s'enquit Lucy.

— Elle a oublié, je pense. Ou elle a dû partir précipitamment. Je n'en sais rien. Je suis stupide, hein !

— Un peu, tu te fais des illusions rapidement, à mon avis, dit Lucy.

— On dirait que je veux tellement rencontrer quelqu'un que je me jette la tête la première sur toutes les occasions qui se présentent.

— Tu as raison. Prends ton temps, la bonne personne se manifestera, j'en suis certaine.

Le téléphone de Lucy sonna, interrompant leur conversation. Elle fit signe à Denis d'attendre et prit la communication, espérant qu'elle aurait des nouvelles de sa fille. Une voix inconnue la salua.

— Bonjour, madame Tremblay ?

Impossible que ce soit la police, cette fois, qui appelle au sujet de sa fille.

— Oui, c'est bien moi. À qui ai-je l'honneur ?

— Ah, madame Tremblay ! Je suis content de vous joindre. Je suis Martin Giasson, notaire. Je vous appelle au sujet du testament de M. Gérard Guerlin.

— Pardon ? Son testament ?

— Tout d'abord, toutes mes condoléances, madame Tremblay. Ce doit être une perte affreuse pour vous.

— Quoi ? s'exclama Lucy. C'est une blague ? Gérard ne peut pas être mort, il est à peine âgé de soixante-cinq ans. Et il est en pleine forme.

— Oh, je suis désolé. Je pensais que vous étiez au courant de son décès. Après tout, vous êtes sa seule bénéficiaire.

— Un instant. Peut-on recommencer depuis le début, je ne suis pas certaine de bien vous suivre ? dit Lucy, prise de court par les événements.

— Bien sûr, renchérit Me Giasson. Cela doit être un choc pour vous. Nous pouvons en discuter en personne si vous préférez. Voulez-vous passer à mon bureau ?

— Eh bien, c'est que ma fille est en train d'accoucher. Vous me prenez un peu au dépourvu…

— Comme il vous plaira, madame Tremblay. Je suis à votre entière disposition dans les prochains jours. Je vous laisse mon numéro. Appelez-moi quand vous serez prête.

Il lui donna ses coordonnées et fit un dernier commentaire avant de raccrocher.

— Encore une fois, toutes mes condoléances et félicitations pour votre petit-fils ou votre petite-fille. J'espère que mon annonce ne viendra pas ternir toute votre joie.

— Merci, maître Giasson. Je communique avec vous dans les plus brefs délais.

— Que se passe-t-il? demanda Denis dès qu'elle raccrocha.

Il s'était éloigné quand il avait compris que la conversation ne le concernait pas.

— Il est arrivé quelque chose à Gérard?

— Euh, en effet. Il est mort.

— Comment ça, mort? Il était encore jeune, non?

— J'ai dit exactement la même chose au notaire. C'est étrange. Il paraît que je suis sa principale bénéficiaire. Pourtant, nous sommes séparés depuis trois ans.

— Mais vous n'avez pas divorcé…

— C'est vrai. Le processus s'éternisait. Il me semble avoir signé quelques papiers, mais je n'ai jamais reçu de papiers officiels. Connaissant Gérard, les documents traînent sûrement encore sur son bureau, à la maison. Pauvre Gérard, ajouta-t-elle. C'est toute une surprise, cette annonce.

— Et que t'a dit le notaire de plus?

— Pas grand-chose. Je lui ai dit que Marilou accouchait et il m'a demandé de communiquer avec lui dans les plus brefs délais. Je suppose qu'il veut régler la succession.

— Va le voir maintenant s'il est disponible. Tu en sauras un peu plus. Ça m'intrigue tout ça.

— Maintenant? Mais Marilou est en train d'accoucher…

— Et puis? Ce n'est pas comme si tu étais dans la chambre avec elle en train de lui tenir la main. Ça va prendre quoi? Une grosse heure maximum chez le notaire! Appelle Marion, demande-lui des nouvelles et tu aviseras après, la conseilla Denis.

— OK, je vais faire ça. Wow, te rends-tu compte, Denis, je suis veuve une deuxième fois? Ça commence à avoir l'air louche, mon affaire. Survivre à deux maris…

Elle tenta de blaguer, mais le cœur n'y était pas vraiment. *Pauvre Gérard*, se dit-elle encore. Et elle se mit à pleurer sur les marches de la maison de sa fille.

Ce fut Denis qui s'occupa d'appeler Marion, puisque Lucy reniflait sans cesse et que cela aurait paru suspect aux yeux de sa fille. La nouvelle veuve ne souhaitait pas affoler sa fille avec l'annonce qu'on venait de lui faire pendant qu'elle souffrait le martyre. Les nouvelles étaient bonnes, mais le travail avançait lentement. Marilou suivait la courbe normale de progression pour un premier accouchement. Lucy se dit que, si sa fille tenait d'elle, Marilou en aurait pour au moins trente heures avant de tenir son joli poupon dans ses bras. Lucy et Denis décidèrent donc qu'ils avaient amplement de temps devant eux pour faire un tour chez le notaire. En effet, Lucy avait demandé à Denis de l'accompagner. Elle avait besoin de soutien moral. De plus, en pareilles situations, il lui arrivait parfois de ne pas comprendre tout le jargon du métier. Elle contacta le bureau du notaire, et la secrétaire lui offrit un rendez-vous sur-le-champ. Ils prirent le véhicule de Denis, Lucy étant trop ébranlée pour conduire.

Le cabinet du notaire était moderne et élégant. On fit passer les deux arrivants directement dans le bureau de Me Giasson. Lucy s'attendit à voir un homme dans la quarantaine ou même dans la cinquantaine, mais Martin Giasson n'était âgé que de trente ans environ. Après s'être présenté et après avoir offert encore une fois ses condoléances et félicité la future grand-maman, il expliqua à ses clients qu'il avait hérité de la clientèle de son paternel, feu Martin Giasson senior, notaire de profession. Ils discutèrent quelques minutes avant que Martin Giasson sorte un volumineux dossier de son classeur. Lucy put lire dessus : testament. Sur une étiquette, elle vit le nom de Gérard Guerlin. Les larmes lui montèrent à nouveau aux yeux. Visiblement, Gérard ne s'était pas remarié – ça, Lucy le savait, puisqu'ils n'avaient jamais divorcé – et son testament, à ce qu'il paraissait, n'avait pas été mis à jour depuis au moins six ans. Elle était donc l'unique bénéficiaire, étant donné que Gérard n'avait aucun enfant et peu ou pas de famille. Le notaire demanda à Lucy si elle-même avait révisé son testament récemment. Elle répondit que non et que, en plus, elle n'en avait même pas. Martin Giasson la sermonna et l'obligea pratiquement à prendre rendez-vous avec lui pour mettre ses papiers en ordre. «Après tout, lui dit-il, vous ne souhaitez pas laisser votre fille et son bébé dans le besoin, n'est-ce pas ? » Cette remarque mit Lucy très mal à l'aise et elle se promit de prendre rendez-vous sans tarder.

— Bon, enchaîna le jeune homme, vous n'avez pas toute la journée. Allons-y avec les modalités. C'est assez simple, en fait. Tout vous revient.

— Tout ?

— Oui, tout. La maison, les voitures, l'argent qu'il avait dans son compte en banque, ses placements… Même son chat. Si vous en voulez, bien entendu. Pour l'instant, c'est la voisine qui s'en occupe.

Lucy n'aimait pas particulièrement ce chat, mais elle était prête à l'accepter avec le lot.

— Mais, dit-elle, Gérard n'avait pas de blonde ? De petite amie à qui il aurait pu tout laisser ?

— Hum, je n'en sais rien. Je ne lui ai même jamais parlé, c'était un client de mon père. Personne ne s'est manifesté encore. D'ailleurs, avez-vous pensé aux funérailles ? Ah, excusez-moi, je suis bête. Comment auriez-vous pu y songer, alors que vous ne saviez même pas qu'il était mort il y a une heure ?

— Les funérailles. Gérard n'a donc personne qui puisse s'en occuper ? Je vais le faire s'il le faut, bien entendu, mais nous étions pratiquement divorcés…

— J'ai un numéro d'urgence associé au dossier. Je vais tenter de communiquer avec les personnes concernées et je vous ferai signe. En attendant, l'assurance-vie couvre les frais d'enterrement et encore plus…

— Oui, c'est bien vrai. Je me chargerai des arrangements.

— Et il y a aussi la pension des veuves à laquelle vous avez droit. Et je dois dire que M. Guerlin avait une très bonne assurance-vie. Le tout se chiffre à près du demi-million.

Lucy faillit tomber en bas de sa chaise. Un demi-million! Elle qui vivait dans un modeste logement depuis plus de trois ans et qui combattait presque la pauvreté. Voilà qui était une belle aubaine. Elle remercia mentalement Gérard de ne pas avoir changé son testament. Grâce à cet argent, elle pourrait se payer une retraite bien méritée et profiter de son temps libre avec son petit-enfant. Toutes ces informations lui donnaient l'impression que sa tête allait exploser. Elle sortit de chez le notaire en compagnie de Denis, qui n'avait pas dit un mot de toute la rencontre. Lui-même était un peu sous le choc.

— On va prendre un verre? proposa-t-il.

— Oh, oui, j'en ai bien besoin. Pauvre Gérard, dit-elle pour la dixième fois, si ce n'était pas plus. Le moins qu'on puisse faire est de lui préparer des funérailles plus que décentes. Qu'en penses-tu?

— Tu as bien raison. Je ferai le nécessaire avec toi, si tu veux.

— Merci. Pour l'instant, appelons Marion pour voir ce qu'il en est avec Marilou.

Pour la deuxième fois de la journée, Denis téléphona à sa fille. Le travail progressait plus rapidement que prévu, finalement. Marilou souffrait moins depuis qu'on lui avait administré une péridurale. Elle se reposait, car le médecin prévoyait qu'elle se mettrait à pousser d'ici une heure ou deux.

— Je m'apprêtais à quitter l'hôpital, justement, annonça Marion. Je préfère les laisser en famille pour la suite des choses. Où êtes-vous ?

— Nous allons à notre bar habituel, dit Denis. Viens donc nous rejoindre, on a toute une histoire à te raconter.

— OK, j'arrive.

Ils atteignirent le bar à peu près en même temps. Lucy et Denis eurent à peine le temps de se commander un *drink* que Marion les retrouva. Ils s'installèrent à une petite table et discutèrent en détail de cette journée inoubliable qui n'était pas encore achevée. Pour la deuxième fois ce jour-là, le téléphone de Lucy sonna. Elle répondit. C'était James.

— Lucy ! J'ai regardé ton émission, c'était très bon. Mais je pensais voir ta famille avec toi, pas Jean Chose...

— Oui, Jean Airoldi nous a surpris, mais Marilou aussi nous a fait une belle surprise ! Que fais-tu présentement ? Nous sommes au petit bar près de chez moi. Veux-tu venir prendre un verre avec nous ?

— Ça me ferait plaisir, je sors de chez ma fille justement, je m'apprêtais à reconduire ma sœur chez elle.

Lucy entendit une personne parler à James. Ce dernier éloigna le micro de son téléphone pour lui répondre.

— Elle aimerait se joindre à nous pour un verre. Elle dit qu'il est trop tôt pour rentrer. Et qu'après avoir enduré la famille tout l'après-midi, elle a besoin de se détendre avec une bonne margarita.

— Invite-la ! Si elle aime les margaritas, c'est sûr que nous allons bien nous entendre. De toute façon, je suis avec Denis et Marion. Nous avons eu toute une journée !

— D'accord, nous arrivons !

Lucy informa ses amis que James venait avec sa sœur. D'un commun accord, ils décidèrent de ne pas les mettre au courant à propos de la mort de Gérard et de l'héritage. Lucy en parlerait plus tard avec James, une fois les formalités réglées. L'alcool commençant à faire effet, les trois comparses se mirent au défi de boire jusqu'à ce qu'ils reçoivent l'appel tant attendu de Francis qui leur annoncerait finalement que le bébé est arrivé. James et sa sœur ne tardèrent pas à franchir le seuil du bar. Il la présenta à tout le monde. Elle s'appelait Hélène et était très jolie. Bien mise, souriante, Hélène semblait vraisemblablement détenir les mêmes qualités que son frère. Elle les mit d'emblée à l'aise et les fit rire de bon cœur. Les nouveaux venus décidèrent de se joindre au défi du petit groupe et, comme lui, ils enchaînèrent les verres, ayant déjà pris la décision de laisser leur voiture sur place. C'est vers une heure du matin, alors qu'ils s'apprêtaient à quitter les lieux, que le téléphone de Lucy sonna. C'était Francis.

— Marilou et le bébé vont bien, annonça-t-il. Elle a poussé pendant presque deux heures, mais le bébé est sorti de façon naturelle. Nous nous apprêtons à retourner dans la chambre maintenant. Nous sommes fatigués, nous tenterons de nous reposer. Les jours à venir seront sans doute difficiles.

Lucy, dont la voix était empâtée par l'alcool, le félicita et lui dit qu'elle avait bien hâte de tenir le bébé dans ses bras. Elle passerait dans la journée, dès que les visites seraient autorisées. Et elle raccrocha.

— Alors, c'est un garçon ou une fille ? demandèrent les autres.

— Hon ! J'ai oublié de poser la question à Francis, réalisa-t-elle.

Trop tard, elle n'osa pas rappeler son beau-fils. Ils devraient attendre plus tard, dans la matinée, pour connaître le sexe du bébé.

Le lendemain, le lever fut difficile pour Lucy. Mais elle se prépara tout de même rapidement. Francis lui avait laissé un message pendant qu'elle était sous la douche. Il souhaitait retourner à la maison pour se laver et manger. Pouvait-elle rester avec Marilou pendant son absence? Lucy ne prit même pas la peine de le rappeler. Elle sauta dans sa voiture, après avoir écouté le message, et prit le chemin de l'hôpital. Elle n'en pouvait plus d'attendre. Elle qui refusait de se faire appeler grand-maman quelques mois plus tôt n'avait maintenant qu'une envie, étreindre le bébé dans ses bras. À la maternité, elle se présenta à la porte de la chambre de Marilou sur la pointe des pieds. Elle ne voulait pas réveiller la jeune maman. Il n'y avait pas un bruit dans la chambre, Lucy présuma que le bébé dormait. En effet, ce dernier était dans son petit lit et faisait un gros dodo. Il portait un bonnet jaune, ce qui ne renseigna aucunement Lucy sur son sexe. La nouvelle grand-maman chercha Marilou des yeux, mais ne pouvait empêcher son regard de revenir vers le merveilleux petit être qui se tenait tout près d'elle. Comme il était beau! Sa fille sortit finalement de la salle de bain. Elle n'avait quitté son enfant qu'une minute et, déjà, elle avait hâte de se retrouver près de lui.

— Dis bonjour à Clément, maman!

— Ah! C'est un garçon! Comme je suis contente pour vous! Mais qu'est-il arrivé à Albert?

— Ha! J'utilisais Albert juste pour taquiner Francis. Je savais qu'il détestait ce prénom.

— Tu nous as tous bien eus avec ce drôle de prénom. Félicitations, ma grande, je suis fière de toi. Mais il est donc bien mignon! Tu vois, la voyante avait raison, tu as regardé dans ton cœur et tu as tout de suite su que tu attendais un garçon, blagua-t-elle.

— Ha ha! Très drôle. J'avais une chance sur deux de ne pas me tromper…

— J'ai hâte de le prendre!

— Je dois le réveiller dans quelques minutes pour le nourrir. Tu en profiteras, si tu veux.

La nouvelle maman avait l'air très fière. Elle conta en détail son accouchement à Lucy. De façon générale, tout s'était bien déroulé. Marilou était fatiguée, mais contente. Elle avait surtout hâte de retourner chez elle. Au moins, les assurances de Francis lui permettaient d'avoir une chambre individuelle. Le mot «assurance» rappela à Lucy la mort de Gérard. Devait-elle en informer tout de suite Marilou? Elle connaissait peu Gérard, mais il avait tout de même partagé la vie de sa mère pendant presque dix ans. Lucy décida qu'il n'y aurait jamais de bon moment et la mit, tout compte fait, au courant. La nouvelle attrista grandement Marilou, qui offrit son aide pour la prépa-ration des funérailles. Lucy refusa. Elle aurait bien trop à faire dans les jours qui suivraient. Son nouveau devoir consistait à se concentrer sur le petit Clément, qui commençait d'ailleurs à montrer des signes de faim.

— Va donc me le chercher, maman.

Lucy prit délicatement le joli poupon et son cœur fondit. À quoi bon vouloir rester jeune quand il existe un rôle aussi extraordinaire que celui de grand-mère…

Épilogue

Conseil nº 17

Quelqu'un de très sage m'a dit un jour : «La vieillesse, c'est comme la mort et les taxes, on n'y échappe pas!» Et il avait raison. Dans le cadre de cette dernière chronique, je n'ai qu'une recommandation à vous faire. Si vous êtes jeune dans votre cœur, le reste va suivre, et ce, même si vous n'avez pas de iPad, pas de dents blanches, pas de jambes sans varices, pas de projet de voyage, pas de cours à l'université et que vous ne vendez pas de chocolat. Profitez de la vie, tout simplement! Elle ne peut que vous apporter de belles choses.

Lucy appuya sur la touche *Envoyer*. C'était fait, elle venait d'écrire sa dernière chronique. Les conseils de Lucy n'existeraient plus dans le journal local. Elle laisserait sa place à quelqu'un plus jeune et plus «dans le coup». La nouvelle grand-maman se pencha au-dessus du parc où dormait Clément. Elle le gardait pour l'après-midi, permettant ainsi aux parents de souffler un peu. Aussi mignon que fût Clément, il était très demandant, comme tous les bébés. Lucy avait insisté pour que Francis et Marilou prennent du temps pour eux. Ils étaient partis voir un film et projetaient même de souper au restaurant – s'ils ne s'ennuyaient pas trop de leur petit homme. Lucy ne se lassait pas de garder son petit-fils. Elle passait des heures à le regarder dormir, et commentait allègrement chacune de ses risettes. Depuis trois mois déjà, il faisait partie de leurs vies. Les choses avaient beaucoup changé au cours de ces dernières semaines.

Premièrement, il y avait eu toute une étincelle entre Hélène, la sœur de James, et Denis. Le soir où ils s'étaient tous saoulés au bar, ces derniers étaient restés plus tard que les autres et avaient bavardé jusqu'aux petites heures du matin. Ils s'étaient souvent revus depuis et leur relation semblait bien évoluer. Hélène avait certains avantages : elle n'était ni mariée, ni trop jeune, ni folle. Les choses se présentaient bien pour les deux tourtereaux.

Deuxièmement, Marion n'avait toujours aucun homme dans sa vie. Son expérience marquante des derniers mois avait été sa participation, très fugitive, à l'émission tournée le jour de l'accouchement de Marilou. Elle envisageait de commencer une carrière à la télévision et s'était inscrite à quelques émissions de téléréalité pour percer dans ce monde. Pour l'instant, rien ne se profilait à l'horizon, mais elle pensait peut-être déménager à Montréal pour augmenter ses chances. Maintenant que sa meilleure amie était maman, les deux filles n'avaient plus autant de temps à passer ensemble, bien que Marilou l'invitât fréquemment chez elle. La présence de Clément fit comprendre à Marion que le rôle de maman n'était vraiment pas fait pour elle, ce qui renforça son idée de ne pas avoir d'enfant. Elle regrettait de moins en moins son aventure avec Mathieu, qui lui aurait donné deux petites filles par défaut.

Le fil de pensées de Lucy fut interrompu par un coup discret à la porte. En évitant les cartons qui se trouvaient sur son chemin, Lucy alla ouvrir. C'était James, toujours aussi souriant. Il lui apportait de nouvelles boîtes vides.

— Alors, ça avance ce déménagement? chuchota-t-il.

— Je ne peux pas paqueter pendant qu'il dort, le rouleau de ruban fait beaucoup trop de bruit. J'écris, à la place.

— Ah oui, ton blogue! Mais tu seras prête demain quand les déménageurs se présenteront.

— Oui, papa, blagua Lucy.

Lucy quittait enfin son petit appartement. Grâce à l'héritage de Gérard, elle avait fait l'achat d'un petit condo avec une superbe terrasse. Elle avait même poussé le luxe jusqu'à s'acheter un spa.

Quelques jours après sa rencontre avec le notaire Giasson, ce dernier communiqua avec elle pour lui dire qu'il avait finalement joint un membre de la famille de Gérard, c'est-à-dire Jacqueline, sa conjointe du moment. Elle ne s'était pas manifestée, ne sachant même pas que Gérard avait un testament. Elle habitait toujours dans sa maison, se demandant à quel moment elle pourrait entreprendre les démarches funéraires. Comme Lucy était officiellement la propriétaire de cette maison, elle rencontra Jacqueline et négocia avec elle. La conjointe de Gérard s'occuperait des arrangements funéraires et Lucy réglerait la facture. La maison serait mise en vente, mais elle pourrait continuer à l'occuper jusqu'à ce qu'une vente ait lieu. Lucy se sentait mal d'hériter de tout, alors que Jacqueline n'avait droit à rien. C'est pourquoi elle se montra si généreuse. Lucy eut de la chance dans toute cette histoire. Grâce à l'héritage, non seulement elle s'était acheté le condo, mais elle avait mis beaucoup d'argent de côté pour vivre une retraite paisible et même pour voyager un peu. Sans mener un train de vie de reine, elle serait à l'abri du besoin pour… au moins quarante ans.

— As-tu repensé à ma suggestion? demanda James.

Comme les derniers mois n'avaient pas été de tout repos pour le nouveau couple, James avait proposé à Lucy de retourner en voyage à Punta Cana. Ils pourraient prendre du temps pour eux et renouer avec le début de leur histoire chaotique. Lucy avait réfléchi à son projet et trouvait que l'idée était tentante. Mais serait-elle capable de se séparer de son petit Clément pour toute une semaine? Hum, ce serait difficile. Heureusement, elle pourrait le voir sur Skype.

— Oui, j'y ai pensé. Je trouve que c'est une excellente idée.

— Tant mieux, parce que j'ai déjà acheté les billets, avoua-t-il d'un petit air penaud.

— Je peux quand même payer mon voyage.

— Pas question, j'insiste!

James la serra dans ses bras et l'embrassa tendrement. Le cri du bébé qui se réveillait interrompit leur moment d'intimité.

— Je m'occupe du petit bonhomme, dit James. Toi, tu continues les boîtes.

Il prit Clément d'un geste d'expert et l'amena dans la chambre pour changer sa couche. Lucy, plutôt que de prendre le ruban pour fermer une boîte, se réinstalla à son ordinateur et reprit son article là où elle s'était arrêtée un peu plus tôt.

BLOGUE
D'UNE JEUNE GRAND-MAMAN

Chères nouvelles grands-mamans,

Vous êtes sans doute enthousiasmées par votre nouveau rôle auprès de votre petit-enfant adoré. Saviez-vous qu'il est possible d'être une mamie sans nécessairement avoir l'air vieille?...

MARQUIS

Québec, Canada